OS SEGREDOS DE RUSTLER MOUNTAIN

MAISEY YATES

OS SEGREDOS DE RUSTLER MOUNTAIN

TRADUÇÃO: Raquel Nakasone

GUTENBERG

Título original: *Rustler Mountain*

EDITORA RESPONSÁVEL
Flavia Lago

EDITORAS ASSISTENTES
Samira Vilela
Natália Chagas Máximo

PREPARAÇÃO DE TEXTO
Mabi Costa

REVISÃO
Flavia Lago

ILUSTRAÇÃO DE CAPA
Douglas Lopes

ADAPTAÇÃO DE CAPA
Diogo Droschi

DIAGRAMAÇÃO
Guilherme Fagundes

Dados Internacionais de Catalogação na Publicação (CIP)
(Câmara Brasileira do Livro, SP, Brasil)

Yates, Maisey
Os segredos de Rustler Mountain / Maisey Yates ; tradução Raquel Nakasone. -- 1. ed. -- São Paulo : Gutenberg, 2025.

Título original: Rustler Mountain
ISBN 978-85-8235-844-3

1. Ficção norte-americana I. Título.

25-285267 CDD-813

Índices para catálogo sistemático:
1. Ficção : Literatura norte-americana 813

Cibele Maria Dias - Bibliotecária - CRB-8/9427

A **GUTENBERG** É UMA EDITORA DO **GRUPO AUTÊNTICA**

São Paulo
Av. Paulista, 2.073 . Conjunto Nacional
Horsa I . Salas 404-406 . Bela Vista
01311-940 . São Paulo . SP
Tel.: (55 11) 3034 4468

Belo Horizonte
Rua Carlos Turner, 420
Silveira . 31140-520
Belo Horizonte . MG
Tel.: (55 31) 3465 4500

www.editoragutenberg.com.br
SAC: atendimentoleitor@grupoautentica.com.br

A Helen Breitwieser, por tudo.
A Flo Nicoll, por ser uma amiga tão maravilhosa.
E a Megan Crane, Jackie Ashenden e Nicole Helm, por serem
aquelas que me amparam sempre que caio.
Este livro não existiria sem vocês.

Bem-vindo a Rustler Mountain!

Fundada em 1849, no auge da corrida do ouro, a cidade fica a cerca de apenas 13 quilômetros da fronteira com a Califórnia. Serviu como base para milhares de pessoas que atravessaram o país em busca de fortuna no oeste dos Estados Unidos.

Apesar de sua história ligada à corrida do ouro, Rustler Mountain talvez seja mais conhecida por ter sido o local onde uma das gangues de fora da lei mais perigosas do Oeste foi capturada.

Foi ali que o notório Austin Wilder – líder da gangue responsável por uma série de assaltos a diligências, bancos e trens no período de 1845 a 1867 – foi morto a tiros pelo xerife Lee Talbot, na Main Street, em frente ao Saloon de Rustler Mountain. Seus irmãos e cúmplices, Jesse e William, foram presos e julgados por roubo e assassinato. Por decisão da justiça, foram enforcados no gramado do tribunal.

Butch Hancock, outro membro da gangue, escapou e nunca foi capturado.

O espírito do Velho Oeste, com seus fora da lei e heróis, continua vivo em Rustler Mountain, onde a histórica Main Street segue preservada, homenageando o passado da cidade.

– Placa localizada no início da Main Street, em Rustler Mountain, no Oregon

CAPÍTULO 1

Millie Talbot poderia ser considerada muitas coisas. Corajosa não era uma delas.

Obediente. Tímida. Apagadinha. Retraída. Talvez até *rejeitada*. Mas corajosa? Não.

No entanto, parada ali, olhando para o rancho da propriedade dos Wilder, Millie pensou que poderia, sim, se achar um pouquinho corajosa por ter ido até lá.

Afinal, Austin Wilder era um fora da lei. Talvez não naquele momento – e talvez nunca como o tataravô dele –, mas tinha causado bastante confusão na juventude.

Uma maçã que não caíra muito longe da árvore.

Rustler Mountain explorava sua história. Por isso, lendas e mitos do Velho Oeste sempre pareciam mais atuais do que era de se esperar.

A cidade ainda parecia dividida como antigamente: havia os que seguiam a lei e os que viviam à margem dela.

E assim, os Talbot não se misturavam com os Wilder.

Irônico, agora que ela precisava dele.

Desde o dia anterior, Millie vinha ensaiando o discurso que a ajudaria a convencê-lo, depois de concluir que Austin e sua família eram a única saída para resolver dois de seus problemas mais urgentes.

Ela até escreveu o discurso.

E jogou fora.

Me ajuda, Austin Wilder. Você é minha única esperança.

O nome dele passava de boca em boca entre as meninas da escola – do ensino fundamental e do médio –, sempre aos sussurros.

Uma fantasia de *bad boy*, ou algo do tipo.

Uma vez, ele atravessou a Main Street a cavalo e entrou direto no colégio. Abusado. Petulante. Como sempre.

Ela só tinha ouvido os boatos. Estava no oitavo ano na época, então não chegara a ver com os próprios olhos.

Era mais comum vê-lo chegando à cidade de moto, flanqueado pelos irmãos, Carson e Flynn, com o amigo Dalton Wade na garupa. O ronco dos motores era tão alto que ninguém ao redor conseguia conversar.

Eles tinham uma rivalidade lendária com os Hancock, também descendentes de fora da lei, que, por razões históricas, não se misturavam com os Wilder – e quase chegaram a sair no braço com os cidadãos da cidade.

Na juventude, Austin já fora detido por pequenos delitos. Produção ilegal de bebida alcoólica. Vandalismo. Roubo de carros. Porém, nunca fora condenado devido à falta de provas.

Os Wilder eram os maus elementos da cidade.

Eles frequentavam a própria taberna e tinham territórios e pontos de encontro bem definidos, assim como a outra facção da cidade.

Claro que isso fazia com que Austin e os irmãos se tornassem protagonistas dos sonhos de todas as adolescentes da cidade – pelo menos as que gostavam de meninos.

Ou *quase* todas.

Bad boys não inspiravam nenhum tipo de fantasia em Millie.

Ela era a personificação da boa moça. E jamais teria ido até lá se a biblioteca não fosse um assunto em comum entre eles.

Mas a questão era justamente essa.

Por mais que bebesse até cair e fosse um grosseirão encrenqueiro, Austin sempre frequentara assiduamente a Biblioteca de Rustler Mountain.

Naquela cidade, os bons ficavam de um lado, os maus de outro, e os dois nunca se encontravam.

A não ser na biblioteca.

Millie se apegava àquele ponto em comum. O motivo pelo qual ele talvez topasse ajudá-la. O motivo pelo qual ele talvez soubesse quem ela era.

E era o que mantinha em mente enquanto se obrigava a subir os degraus da varanda e bater na porta dele.

Aquela conversa parecia bem mais fácil quando ainda era só uma ideia.

Bem… A vida tem dessas coisas.

E pensar que, dois meses antes, tudo parecera fácil. Agora, tudo parecia diferente e terrível, e ela estava prestes a apelar à piedade de Austin Wilder.

Piedade que ela não sabia se ele era capaz de sentir.

Mas Austin era um *leitor*. Isso fazia com que Millie sentisse que tinham algo em comum. Que, se pudesse entrar em contato com esse lado dele, haveria esperança.

Sua mãe cuidava da biblioteca quando Millie era menina. Naquela época, costumava observar Austin por detrás do balcão. Ele sempre ia sozinho. Por ter uns cinco anos a mais que ela, parecia alto e inacessível.

Francamente, ainda parecia.

Ele sustentava o ar de fora da lei da mesma forma que o pai dela portava o distintivo de xerife.

O que não era nenhuma surpresa – a história da cidade estava estampada em todos os lugares. Os souvenires mais vendidos eram os tijolinhos vermelhos das antigas ruas da cidade. Cada um trazia as seguintes palavras gravadas: *Rustler Mountain, última parada dos Irmãos Wilder.*

No entanto, apesar de toda a devoção dos moradores ao passado da cidade, a associação histórica não tinha recursos. O museu, que ocupara o prédio do antigo tribunal, havia fechado uma década antes. Agora o local era a sede da prefeitura – e seus maravilhosos artefatos estavam encaixotados no porão.

Em outros tempos, o Festival da Corrida do Ouro costumava ser o auge do turismo na cidade. Durante o mês de junho, os visitantes e estudantes assistiam a encenações de eventos históricos, demonstrações de como era realizado o garimpo e, é claro, dramatizações dos últimos momentos de Austin Wilder – o bandido lendário, não o homem que Millie procurava agora.

Ela estava disposta a recuperar tudo aquilo. Os eventos eram o orgulho e a alegria de seu pai, e ele certamente adoraria vê-los retomados.

Era a isso que Millie se dedicava.

Só que ela precisava de votos. Esse apoio já estaria assegurado se o seu (agora) ex-noivo não a tivesse traído com Danielle LeFevre – filha do ex-prefeito e atual prefeita da cidade.

Danielle também era meia-irmã de Flynn, o meio-irmão de Austin. Uma complicação bastante comum nas cidades pequenas. Millie nunca tivera a impressão de que Flynn fosse próximo daquela parte da família. Não que ela conhecesse os LeFevre ou os Wilder tão bem para ter certeza.

Era uma aposta, e ela não era – historicamente – alguém que jogasse com a sorte.

Mas estava desesperada.

A forma como aconteciam as votações referentes às questões da cidade era... *peculiar*, para descrever de maneira educada.

Os integrantes do conselho municipal tinham direito a voto, assim como os membros das famílias fundadoras de Rustler Mountain.

Quando ela e Michael estavam noivos, Millie tinha votos suficientes. Michael era um Hall, o tataraneto de quinta geração do primeiro banqueiro de Rustler Mountain. Além disso, era amigo dos Langley e dos Hughes. Geralmente votavam juntos. E ela não podia mais contar com aquele apoio.

Assim como não podia mais contar com o voto do pai – a perda mais dolorosa de todas.

Fazia dois meses e meio que ele tinha morrido. Era tão recente que, às vezes, ela ainda se pegava lavando a louça, podando as roseiras do jardim ou devolvendo um livro à estante da biblioteca... e, de repente, era tomada por um choque de realidade: John Talbot estava morto.

Millie já tinha perdido a mãe dez anos antes, então o luto não era bem uma novidade para ela.

Mas com a partida do pai...

Ela era a última Talbot restante na cidade.

E parecia que, sem ele, ela não tinha a menor importância.

O fato de que, logo depois da morte do pai, Millie descobriu a traição de Michael com Danielle e cancelou o casamento... certamente não ajudou.

Bem, lá estava ela.

Danielle também vinha de uma das famílias fundadoras e fora eleita com todo um discurso de valorização e desenvolvimento de Rustler Mountain. Mas sua ideia de como fazer isso era bem diferente do que Millie achava que precisava acontecer. Ela propôs que a parte do orçamento que Millie queria destinar à associação histórica fosse "reservada para viagens do conselho municipal".

Millie tinha quatro membros do conselho municipal do seu lado, assim como os Mills, os Bowling e os Lin.

Ela e a oposição estavam empatadas.

E era aí que entrava Austin.

Ela precisava do voto dos Wilder.

Só restava torcer para que estivesse certa ao pensar que talvez pudesse convencê-lo.

Millie desconfiava que ninguém na cidade acreditaria se ela dissesse que Austin era frequentador da biblioteca.

Mas ele era, desde menino, e continuava sendo.

Os dois não se falavam. Austin aparecia a cada duas semanas, passava cerca de uma hora explorando as estantes e voltava para o balcão com uma pilha de livros de quase todas as variedades imagináveis.

Os moradores da cidade viam Austin como um cara distante, frio e severo. Era, essencialmente, a reencarnação de seu antepassado.

Porém, após a morte do pai, ele tinha mudado. A meia-irmã veio morar com ele e os irmãos. As brigas pararam.

Porém, a memória daquela cidade atravessava gerações – e a fama dele continuava a mesma.

Austin já tinha vivido mais que o pai, o avô e o bisavô, que só tinham durado o bastante para deixar herdeiros e morrer logo depois fazendo alguma coisa perigosa ou ilegal.

Restava a Millie a esperança de que Austin fosse mais do que aquilo. Queria seu voto.

Também queria alguns artefatos da família Wilder para o museu. Se chegasse naquela reunião com o voto dele, mais relíquias e ideias para a grande reabertura do museu, ela se sentiria...

Bem, ela *se sentiria uma Talbot de verdade*, não só no nome.

Enquanto os Wilder viviam intensamente e morriam jovens, os Talbot eram conhecidos por sua natureza firme e forte. Millie não se achava nem firme, nem forte.

Agora, precisava ser.

– Coragem – sussurrou para si mesma, enquanto subia os degraus.

Poderia simplesmente ter ligado para Austin, já que o número dele constava no sistema da biblioteca.

Aquilo, porém, seria uma violação aos votos sagrados de bibliotecária.

Não que tivesse realmente feito *votos*, mas levava seu trabalho muito a sério. Para dizer a verdade, sabia exatamente quem tinha pegado qual livro emprestado. *Com o conhecimento, vem grandes poderes e grandes responsabilidades*. Precisava se manter vigilante. Não podia sair por aí comentando que Ronald Miller pegara emprestado um livro sobre remédios naturais para disfunção erétil.

Seu papel era registrar a saída do livro, manter a expressão neutra e talvez murmurar uma coisinha ou outra sobre o clima.

Nunca murmurara nada sobre o clima para Austin Wilder.

Millie respirou fundo, se recompôs e subiu os últimos degraus da varanda, pisando com força – como se o impulso dos próprios passos pudesse ajudá-la a seguir em frente.

Então, bateu na porta. Com firmeza.

Fora até lá para falar sobre a cidade. O passado e o futuro.

Ela se importava com ambos.

Sentiu uma chama aquecer seu peito.

Talvez fosse mesmo *apagadinha* na maioria das situações. Não dava para negar. Mas quando falava sobre as coisas pelas quais era apaixonada, algo se acendia nela.

Bem, Millie era apaixonada por isso.

E talvez fosse apaixonada pela ideia de derrotar Michael.

Talvez.

Esperou um pouco, tentando ouvir alguma movimentação no interior da casa após suas batidas na porta.

Não ouviu nada.

Bateu de novo.

– Posso ajudar?

Em um sobressalto, ela se virou com a mão sobre o esterno, como se pudesse segurar seu coração, que tentava escapulir.

– Oh! – ela exclamou.

Ali estava ele, parado pouco antes dos degraus da varanda, com um chapéu de caubói firmemente plantado na cabeça e botas de caubói firmemente fincadas na terra.

Vestia um jeans surrado com um cinto de fivela trabalhada. Sua expressão era indecifrável, o maxilar quadrado bem travado, a boca fechada numa linha dura. As sobrancelhas escuras estavam franzidas, os olhos brilhando com uma emoção que ela não conseguia nomear.

O sol o iluminava por trás, filtrado pelos pinheiros altos que se erguiam ao longe. Parecia tão perigoso quanto diziam, assim como as tantas gerações de sua família.

– Austin?

Ele a examinou de cima a baixo, com um olhar determinado.

– Você é a bibliotecária.

Pelo menos ele me reconheceu. Às vezes, tinha a impressão de que não passava de um papel de parede florido para os homens daquela cidade. Até para o próprio noivo.

Que nem percebeu quando ela o pegou no flagra com...

Bem, não era hora de pensar naquilo.

– É, sou. Eu... – Ajustou o tom de voz com delicadeza e ergueu o queixo. – Mas não vim até aqui por causa disso.

Austin era tão alto. Tão grande. E, por algum motivo, encará-lo ali, sem o balcão de registros entre eles, parecia muito diferente.

A biblioteca era o território dela, e ele, o fora da lei, era um intruso lá.

Mas ali...

A intrusa era ela.

Millie engoliu em seco.

– Eu já ia dizer que não tenho nada atrasado.

– Não batemos de porta em porta pra pedir os livros de volta, Sr. Wilder.

Ele bufou.

– Ninguém na minha família fez por merecer ser chamado de *senhor*. Pode me chamar só de Austin.

Não era um comentário para ser simpático, apenas a constatação de um fato. Ela não sabia bem o que pensar daquilo.

– Tá bem.

– O que te traz a Wilder Mountain se você não veio buscar a cópia de *A mágica da arrumação*?

– Você... devolveu esse livro há duas semanas. – Ela juntou as mãos no meio do peito. Alguém na escola dissera que Millie fazia "mãozinhas de rato" quando estava nervosa, e toda vez que se pegava fazendo isso, ela ficava irritada.

Então as abaixou depressa.

– Foi mesmo. – Ele ficou ali, encarando-a, e apesar de estar no chão, olhando para Millie no alto da varanda, fez com que se sentisse minúscula.

– Você está com um exemplar de *Guia de estilo para a boa escrita* e um livro da série do Jack Reacher agora.

– Eu sei muito bem quais livros estão comigo agora.

– Tá. Bem... Vim aqui pra conversar com você. Na verdade, quero te perguntar duas coisas. A primeira é se você tem artefatos... diários, cartas ou relíquias de família... que esteja disposto a doar para um projeto em que estou trabalhando.

Ele cruzou os braços sobre o peitoral largo, e ela não pôde deixar de notar quão musculosos eram seus antebraços. E o peito sob a camiseta branca apertada. Uma observação boba, claro. Ele era um caubói. Trabalhava no campo. Era óbvio que tinha músculos.

A coisa mais pesada que ela levantava eram os calhamaços da seção de referências.

Ele franziu o cenho.

– Por quê?

– Eu quero... reabrir o museu. Tem tanta coisa na biblioteca... diários, jornais antigos. Os artefatos que antes ficavam em exposição no tribunal estão lá, só juntando poeira. E talvez... Talvez eu consiga montar uma nova exposição, na própria biblioteca ou em algum outro prédio da cidade, ainda estou trabalhando nessa parte. Mas queria tornar esse material acessível a todos de novo.

– Então pra que você precisa de mim?

– Sou uma Talbot. As histórias que tenho sobre a minha família, sejam elas folclóricas, lendas ou fatos... são inúmeras. Mas dos Wilder, não tenho nada além de especulações.

– E o que é que você quer? – Ele bufou. – O nosso lado da história?

– Bom... Sim.

– Não se iluda, Srta. Talbot. O que você realmente quer é um bicho-papão. Você gosta dos seus heróis e vilões e não gosta de complicações.

– Não é verdade. Quero retratar a verdadeira história da cidade.

– Então você vai acabar com as encenações dos meus antepassados sendo mortos a tiros no meio da rua?

Ela abriu a boca para responder, mas a fechou logo em seguida.

– Eu não tenho controle sobre os espetáculos de Velho Oeste de uma empresa privada.

– Não estou falando do show de Velho Oeste dos Hancock. Eles que fiquem com aquela baboseira historicamente imprecisa. Aquela família nunca teve escrúpulos, e não espero que comecem agora. Estou falando da reconstituição que foi sancionada pela associação histórica e é tratada como material educativo.

– Eu... – Ela tropeçou nas palavras. – Esse é o outro assunto que eu queria tratar.

– A gente nunca trocou mais que quatro palavras e agora você vem me pedir dois favores? Caramba... Você é mesmo audaciosa, hein, docinho.

Ela sabia que aquilo não era um elogio, mas resolveu entender dessa forma.

– Preciso ser um pouco audaciosa, ainda mais sabendo o que estou prestes a pedir e que o tiro pode sair pela culatra.

– Olha, cuidado. Essa coisa me dá gatilho. Afinal, um Talbot realmente deu um tiro no meu antepassado.

– Desculpa – ela se apressou em dizer.

Pela primeira vez, ela se perguntou como seria ter a história familiar centrada em alguém que foi morto a tiros.

Ela era descendente daquele que havia atirado.

– Estou brincando – ele disse, soltando um suspiro pesado. – Entra aí.

Austin subiu os degraus da varanda e passou por ela. No ar, o cheiro de feno, suor... e algo indefinível. Mas não era ruim.

Pelo contrário. Era um cheiro de terra. De trabalho duro, sol e árvores.

Aquilo fez com que seu coração disparasse, mas ela se recompôs rapidamente. Austin Wilder era o tipo de homem que chamava a atenção das mulheres. Era impossível ignorá-lo. Mas Millie tinha uma vantagem: ela era focada.

E continuaria focada.

Austin segurou a porta para ela e a conduziu para dentro da casa. Millie não sabia direito o que a esperava, mas ficou fascinada com aquele lugar. Era limpo. Um espaço amplo e aberto, onde sala de estar, cozinha e sala de jantar se mesclavam. Havia uma estante enorme, repleta de livros, ao lado de uma poltrona. Tudo era velho, bem gasto, mas estava muito bem conservado.

Ela duvidava que houvesse um grão de poeira naquela casa, o que era... totalmente diferente do que imaginava de um rancheiro descendente de um dos fora da lei mais notórios do Velho Oeste.

Para um homem com uma reputação tão ruim, até que mantinha a casa bem limpa.

– Senta aí – ele disse, indicando uma das cadeiras ao redor da mesa de jantar de carvalho quadrada e robusta.

Não havia nenhuma decoração, nem extravagâncias. Só o piso de madeira, paredes com painéis e um teto de vigas rústicas.

Havia persianas, e não cortinas, na janela. Sem nenhuma almofada no sofá. Nenhum vaso com flores, nem nada assim.

Era quase militar a combinação entre toda aquela limpeza e a simplicidade.

– E o que te faz pensar que é isso que a cidade quer? Só porque é algo em que você pode ser bem-sucedida?

– Acho que você me entendeu mal. A ideia não é que seja um empreendimento lucrativo. Temos um prédio. Da família Talbot. E quero usá-lo. A biblioteca já tem vários documentos que posso exibir. Mas o que realmente quero fazer é montar uma exposição que seja o mais interativa possível. Quero que as pessoas tenham uma visão mais profunda da realidade.

– Tá… E pra fazer isso você quer… vasculhar as velharias da minha família?

– Isso. E, sabe, pode ser que tenha… alguma relíquia de família que você aceite doar.

– Temos uma variedade de tralhas lá no sótão.

– Elas já estão etiquetadas e classificadas, não estão? – Millie perguntou. Dava para ver. Ele cuidava bem do que tinha.

Austin Wilder era um enigma. Um homem que lia, que mantinha a casa meticulosamente limpa, com tudo no seu devido lugar e, no entanto, ostentava a reputação de fora da lei.

– Sim – ele confirmou. – Como você sabe?

– Você faz esse tipo.

Ele deu uma risada curta.

– A maioria das pessoas diria o contrário.

– A maioria das pessoas não viu você pegando livros emprestados pelos últimos vinte anos.

Ele soltou uma gargalhada seca.

– Faz sentido. Então, quando você apresentar o plano do museu para o conselho… acha mesmo que eles vão aprovar? Nós dois sabemos bem quem manda em tudo na Main Street.

– É, eles mandam em tudo mesmo… E é aí que entra… o segundo favor.

– O segundo favor tem a ver com o conselho municipal – ele afirmou secamente.

– Isso.

– E como você espera que eu te ajude se todo mundo ali me vê como mais um Wilder problemático, igual aos que vieram antes de mim?

Ela ajustou o tom de voz novamente.

– Não importa o que eles pensam. O voto é seu. O voto da família fundadora.

Ele esfregou o queixo, e o som da barba rala contra a palma da mão fez com que a coluna dela se arrepiasse.

– Ah… entendi. Então você não quer só pegar as relíquias e os diários da minha família para montar um museu. Você quer que eu compareça, em pessoa, e exerça um direito de voto que escolhi nunca exercer.

Bem, vendo por essa perspectiva…

– Essa era a minha esperança.

– E tudo pra quê? Pela manutenção da glória da sua família?

– Eu já disse – ela respondeu, tentando disfarçar a frustração. – Eu… Eu não quero isso. Quero apresentar a história de um jeito real e…

– E seguir espalhando essas suas versões sensacionalistas da história.

– Não são *minhas* versões.

– Você é uma Talbot.

Como se isso encerrasse a discussão.

– E você é um Wilder, mas…

– Acho que você sabe onde fica a saída.

Ela ficou tão chocada que quase não entendeu o que ele falou.

– O quê?

– Você me ouviu. Você sabe onde fica a saída.

– Eu… eu…

– Não bastou dizer *não*? Então que tal *de jeito nenhum*?

Com isso, ele se levantou e gesticulou para a porta. E Millie Talbot se viu mais uma vez na varanda, sem artefatos, sem aliados e sem esperança.

CAPÍTULO 2

Papai está morto agora. Isso significa que tenho que manter os meninos seguros e alimentados. Estamos em Fort Stevens desde que ele morreu. O plano é ir pro sul, em busca de ouro.

– Diário de Austin Wilder, 10 de maio de 1848

– Dá pra acreditar na audácia daquela ratinha? – Austin não parava de resmungar desde que Millie Talbot saíra de sua casa e descera a montanha.

– Inacreditável – respondeu seu irmão Carson.

– Absolutamente inadmissível – seu outro irmão, Flynn, completou.

– Sei lá. – Cassidy, a caçula e única mulher, o encarou com uma expressão ardilosa. – Acho que talvez você seja o babaca dessa história.

– Ah, é? É isso que eu mereço por ter te alimentado e te vestido nos últimos quinze anos, né sua pirralha mimada?

Cassidy não o temia como deveria, porque ele mudou quando ela entrou na sua vida. Austin até achava isso bom, mas, caramba, seria legal se ela entendesse que ele costumava intimidar as pessoas antes. Ele costumava assustar mulheres e crianças nas ruas.

Não fazia por querer, era só sua presença. Um tipo de nuvem carregada, uma sombra grande e pesada. Esse tipo de coisa.

Talvez ainda o temessem. Mas, para Cassidy, ele era só… seu irmão mais velho.

Ela deu de ombros.

– Só estou dizendo. Na verdade, é isso o que você quer, Austin. Você quer que as pessoas entendam a nossa família.

– Não, eu não ligo que as pessoas não entendam a nossa família. O que me importa é a verdade. E a versão fabricada da história, que esta cidade considera um atestado de má fama, é uma tremenda baboseira.

– E daí? – Flynn perguntou. – Sério mesmo, quem liga se somos vistos como os fora da lei? Pô, até me ajuda quando vou no bar tentar pegar mulher.

– Ênfase no *tentar* – Carson disse com uma voz seca.

– Eu me viro bem, irmãozão.

– Credo – Cassidy falou.

– Flynn – Austin disse, olhando para o meio-irmão –, achei que você gostaria de provocar Danielle.

Flynn bufou.

– Ela é praticamente uma estranha. Ela e o Michael mal trocaram meia dúzia de palavras comigo. Nem nos feriados que tive que passar com eles.

– O seu meio-irmão Michael ou o novo namorado dela, Michael Hall?

Flynn fez uma careta.

– Ah, Deus. Ela está mesmo com... – Ele balançou a cabeça. – Quando eu pensava que não poderia querer manter mais distância da família da minha mãe... É por isso que prefiro ser um fora da lei a ser associado a um deles.

Cassidy também estava torcendo o nariz para aquela história de Michael-meio-irmão-ou-Michael-Hall.

– Não estou nem aí para essa coisa de fora da lei.

– Não é pela reputação – Austin disse. – Não estou fazendo isso pela reputação, mas porque...

Porque ele tinha 35 anos. Porque todos os homens da família morreram antes de chegar lá. E ali estava ele.

Ali estava ele, encarando um futuro que nunca pensou que teria. Não que vivesse como os que morreram antes. Mas Austin sempre achou que se tratasse de uma maldição familiar.

Seu homônimo, Austin Wilder, tinha de fato sido morto em um tiroteio na principal rua da cidade. Ele também sabia que Austin Wilder era um fora da lei. Em todos os sentidos da palavra. Ele tinha roubado diligências, trens, bancos... basicamente, se algo não estivesse pregado, ele tentava levar.

Mas não era um assassino. Austin estava convencido disso. Porque seu antepassado manteve um diário detalhado durante quase toda a vida e, se tivesse matado alguém, o fato estaria registrado naquelas páginas, exatamente como acontecera. Nunca fora a função do diário absolver aquele homem. Havia algumas coisas bastante incriminadoras ali.

Mas Austin sabia que havia mais na história do que estava documentado naquelas páginas.

Millie Talbot tinha acesso a outras cartas. Diários. Artefatos. Ela mesma dissera. Essa fora a única coisa que o deixara tentado a aceitar a proposta. Se não fosse... seu orgulho. Era uma questão e tanto na vida dele. Na verdade, em tudo o que fazia.

Ele não estava tão distante assim de sua linhagem.

Podia não ser um criminoso – pelo menos, no momento. Podia não ser golpista, jogador inveterado ou um beberrão. Mas era teimoso feito uma mula, com uma obstinação maior que o Outlaw Lake.

E a mera ideia de ajudar uma Talbot com qualquer coisa que fosse – de descer até a cidade e participar daquela farsa que chamavam de reunião do conselho municipal – já era o bastante para fazer seu sangue ferver.

– Achei que você estivesse pensando em encontrar uma esposa – Carson disse.

Austin se arrependia de ter mencionado isso. Tinha se embriagado algumas semanas antes e confessado para o irmão que estava começando a pensar no futuro, coisa que jamais fizera. Porém, completara 35 anos sem que houvesse nenhum incidente, virando um ancião na linha do tempo dos Wilder – e ele passou a refletir sobre como seria a vida dali em diante.

Então, sim, ele tinha pensado em se casar. Em ter filhos. Estava tentando corrigir a narrativa da família. Se não deixasse descendentes... Bem, não haveria sentido algum.

Flynn nunca teria filhos. Nunca faria nada além de zanzar pela cidade – e até por todo o condado de Jackson – agindo como o cafajeste abjeto que era. Carson já tinha tentado a sorte no amor e no casamento. Mas tudo terminara tão de repente, de uma forma tão devastadora, que Austin sabia que o irmão jamais tentaria de novo.

Depois da morte de Alyssa, Carson olhou para ele e disse que achava que viveria bem mais que 35 anos, porque teria que carregar o luto e o peso de ter perdido a esposa.

Austin queria ter dito algo reconfortante. Queria ter dito que não achava que o destino funcionasse daquele jeito.

Mas ele achava. Então tudo o que conseguiu fazer foi erguer o copo e se embriagar até perder os sentidos – um gesto de solidariedade.

– Isso não é exatamente uma tarefa pendente – respondeu Austin.

– A essa altura, você já está fazendo hora extra – caçoou Cassidy.

– Você só está aí se achando porque as mulheres da família não têm um histórico de morrer aos 34 anos – Flynn disse.

– Sim – Cassidy concordou, seca. – A meia-irmã que largaram na porta da sua casa, em pleno Natal, há quinze anos, se acha. Pra caramba.

– Então o que exatamente você acha que devo fazer? – Austin perguntou, olhando para Carson.

– Acho que você deve considerar dar a essa moça o que ela quer. Ou pelo menos ir nessa tal reunião e causar um tumulto só com sua presença. Imagina?

– Pra quê?

– Por que estamos aqui? – Carson perguntou. – Acho que essa é uma pergunta mais adequada.

– Porque esta é a nossa terra – Austin disse. – Não importa como a cidade nos trata. Não importa se seremos os vilões da história. Esta terra é nossa. Esta é Rustler Mountain. Às margens do Outlaw Lake. Este é o nosso lugar.

– Então, qual é exatamente o problema de se colocar em uma posição em que você possa influenciar de verdade o que acontece na cidade?

– Eu… não gosto de pessoas – Austin respondeu. – Tirando vocês. Na maior parte do tempo.

– Sim – Flynn disse. – Na maior parte do tempo.

Era a verdade. Austin se sentia profundamente apegado à sua terra. À casa que eles possuíam na Main Street, mesmo que estivesse fechada com tábuas. Aquela era a casa que o velho Austin Wilder havia comprado para a esposa, para que ela tivesse um lar digno. Para que seus filhos tivessem um futuro – um futuro que ele jamais chegaria a ver.

E Austin amava sua família. A mãe dele e de Carson tinha ido embora quando eles eram pequenos porque o pai era um babaca que não conseguia ficar com uma só mulher nem que sua vida dependesse disso. A mãe deles os abandonara porque eram uns diabinhos selvagens que só faziam o que queriam, quando queriam.

E, pensando bem, mereceram o abandono.

A mãe de Flynn também não durou muito mais – entrou e saiu da vida dele ao longo dos anos, mas nunca desapareceu por completo.

Já Cassidy era fruto de um caso extraconjugal ocorrido fora da cidade. Foi abandonada na porta da casa da família quando era apenas uma garotinha. Só que, àquela altura, seu pai já estava morto, e coube aos irmãos cuidarem dela.

E eles conseguiram. Pararam de fabricar aguardente caseira – exceto para consumo próprio –, pararam de brigar e deixaram de ser uma ameaça para a cidade. Ou quase. Porque Austin queria fazer por Cassidy o que nenhum dos Wilder anteriores se dispôs a fazer por eles.

Mudar.

Na verdade, Austin amava o pai.

Ele era um canalha de charme inegável. Não havia mistério em como conseguira todas aquelas mulheres que tiveram filhos com ele. Era carismático. Grosseiro, sim – foi ele quem os ensinou a brigar. Mas havia nele um prazer libertador em ser rebelde, e passara isso para seus meninos.

Só que era movido pelas próprias vontades. Um homem sem autocontrole. Não era confiável. Não cuidara do rancho – que agora cabia a Austin – com competência. A administração da propriedade era o motivo pelo qual Austin acabou se envolvendo tanto com a leitura.

Porque só assim ele poderia aprender todo o necessário para ser o homem da casa. E, minha nossa, como recorrera àquelas informações. Foram essenciais para que descobrisse como cuidar de tudo e de todos. Porque seu pai podia até grelhar um bife gostoso e contar uma boa história, mas não garantiria que houvesse dinheiro no banco para pagar a conta de luz e manter as lâmpadas acesas.

Ele não estaria presente à noite para botar os filhos na cama. Não asseguraria que houvesse algo além de carne na despensa.

Ele não arranjaria um motorista sóbrio para se certificar de que chegaria em casa em segurança.

E, caramba, antigamente, Austin também não pensava em nada disso. Ele e seus irmãos faziam merda o tempo todo. Era um adolescente alto para a idade e forte demais para o próprio bem. Envolvia-se em todo tipo de encrenca sempre que possível, fazendo jus à reputação, porque… ué, por que não? E, junto com ele, ainda arrastara Carson e Flynn para o purgatório.

Até que, em um golpe duplo, o pai deles bateu a moto em uma árvore e Cassidy foi deixada na porta deles, e ele soube que tinha que mudar.

Austin achava que havia uma espécie de masoquismo em permanecer em uma cidade onde, desde o dia em que nascera, todos já sabiam que ele seria o cara mau.

No entanto, aquela era a terra deles. Era seu direito de nascença. Assim como a história da família. Por isso estava lendo todos os diários do velho Austin Wilder. Por isso estava escrevendo um livro. Aliás, por isso pegara o famoso guia de escrita na biblioteca.

O livro de Jack Reacher? Esse era só para se distrair mesmo.

Apesar de detestar a ideia com todas as suas forças, ponderou se o irmão tinha razão. Participar da reunião do conselho talvez tornasse sua vida mais fácil. A proposta de Millie poderia ser um caminho para... o futuro.

Talvez fosse a hora de assumir seu lugar entre as famílias fundadoras.

Seria o melhor para todos eles.

Porque, quer seus irmãos gostassem ou não da ideia de terem as próprias famílias, ou de um futuro incluindo amor, casamento e tudo mais, Austin ofereceria a eles essa possibilidade. Era o patriarca dos Wilder, um título um tanto duvidoso naquela família, e isso significava que deveria se importar com o futuro.

Eles estavam vivendo o legado de todas as pessoas que habitaram aquela terra antes. E quem quer que viesse depois viveria a partir do legado deixado por eles.

Os pecados do pai, do avô, do bisavô e assim por diante.

Além disso, ele estava bastante curioso para saber a que informações Millie Talbot tinha acesso, pois questionava o que realmente acontecera no dia em que seu antepassado fora baleado na rua. Adoraria ter acesso às cartas e aos diários que relatavam a versão dos Talbot. Ela dissera que só os Talbot estavam representados no museu e ele se perguntava quão acurada era essa representação.

– Vou pensar – ele disse.

Austin se levantou da cadeira e foi até o forno, de onde tirou uma torta de frango. Não fora feita por ele, obviamente. Ele a comprara em Jacksonville, uma cidade a cerca de 56 quilômetros de distância. Às vezes, não tinha paciência para lidar com a dinâmica de Rustler Mountain e encarava a viagem mais longa. Se quisesse ir ao Walmart, então, o trajeto até Medford era ainda mais distante.

Não se importava com a vida rural. Na verdade, ele a achava perfeita. Não havia nada além de belas paisagens por quilômetros, e tinha a família para conversar, caso se sentisse sozinho. Além disso, havia cidadezinhas próximas, onde podia encontrar companhia feminina, se o desejo falasse mais alto.

Como seria ter um relacionamento um pouco mais fácil com as pessoas da cidade? Era uma possibilidade? Bem, se ele desenterrasse as informações que queria encontrar, talvez até mudasse a história.

Isso, porém, provavelmente não o tornaria mais popular por lá. Os heróis da cidade eram protegidos por um manto de glória. Os vilões, firmemente mantidos nas sombras.

Ele levou a torta para a mesa e a pousou no centro, em cima de um suporte de pedra.

– Comam, seus animais imundos.

Todos pegaram pratos de papel e talheres descartáveis e devoraram a torta. Depois, serviu uma segunda torta – dessa vez, de amora – como sobremesa.

Ele atacou o doce e, enquanto mastigava, refletia.

– Se eu for até lá e der a ela o nosso voto, eles vão continuar com aquela baboseira de Festival da Corrida do Ouro.

– Isso não te afeta – Carson observou. – Quer dizer, você não participa de nada, nem frequenta o evento. Então, mesmo que a coisa continue e usem o nome da nossa família em vão, quem se importa?

– Aí é que está – Flynn disse. – Eles não estão exatamente usando o nome da nossa família em vão. Os Wilder eram mesmo fora da lei. Sei que isso te incomoda, Austin, mas é a verdade.

– Não – disse Austin. – Não é isso que me incomoda. O que me incomoda é ver os irmãos Wilder pintados como pessoas terríveis. Sendo que só fizeram o que tinham que fazer pra sobreviver. Eram complicados. Austin Wilder amava a esposa, os filhos. Não era só um homem mau. Era… um homem bom que fez coisas ruins.

Austin precisava acreditar que aquela era uma possibilidade real.

– Não sei, não – Carson comentou. – Acho que se você obtiver todos os bens materiais por meios nefastos, talvez não seja realmente uma boa pessoa.

– A montanha em que estamos agora foi comprada com ouro roubado, Carson. Se vai bancar o superior, talvez nem devesse ocupar um lugar à mesa.

Ele estava brincando. Ou quase.

– Ei, sou do time Wilder – Carson disse. – Juro pelo nome de Butch Hancock, o Traidor.

À menção de Butch Hancock, Flynn mostrou o dedo do meio para o céu e Cassidy fingiu cuspir no chão. Butch Hancock, o Traidor, era notório na tradição da família. A cidade podia até não pensar muito nele, mas, para os Wilder, ele abandonara os amigos quando mais precisaram.

Austin suspeitava que ele os havia traído.

De acordo com algumas coisas que lera nos diários... ele tinha essa desconfiança.

– Certo. Vou topar. Mas não pensem que estou feliz com isso.

– Eu estou – Cassidy falou. – Isso é interessante. Nada de interessante acontece por aqui.

Austin não disse que, na verdade, várias coisas interessantes aconteciam por lá. O problema era que tendiam a ser ruins. A envolver alguma perda.

Talvez aquela fosse sua oportunidade de fazer algo bom pela família. Caramba, isso seria um alívio.

E se de fato escrevesse e publicasse seu livro, oferecendo uma abordagem real e profunda sobre a complexidade de um fora da lei do Velho Oeste que também fora um bom marido, um bom pai, um bom irmão...

Talvez isso mudasse a forma como as pessoas enxergavam a família Wilder.

Talvez ele realmente se importasse com aquilo. Mais do que se dava conta.

Talvez a reputação deles o incomodasse.

De qualquer forma, a proposta de Millie parecia ser o primeiro passo para mudar as coisas.

Ele só preferia não ter que se aliar a uma Talbot.

CAPÍTULO 3

Depois de quatro dias sem comida, não aguentei mais. Não por mim, mas pelos meninos. Dava para ouvir a barriga deles roncando quando tentavam dormir. Eu me esgueirei até outro acampamento e peguei uma fatia de bacon. Quando começamos a cozinhar, o cheiro se espalhou pelo ar e fiquei com medo que descobrissem que fomos nós. Mas ninguém apareceu no nosso acampamento.

– Diário de Austin Wilder, 30 de maio de 1848

Millie sentiu que estava a caminho da forca. O que era, convenhamos, meio engraçado – afinal, nenhum Talbot na história jamais fora enviado à forca. Já Jesse e William Wilder haviam sido enforcados publicamente no gramado do tribunal, sentenciados por roubo e assassinato.

Não era de se espantar que Austin não fosse um grande fã da história da cidade. Mas não era culpa de Millie que os antepassados dele fossem fora da lei.

Ainda assim, parecia relevante quando ela colocou um vestido que, poucos meses antes, Michael fingiria gostar. Ela se preparava para enfrentar a humilhação pública na reunião do conselho da cidade, na qual seria derrotada na votação, e nada podia fazer a respeito.

Se essa fosse uma lição sobre força, ela ficaria irritada. Realmente esperava que o aprendizado se tratasse de sair vitoriosa se estivesse disposta a se colocar em situações desconfortáveis.

Talvez fosse um sinal de amadurecimento estar bem com o fato de que ela teria de ir mesmo sabendo que perderia.

"Estar bem" talvez fosse forçar a barra.

Ela não ia faltar. Era orgulhosa demais para isso. Queria ter tido um pouco mais de orgulho antes. Queria ter tido só mais um pouquinho de orgulho quando namorava Michael. Porque aí talvez tivesse visto todos os sinais de alerta incessantes daquela relação. O problema era que ela simplesmente... não gostava da verdade. Porque a verdade era que ficara tão surpresa por um homem prestar atenção nela que se dispusera a ignorar quando ele fazia comentários que só a feriam. Quando ele distorcia qualquer situação e a fazia duvidar de si mesma.

A dinâmica seria sempre disfuncional em um relacionamento em que uma pessoa se achava um partidão e a outra, uma sortuda.

Ela sabia disso agora. Na época, porém, surpreendeu-se por seu namoro durar tanto tempo. E mais ainda quando a pediu em casamento. Agora, acreditava que as chances de que isso acontecesse novamente eram baixas.

Nossa. Não tem como ir mais fundo no poço, não, Millie?

Ela olhou o próprio reflexo no espelho e desejou que a mulher que a encarava não parecesse tão exausta.

Alguém comentaria isso assim que ela entrasse na reunião do conselho. Ela sabia.

Franziu o nariz e riu, porque aquilo era bobo – e a fez se lembrar da mãe. Recordava-se dela sentada diante da mesa da biblioteca, lidando com um visitante difícil com graça e sabedoria infinitas e, em seguida, virando-se na direção de Millie, enrugando todo o rosto para que a filha soubesse o quanto reprovava o comportamento daquela pessoa.

Aquele era um efeito colateral curioso da perda do pai: trazer o luto pela mãe à tona novamente.

Mas ela se apegaria às boas lembranças por ora, deixando que a impulsionassem porta afora e para dentro do carro, depois pela Main Street e, depois, à esquerda, rumo ao antigo prédio do tribunal.

Era uma estrutura de dois andares em tijolos vermelhos, com um telhado branco onde havia um campanário. No topo, via-se uma bandeira norte-americana tremulando.

Havia um amplo gramado verde onde, todo domingo de verão, montavam-se feiras de artesanato – e era realizado o piquenique comunitário no dia 4 de julho. Quase sempre havia pelo menos dez raças cruzadas com poodles circulando de bandana no pescoço, guiando os donos pela coleira. Ela teve de admitir que, mesmo que seu projeto de museu fosse rejeitado, Rustler Mountain ainda conservava um forte senso de comunidade.

No Natal, moradores preparavam doces à moda antiga em diversas esquinas e grupos de cantores em trajes vitorianos percorriam as calçadas. Havia o Show do Velho Oeste, de Butch Hancock, que podia ser controverso – pelo menos para Austin –, mas atraía multidões todos os fins de semana durante o verão, com rodeios e performances de ferraria encenadas por Jessie Jane Hancock numa forja antiga.

O Festival da Corrida do Ouro era, sem dúvida, o evento mais… educativo, e o museu seria o local onde essa história poderia ser vivenciada o ano inteiro.

O que Millie queria era importante.

Fez uma careta ao encontrar uma vaga apertada e tentou enfiar seu pequeno Camry ali. Não precisava ficar se consolando tão cedo. Dizer a si mesma que ficaria tudo bem se perdesse antes de realmente ser derrotada era simplesmente ridículo.

Ela ia *vencer*. Ela *ia* vencer.

Só que ela conhecia todo mundo que estaria na reunião e sabia exatamente como votariam.

Esse era o problema de passar a vida toda na mesma cidadezinha. Ela adorava aquele lugar. De verdade. Mas todo mundo tinha um papel já definido. Austin podia fingir que o incomodava ser visto como vilão – mas ele mesmo desempenhara esse papel ao deixá-la metaforicamente amarrada aos trilhos do trem. Quanto ao conselho municipal e às outras famílias fundadoras… metade agia como se ainda estivesse no ensino médio. O que Millie poderia fazer?

Ela detestava tudo aquilo. Mas não havia muito que pudesse fazer a respeito. A não ser ir embora. E ela não ia embora. Aquele era o seu lar. Aquele era…

De repente, sentada ali no carro com os dedos no volante, teve a sensação de estar prestes a flutuar. Porque lar significava a mãe na biblioteca, o pai no gabinete do xerife e o peso do sobrenome da família – e agora se sentia sem amarras.

Ela ainda era uma Talbot.

Porém, agora que era a única representante da família, o sobrenome não parecia mais tão importante, pelo menos não como quando seu pai o ostentava. Nem como quando sua mãe, o oposto de uma bibliotecária severa, o carregava, oferecendo um refúgio seguro para todos na comunidade que quisessem aprender.

Sabendo que nunca poderia ser como o pai, Millie se propôs a oferecer a todos o mesmo que a mãe.

Começou a cursar o mestrado em Biblioteconomia totalmente on-line e exercera a função de assistente na biblioteca o tempo todo – a mãe estivera doente. Então, no meio do curso, sua mãe morreu. Para Millie, era um alívio pensar que escolhera não sair da cidade para estudar.

Porém, acabou não conhecendo outras pessoas. Andava com as mesmas amigas de sempre, que as conheciam desde a infância. Então, quando Michael demonstrou interesse, Millie achou que tudo mudaria.

Em retrospecto, desconfiava que ele só queria estar com uma Talbot, atraído pelo prestígio do sobrenome. Mas ela não era o pai: não ostentava o heroísmo do passado cravado nos ossos. Ele, sim. Usava o distintivo com naturalidade e autoridade. Era afável, mas firme quando necessário.

Ele era a própria figura do xerife do Velho Oeste, só que da era moderna.

Assim como o pai dele e o pai do pai dele.

E então veio Millie, a única garota em gerações dos Talbot – seus pais jamais puderam ter outro filho. Ela não se sentia compelida ou mesmo capaz de dar continuidade ao legado dos homens da família.

Não achava coincidência que Michael tivesse parado de ser tão cuidadoso com o namoro logo depois da morte do pai dela.

Ele claramente decidira não preservar o futuro que estava planejando com ela, já que não conseguiria o que queria.

O que ele queria, na verdade, era subir na escada social em uma cidade em que os degraus tinham a altura de um banquinho.

Millie deixou escapar um rosnado curto e frustrado, bateu no volante e saiu do carro. Fechou a porta sem se preocupar em trancá-la, porque nunca fazia isso em Rustler Mountain, e atravessou o gramado, subindo os degraus de dois em dois até porta preta e pesada do tribunal. Empurrou-a e entrou, seus passos ecoando no chão de madeira escura.

Ainda se recordava de quando aquele espaço abrigava um museu. E sentia muita saudade.

O cheiro continuava o mesmo: séculos de umidade, madeira envelhecida e vernizes diversos misturados no ar, criando aquele aroma único de prédio histórico que a acolhia.

Queria descer ao porão para examinar cada artefato.

Queria... Sentiu-se ancorada de novo. A história daquele lugar, das pessoas que haviam percorrido aqueles corredores, era importante.

Queria preservar aquele pedaço do passado para o futuro da cidade – na verdade, para o futuro de todos. Porque acreditava de coração que a história precisava ser preservada para que se compreendesse o presente.

Sim, o Velho Oeste era fascinante. Sensacional. Havia relatos de caubóis destemidos e de bandidos impiedosos. Mas também havia narrativas sombrias de injustiça: exemplos de humanos que, repetidas vezes, escolhiam suas piores versões, dividiam-se em grupos e marginalizavam quem não era como eles.

Achava que, para a humanidade avançar, era preciso entender de onde viemos.

Acreditava plenamente nisso – assim como acreditava que os livros são a chave para transformar o coração das pessoas, mostrando que somos mais parecidos que diferentes.

Ela se importava com seu cantinho do mundo. Seu pedacinho de história.

Porque acreditava que tudo aquilo tinha importância. Que as crianças entrariam na biblioteca e sairiam de lá diferentes. Que, depois das apresentações de história viva, teriam uma compreensão mais profunda de quanto progresso fora feito – e, ao mesmo tempo, de quanto ainda faltava.

Ela se esforçou para acalmar os nervos ao caminhar pelo corredor e entrar na sala de reuniões.

O espaço já estava cheio: quase todos circulavam em torno de uma mesa em um canto, com biscoitos que ninguém comia e garrafas de vinho abertas, doadas por Alana, do vinhedo White Owl. Não faltavam vinhedos na região – o clima era perfeito para cultivar uvas, e havia muitos vinhos locais de qualidade ali, o que ajudava a atrair turistas. As rotas de enoturismo começavam em Jacksonville, passavam por Ruch e Applegate e terminavam em Rustler Mountain, com vans que se enchiam de pessoas cada vez mais embriagadas conforme o passeio avançava. Era um clima de festa, em todos os sentidos.

E, claro, era esse tipo de evento que Danielle queria promover, o que mantinha Alana ao lado dela. Infelizmente. Não que Millie se opusesse às rotas do vinho – queria apoiar os negócios locais em todas as suas formas.

Era só que... não queria perder o que tornava Rustler Mountain única.

Marietta Hensley captou seu olhar assim que Millie entrou, e não foi uma troca muito amistosa. Marietta era uma das amigas mais próximas de Danielle.

Millie se perguntou o que falavam sobre Michael, Danielle e o fato de o relacionamento deles ter começado com um caso de infidelidade. De alguma forma, *Millie* acabou se saindo como a vilã para as pessoas que juraram fidelidade a Danielle.

Na verdade, ela não se perguntava nada. Porque realmente não queria saber a gama de baboseiras usada como justificativa para aquilo.

Tinha quase certeza de que a maior justificativa para Michael e Danielle era que ele e Millie ainda não tinham se casado. Como se isso tornasse tudo melhor.

– Oi, Millie. Você parece cansada. – Sua expressão de falsa preocupação era quase cômica.

Quase.

– Obrigada, estou mesmo – Millie disse. Marietta claramente não sabia o que dizer, então foi se infiltrando devagar em um grupo que já estava conversando.

Foi bom saber que ainda tinha a habilidade de matar uma interação social com uma verdade bem colocada.

Ela vasculhou a sala desesperadamente, até que alguns corpos se moveram e então ela viu Heather Lin-Stewart.

Heather pegou um copo de plástico de vinho e cruzou a sala, entregando-o a Millie.

– Você acha que vai ganhar? – Heather perguntou.

Heather provavelmente era a melhor amiga de Millie no mundo todo. Ela sempre fora legal com Millie. Até no ensino médio.

Ela cursara faculdade fora e fizera novos amigos. Tinha se casado e tido filhos. Apesar de morarem perto, era difícil encontrarem tempo para se ver.

Mas seria madrinha no casamento de Millie e se ofereceu para castrar Michael pessoalmente quando a amiga o pegou no flagra. Heather estava presente nos momentos cruciais.

Como agora.

– Acho que não – Millie disse.

– Meh – ela resmungou, fazendo careta. – Tenho tantas correspondências incríveis para você. Cartas que Gin Lin recebeu da China, equipamentos antigos de mineração de ouro. Cópias de algumas reivindicações. Meu pai limpou o depósito dos fundos da propriedade, que estava abarrotado desse tipo de coisa.

– Daremos um jeito – Millie disse, soando muito mais esperançosa do que se sentia. – Mesmo que eu tenha que montar a exposição na sala dos fundos da biblioteca e revezar os itens em exibição. – Era uma possibilidade. Não era o ideal, mas era mesmo uma possibilidade. E talvez precisasse começar a pensar em ceder.

Mesmo sem querer.

– Bem, a Danielle é horrível – Heather comentou.

– Por dentro – ela disse. – Por fora, ela é o oposto disso.

– Eu sei. Seria tão conveniente se as pessoas horríveis sinalizassem isso de alguma forma. Que nem sapos venenosos.

– Aham. Do jeito que as coisas são, a gente é envenenada antes de perceber que precisa tomar cuidado.

Não que ela e Danielle tivessem sido amigas algum dia. Mas Millie jamais imaginara que aquela mulher estivesse dormindo com seu noivo.

Todos começaram a se acomodar, e Millie e Heather se direcionavam para as suas cadeiras quando um silêncio súbito tomou a sala.

Cabeças se voltaram para a porta, e Millie também se virou para olhar. Seu coração parou.

Ali estava Austin Wilder, todo de preto, parecendo o próprio fora da lei: chapéu de caubói preto, camisa preta, jeans preto, botas pretas.

Ainda bem que ela nunca sentira nada por ele.

– *Não* – Heather disse.

– *Ah!* – Millie exclamou.

– Você sabia que ele vinha?

– Não. Ele… recusou a minha proposta.

Austin deu uma olhada na sala e, no instante em que seus olhos se encontraram com os de Millie, ela ficou completamente paralisada. Como se fosse uma ovelhinha diante de um lobo.

Então ele seguiu na direção dela com passos fluidos e lânguidos, sem fazer o menor esforço para dissipar aquela impressão de que ele era o predador e ela, a presa.

– Podemos conversar? – ele perguntou.

Ela sentiu todos os olhos do recinto sobre si. Realmente não esperava por isso. Não naquele momento. Sim, ela sabia que todos olhariam para ela quando fizesse a apresentação e chegasse a hora de votar. Todos olhariam para ela e votariam não, e sentiriam satisfação ou pena, dependendo de quem fosse e em qual campo estivesse. Mas não esperava que todos a observassem agora, com Austin Wilder logo ali, também olhando para ela.

– Claro – respondeu Millie, olhando de lado para Heather antes de se voltar para ele. Austin inclinou a cabeça para a porta e deu meia-volta, indicando que ela devia segui-lo. Foi o que ela fez.

Seus passos ressoaram alto pela sala, como se todos tivessem ficado completamente quietos. Como se todos os observassem.

Quando saíram para o corredor, ele se virou para ela, com os braços cruzados sobre o peito.

– Talvez eu possa ser convencido a votar em você.

– Sério?

Millie sentiu uma onda de alívio e de repente seus joelhos ficaram moles. Mas tinha quase certeza de que era pelo alívio, e não por ele ser tão maior do que ela. Ficara tão impressionada com Austin no dia anterior que não reparou em como era alto.

Ela mal batia no peito dele. Austin a fazia se sentir uma ratinha. O que era pertinente, já que muitas pessoas naquela sala a chamavam de Millie Mouse na época da escola. Só que ela não era uma ratinha. Ou talvez fosse, mas era uma ratinha muito determinada, que tinha subido a montanha e voltado com Austin Wilder. Para seu próprio espanto.

– O que te fez mudar de ideia?

– Bem, eu não diria que foi algo tão dramático quanto mudar de ideia. Mas pensei um pouco. Não tenho nenhuma simpatia pelos espetáculos do Velho Oeste ou por encenações da morte do meu homônimo. Dito isso, o que me interessa é a história. E eu estaria disposto a fornecer algumas informações sobre a minha família se pudesse ter acesso a cartas e diários da sua.

– Por quê?

Ele ergueu os ombros largos.

– Pesquisa.

– Pra quê?

– Não é da sua conta. Não estou tentando escolher louça de casamento com você, Millie. Só quero ver o que tem sobre os Talbot. E sobre qualquer coisa a respeito da prisão dos Wilder e da morte de Austin.

– Claro. Sem problemas.

Ela pensou se deveria oferecer a Austin um pouco mais de espaço para opinar nos eventos ligados ao Festival da Corrida do Ouro. Mas percebeu que não queria dar essa abertura. Queria manter a tradição. Porque se sentia especialmente ligada a isso agora. Por causa do pai. Pela saudade. Pelo quanto ele amava aquele festival.

Pelo significado que o passado da família tinha para seu pai.

Porque a família Talbot havia limpado as ruas não apenas de Rustler Mountain, mas de todo o Oeste. Porque os irmãos Wilder foram uma praga.

Ela olhou para o rosto de Austin Wilder com a cabeça a mil.

– Isso é tudo o que você quer? Vai votar na minha proposta e me dar acesso às informações da sua família?

– Com uma condição. Vou votar na sua proposta, mas se eu não gostar da sua forma de lidar com as coisas, não vou te dar nada da minha família.

– Justo.

– Que bom. Agora vamos.

Quando eles se viraram e entraram na sala, Millie sentiu um assombro percorrer o ambiente. Não tinha parado para pensar em como seria entrar ali, ombro a ombro com... Bem, ombro com cotovelo, com Austin Wilder.

Ela, Millie Talbot.

Talvez aquele fosse seu momento de infâmia.

Não tinha percebido que queria um – até agora. Mas ter a capacidade de chocar as pessoas em vez de simplesmente despertar pena era uma boa mudança.

Austin se sentou no fundo da sala e ela foi para o lugar onde ia se sentar antes, ao lado de Heather.

Millie sentia o olhar de Danielle cravado nela, com seus afiados olhos azuis. Também sentia que Michael a encarava. Eles não sabiam o que ela tinha feito. Não faziam ideia do que tinha planejado, não sabiam por que Austin estava ali, nem como ela o conhecia.

E isso a fez se sentir poderosa.

Pela primeira vez, Millie era completamente imprevisível. O que era extraordinário e inebriante.

Ela não era apagadinha. Tá bom, talvez fosse. Mas era mais do que isso.

E quando chegou sua vez de falar, foi até a frente da sala com convicção.

– Todos vocês me conhecem, e abordarei apenas a proposta que foi enviada após a reunião do mês passado. Estou propondo que parte do orçamento seja redirecionada para a associação histórica. Para o Festival da Corrida do Ouro e para a reabertura do Museu de Rustler Mountain. Isso seria bom para o turismo, não apenas o tradicional ao qual estamos acostumados, mas também para visitas escolares. Acredito de verdade que só olhando para o passado conseguimos enxergar o caminho para o futuro. Estou pronta para colocar esse plano em votação.

Então foi a vez de Danielle falar.

Ela se levantou com um sorriso meloso:

– Muito obrigada, Millie – disse, o sorriso tão largo e frágil que Millie pensou que o resto dela ia rachar. – Foi um ótimo discurso. Mas a verdade é que são tempos difíceis para a economia. Precisamos investir em projetos que aumentem diretamente a receita da cidade.

Quase como se fosse outra pessoa, Millie disparou:

– E como viagens para você e para seus amigos vão garantir isso?

Danielle não se deixou abalar – por isso era a prefeita, e Millie, não. Sustentou o ar sereno, sorridente e imperturbável.

– A capacitação para mim e para os demais conselheiros ajuda a administrar a comunidade de forma eficaz. E não é que eu não acredite na importância da história. Eu acredito, é claro. Como sabem, sou descendente do primeiro médico de Rustler Mountain e adoraria homenagear nossa história de forma permanente com um museu. Mas, com a atual situação da economia, sinto que este não é o momento.

Danielle desfilava como se fosse médica, quando, na verdade, desde aquele primeiro doutor, ninguém mais em sua família atuara na área. Eles eram donos de uma imobiliária. O que era perfeitamente aceitável. Mas ela podia baixar um pouco a bola.

Millie ferveu de raiva. Porque aquela mulher… Era preciso muita audácia para olhar na cara dela assim.

Michael nem conseguia olhar para Millie, o que a confortou um pouco.

– Todos os favoráveis à manutenção do orçamento, com aumento para cobrir custos, manifestem seu apoio levantando a mão.

Metade das mãos na sala se levantaram, como Millie já esperava.

– E os favoráveis à proposta de Millie?

Foi realmente reconfortante ver tanto apoio. Millie ergueu a própria mão. Heather também. Todos do seu lado da sala fizeram o mesmo.

Então ela ouviu passos pesados descendo pelo corredor central. Sabia exatamente quem era. De algum modo, reconhecia que aqueles passos estavam sendo produzidos por botas pretas.

– Sou a favor da proposta de Millie – disse Austin, com uma voz grave, firme e um tanto ameaçadora.

Michael se levantou e encarou Austin. De repente, era como se assistisse a um duelo no meio da cidade – um duelo de muitos anos atrás.

– Você nunca exerce seu direito de voto. Ninguém da sua família exerce.

– E dizem que você não exerceu seu voto de fidelidade no noivado.

Pequenos suspiros de surpresa percorreram a sala. Ninguém nunca havia mencionado o assunto assim tão abertamente. Todos fingiam que nada tinha acontecido.

Michael se engasgou e Danielle ficou congelada de raiva.

– Isso não tem nada a ver com o nosso orçamento – Danielle falou.

– Talvez não. Mas o fato de eu não ter exercido meu direito antes também não. É meu direito como membro de uma das famílias fundadoras da cidade.

– Acho que incluir ou não os Wilder entre fundadores pode e *deve* ser motivo de debate – retrucou Danielle.

– Mas não está em debate – devolveu Austin.

– Não acho que criminosos... – Danielle começou.

– Está falando dos meus antepassados?

Os olhos dela se estreitaram.

– Não exclusivamente.

– Cuidado. Nunca fui condenado por nada. E você está perto de insultar sua própria família.

O silêncio tomou conta da sala. Ele encaixou os polegares nos passadores do cinto e percorreu o público com o olhar, certificando-se de dar uma encarada em cada um. Quando chegou sua vez, Millie sentiu um estalo de eletricidade.

– Pode não gostar da forma que minha família ajudou a fundar esta cidade – ele prosseguiu. – Mas ajudou. Investiu dinheiro e trabalho aqui. Então, se você tem algum problema com o nosso papel, sinto muito.

– Acho que deveria haver uma cláusula exigindo aviso prévio antes de alguém aparecer e... – Danielle tentou dizer.

– Mas não existe – cortou Austin, com a voz firme.

Millie viu Danielle calculando os movimentos por trás dos olhos azuis, tentando pensar no próximo passo. Se resolvesse bater o pé para conseguir o que queria à custa do protocolo e de qualquer aparência de civilidade, provavelmente perderia os aliados que tinha. Porque, mesmo que suas amigas íntimas não se importassem se Danielle estava sendo totalmente correta, a maioria das pessoas se importava.

Embora os amigos de Danielle tivessem ficado do lado dela no caso do casamento arruinado de Millie, Danielle e Michael acabaram em uma situação complicada aos olhos dos moradores. Isso deveria ser um bálsamo para o coração partido de Millie. A maioria das pessoas ao menos reconhecia a crueldade daquilo.

E Millie desconfiava de que a maioria achava que Michael não era tão culpado assim. Afinal, Danielle era muito mais bonita do que ela.

– Então... está resolvido? – Danielle percorreu a sala com o olhar. – Todos entendem que isso significa fixar o orçamento e voltar a planejar e realizar o Festival da Corrida do Ouro? Não sei se será fácil angariar o número de voluntários necessários. Aliás... – Danielle disse com um brilho combativo nos olhos. – Essa é uma informação que estava faltando na sua papelada. Podemos até ter o dinheiro, mas temos capacidade de executar esse plano? Você não pode tocar tudo sozinha, Millie.

– Eu ajudo – disse Austin, antes que qualquer um pudesse respirar.

Millie virou a cabeça para ele.

– Sério?

– Sim. Já passou da hora de a família Wilder ter voz na forma como é representada.

Michael se intrometeu, sarcástico:

– Vocês já se representam muito bem, com o próprio comportamento.

– Cuidado – retrucou Austin, com um meio sorriso. – Se formos falar de comportamento, talvez o rumo dessa conversa não te agrade.

– Não vamos entrar nessa de revisionismo histórico agora – rebateu Michael.

– Ah, você não vai divulgar que seu antepassado tentou cobrar juros abusivos do meu só porque ele era chinês? – disparou Heather, com sangue nos olhos.

Michael gaguejou.

– Talvez seja hora de atualizar as placas do banco.

– Chamar de *revisionismo histórico* pressupõe que toda a verdade já tenha sido contada – Heather disse. – E não foi.

Heather olhou para Millie e abriu um sorrisinho.

Millie sorriu de volta.

– Como parte da reabertura do museu, pretendo apresentar uma visão mais aprofundada da história da cidade – disse Millie. – Espero corrigir algumas narrativas.

– Haverá um espaço para as crianças? – A pergunta foi feita por um dos homens que tinha votado contra a proposta, mas tinha filhos pequenos. Claramente, agora que seu lado havia perdido, ele só se importava com o benefício que poderia tirar daquilo.

– Sim. Teremos um armazém. Uma réplica do armazém original de Rustler Mountain.

– E que prédio você está pensando em usar? – Danielle perguntou.

– Estou querendo usar o antigo edifício Waterford da minha família. Quero dizer, o meu edifício. – Não havia nenhum Talbot além dela. Não mais. Ainda não parecia que o prédio era só dela.

– Você vai precisar de autorização.

– Eu sei – Millie respondeu. – Felizmente, essa aprovação passa pelo condado. – *E não por você.*

Ela não precisou falar essa última parte em voz alta, já que estavam trocando falsas gentilezas. Mantendo a aparência de civilidade.

– Está bem. Você conseguiu o seu orçamento – Danielle declarou. – Vamos passar para a próxima pauta.

Millie mal ouviu o restante da reunião. Os ouvidos zuniam e o corpo parecia leve, formigando. Era como se flutuasse em uma nuvem bem acima daquela sala.

Quando tudo acabou, percebeu que realmente precisava voltar para casa. Para o silêncio, para o isolamento. Para tirar um minuto e organizar seus pensamentos. Ela acenou para se despedir de Heather e saiu correndo enquanto a reunião terminava. Porém, assim que encostou na porta, sentiu uma mão firme no cotovelo.

– Espere só um minutinho.

Ao se virar, ela se deparou com o azul feroz dos olhos de Austin Wilder.

CAPÍTULO 4

O desespero leva um homem a fazer coisas que jamais imaginou. A vitória faz um homem se sentir invencível. Juntos, o desespero e a vitória tornam um homem perigoso. Foi o que descobri.

– Diário de Austin Wilder, 15 de outubro de 1848

Toda aquela história logo descambou. E, como um bom Wilder, Austin estava mais do que familiarizado com coisas descambando, só não esperava terminar *ali*.

Talvez devesse ter adivinhado que o antigo tribunal seria o palco de sua queda, assim como fora para os Wilder que vieram antes dele.

Inferno. Maldição.

Ele tinha conseguido se envolver na execução do evento, mas entrou num tipo de devaneio rebelde adolescente e não gostou da forma que as pessoas naquela sala pareciam se achar superiores a Millie Talbot. E gostou menos ainda da forma que se achavam melhores do que ele. Da forma que mudavam as regras conforme a conveniência.

Ah, não. Se tinha uma coisa de que ele não gostava, era de injustiça.

Estava bem familiarizado com a injustiça. Ao nascer, fora automaticamente considerado farinha do mesmo saco de onde vieram os antepassados. Era um degenerado desde o primeiro dia de vida.

Por um tempo, fez jus ao rótulo. Por que não?

Andava pela cidade como se fosse o dono do lugar. Um fora da lei com total liberdade. Andava a cavalo pela Main Street quando bem entendia e mandava os motoristas buzinando atrás dele se danarem.

Ser um mau elemento era o direito de nascença de todos os Wilder que já tinham vindo ao mundo e à Rustler Mountain. Era o que herdavam.

E ele acreditava que aquele dia era a mais pura expressão da teimosia que os mantinha ali.

Ele sabia que podia parecer completamente descompensado para alguém de fora da cidade. Inferno, talvez até mesmo para quem vivia ali. Mas se recusava a ir embora, muito menos de cabeça baixa. Como todo Wilder antes dele.

Eles eram teimosos, e Austin fazia questão de honrar esse legado.

Ou talvez só tivessem morrido jovens demais para se cansar daquela baboseira, como acabaria acontecendo.

Bem, aí estava uma ideia interessante. Talvez aquilo tudo não tivesse a menor graça quando ele chegasse aos 90 anos.

Ou talvez tivesse que mudar o roteiro.

Já fizera isso uma vez, quando ele e os irmãos se endireitaram para criar Cassidy.

E se fizesse isso em uma escala maior? E se o sobrenome Wilder significasse algo diferente dali para a frente?

Claro, a cidade não tinha intenção nenhuma de ressignificar nada. Porque era bem conveniente manter a lenda dos fora da lei. Danielle podia não se interessar pela história da cidade como Millie, mas claramente se importava com o turismo. E Austin tinha ouvido sem querer o que falavam naqueles passeios pela rota do vinho.

Ao descer a Main Street, os guias proclamavam que Austin Wilder sangrara ali mesmo, na terra.

Ele estava acostumado a ouvir o próprio nome associado àquela imagem terrível. Já nem reagia.

E era isso. Basicamente não havia ninguém interessado em mudar aquela narrativa.

Ninguém além dele.

E se ele se casasse? E se tivesse filhos? E se fosse possível deixar um legado diferente para eles? Se terminasse de escrever o livro... talvez pudesse mudar a história.

Ele só teria que sobreviver ao Festival da Corrida do Ouro primeiro.

– Não saia correndo feito uma ratinha num saco de grãos. Você precisa conversar comigo.

– Preciso? – Com os olhos arregalados, Millie o encarou. – Por favor, não me chame de rata.

Surpreso, ele foi rápido na resposta.

– Então não saia correndo feito uma.

Ela balançou a cabeça, fazendo o cabelo escuro sacudir com o movimento.

– Não. Era assim que me chamavam na escola. Millie Mouse. Porque eu era... – Ela franziu o nariz e desviou os olhos.

– Não entendo por que te chamariam assim – ele disse em um tom seco.

– Então por que você fez isso?

– O motivo pelo qual te chamavam assim é bem óbvio... Desculpe, você não captou o sarcasmo.

– Bem, isso é... – As pessoas começaram a sair da sala de reunião e ele percebeu que ela estava cada vez mais desconfortável.

– Vamos – ele disse.

Ainda segurando seu cotovelo, ele a conduziu para fora do prédio, descendo os degraus da frente e virando a esquina. Suas botas afundaram no solo macio e ele xingou aquela grama encharcada. Aquela água podia estar irrigando as fazendas, mas, em vez disso, usavam o recurso para deixar o gramado o mais verde possível. Tá, talvez ele estivesse começando a entender o ponto de Millie sobre como os recursos eram usados na cidade.

– Como você acha que essa coisa vai funcionar? – ele perguntou.

– Que coisa?

– Tenho que te ajudar a planejar o Festival da Corrida do Ouro. O que é que significa isso? Nunca fui ao evento, muito menos *planejei* um.

– Você que se ofereceu para ajudar.

Ele olhou por cima da cabeça dela, para o outro lado da ruazinha quase vazia, notando o pequeno restaurante na esquina cheio de clientes aconchegados e quentinhos, desfrutando sopas e hambúrgueres em paz.

Desejou ser um deles. Mas estava do lado de fora, na grama molhada, tentando descobrir em que diabos tinha se metido.

Porque ele tinha um coração.

Que momento mais inoportuno para descobrir isso.

– Sim, eu me ofereci. Porque não aguentei... *aquilo* tudo.

– Está me dizendo que se voluntariou porque sentiu pena de mim?

Ele suspirou.

– Um pouco.

As bochechas dela ficaram vermelhas. Pela primeira vez, ao olhar para ela, Austin viu algo além de uma Talbot.

Algo além da bibliotecária de Rustler Mountain.

Millie era bonita. Talvez de um jeito meio certinho, mas, ainda assim, bonita. Seus cabelos castanhos escuros brilhavam e ela tinha sardas no nariz. Os olhos dela também eram castanhos, com detalhes verdes e dourados, adornados por cílios escuros. Ela era pequena. Austin preferia mulheres altas, e ela era…

Uma Talbot.

Ele cerrou os dentes.

– Quero ver tudo o que você tiver sobre a sua família.

– Não sei o que espera encontrar.

– Acho que Austin Wilder foi traído.

– Por quem?

– Bem, pra começar, por Lee Talbot.

– E como um fora da lei poderia ter sido traído por um xerife?

Ele deu risada.

– Ah, docinho. Só por essa pergunta, já sei que você não costuma sair muito da sua bolha. No fundo, acho que os irmãos Wilder nunca mataram ninguém.

– Mas eles foram condenados por assassinato.

– William e Jesse foram. Austin não. Ele foi morto a tiros no meio da rua.

– Ele tinha uma arma.

– Era o maldito Velho Oeste, Millie. Até o padre tinha uma arma na cintura. Isso não era nada de mais. Austin nunca foi julgado. Nem condenado. E ele definitivamente foi traído por *alguém*. Acho que pelo Butch Hancock. Acho que foi ele quem entregou os irmãos Wilder pra polícia. Aí, fugiu da cidade com o dinheiro do último assalto.

– O que te faz pensar isso?

– Algumas coisas que li nos diários que tenho. E quero ver se você tem algo que corrobore a minha tese.

– Nunca vi nada que… nunca vi nada sobre isso. A história que eu conheço é… a história oficial. Havia testemunhas do roubo que Austin e sua gangue cometeram, e seus relatos levaram as autoridades à casa na Main Street onde Austin, Butch, Jesse e William estavam escondidos. Por respeito à esposa e aos filhos de Austin, eles levaram os homens para fora e as coisas ficaram violentas.

– Eu não acredito nessa história. Nunca acreditei e nunca vou acreditar.

– Não entendo que diferença isso faz. – Ela cruzou os braços, como se estivesse se agarrando às próprias certezas. – Eles eram ladrões de gado. Todo o sucesso dos Wilder com o rancho começou com gado roubado. E, francamente, se os moradores da cidade soubessem, teriam feito justiça com as próprias mãos.

Ambos sabiam que, naquela época, ladrões de gado muitas vezes acabavam enforcados numa árvore, sem jamais pisar em um tribunal.

– Isto aqui é Rustler Mountain – Austin disse. – Eram tempos selvagens, em uma cidade selvagem. Não acho que tenham sido os únicos ladrões se escondendo nas montanhas. O Oeste era uma loucura, isso é uma coisa. Outra coisa completamente diferente é acusá-los de um assassinato do qual não há provas de que tenham cometido.

– Não vejo como isso mudaria alguma coisa, nem motivo para cutucarmos esse vespeiro.

– Claro que você não vê. Você é considerada uma boa cidadã porque descende de um grande homem da lei. Já eu sou considerado mau, porque minha ancestralidade é cheia de vilões. Acredite em mim, as coisas são muito mais complicadas que isso.

– Eu... sinto muito se alguém fez você se sentir assim.

– Olha, como demonstração de empatia, isso foi bem fraco.

– Mas sinto muito mesmo se alguém fez você se sentir assim. E tenho certeza de que fizeram. Também moro aqui e sei que as pessoas julgam. Isso é errado. Apesar de você ter causado um monte de problemas...

– Enquanto você mal fez barulho – ele comentou.

Ela olhou feio para ele.

– Está bem. Eu sou apagada. Você já provou seu ponto. E, na verdade, não estou discutindo isso... Se existem informações incorretas nos registros públicos, elas devem ser corrigidas. Mas não acho que seja o caso.

– Baseada em quê?

– Uma extensa pesquisa. Vou te dar acesso a tudo – Millie disse. – Mas posso te garantir: se houvesse algo assim, eu saberia. Fui voluntária no Festival da Corrida do Ouro durante toda a minha vida. Trabalhei no museu. Já lidei com muitos artefatos. Li a maioria das cartas.

– E você acha que isso é tudo?

– Claro que não é tudo. Para começar, não há informações suficientes sobre os mineiros que vieram da China. Foram deliberadamente apagados da história da cidade. E a família de Heather acabou de encontrar documentos novos quando estavam limpando a propriedade.

– Esse é o meu ponto. Você não tem *tudo*. E não tem como saber se tem.

– Mas o relato do tiroteio estaria com a minha família. E já vasculhei as coisas do meu pai.

Então, Austin se deu conta de que não tinha pensado em como a morte do pai dela era recente. O pai dele morrera fazia mais de quinze anos. Uma perda bem difícil. Mas ele já tinha superado – mais ou menos. Não pensava muito sobre isso. Só que para ela o luto era muito recente.

E ele não era um monstro.

– Sinto muito. Sobre o seu pai.

Millie se surpreendeu.

– Ah. Obrigada. Eu... não estou muito bem.

Mas estava ali. Lutando pelo museu.

– É difícil acreditar que as coisas continuam. Mesmo quando você mal consegue acompanhar.

O rosto dela foi tomado por perplexidade.

– Sim. É mesmo. É exatamente assim que me sinto. Como se tudo continuasse avançando em um ritmo implacável, apesar de eu não ter a menor energia para lidar com as coisas. Hoje vim para cá achando que ia perder.

– Por que é tão importante para você vencer?

– Tipo, em parte é porque meu ex-noivo me traiu com a Danielle, e não quero que ela ganhe.

Certo. Ele tinha sacado isso na reunião. Era uma fofoca tão disseminada na cidade que chegou até Wilder Mountain, o que era um feito e tanto. A filha do xerife Talbot fora largada menos de dois meses depois da morte dele e apenas algumas semanas antes do casamento.

Era engraçado, porque ele não *conhecia* Millie. Só de vista. Austin a via toda semana desde que ela era apenas uma menininha. E ele próprio também era só um menino. Lembrava-se da mãe dela naquela mesa, sentada atrás de um computador enorme, provavelmente mais velho que ele. Ela sempre fora gentil. Era uma das poucas pessoas que nunca o trataram como se fosse inerentemente mau. O que era irônico, pois ela havia se casado com um membro da família Talbot.

Ele ficou triste quando ela morreu. Foi como se tivesse perdido um membro da própria família, só que Austin não tinha as palavras para verbalizar aquele sentimento, nem ninguém para compartilhar o que sentia.

E não estava inclinado a compartilhar isso agora. Porque ela era a mãe de Millie. Apenas a moça da biblioteca. Mas a biblioteca significava mais para ele do que para a maioria das pessoas.

Quando entrou na biblioteca pela primeira vez, no quinto ano da escola, um velho rabugento mandou que saísse, porque os Wilder não eram bem-vindos ali.

Ele gritou, na voz fina de um menino de 10 anos:

– Foda-se, babaca, vou aonde quiser!

E a mãe de Millie não ficou brava. Em vez disso, entregou-lhe um cartão de usuário e disse que todos eram bem-vindos na biblioteca.

Ninguém nunca tinha dito a ele que era bem-vindo antes.

Depois, Millie assumiu o lugar da mãe. As mãos dela sempre eram eficientes, digitando depressa no teclado e registrando os livros que ele pegava. E Austin se lembrava do dia que viu um anel de diamante surgir na sua mão esquerda. Mas não comentou. Não era de comentar nada – muito menos a vida pessoal dela.

Ficou um pouco perturbado ao ver o anel. Irritado por ela ter uma vida fora da biblioteca. Ela era um ser humano completo, que não deixava de existir quando ele não estava por perto. Ele não soube articular o motivo do aborrecimento.

Assim como não conseguiu articular a tristeza que sentiu com a morte da mãe dela.

Ele também se lembrava do dia que o anel sumiu. Saiu em busca de informações, fornecidas pelo melhor amigo de seu irmão Flynn, Dalton, que sempre sabia o que estava rolando na cidade.

– Posso até vir de uma família de imprestáveis. Mas não gosto de traidores.

Aquele era um dos poucos pecados que ele não havia cometido. Claro, ele nunca tinha se envolvido com ninguém de verdade.

– Não?

– Se achasse que não conseguiria ser fiel, eu me manteria solteiro. Ora, a questão é que, se comportando desse jeito, você vai acabar solteiro de qualquer forma. Meu pai é um ótimo exemplo. – Ele bufou. – Bem, era.

– Certo – disse Millie, e ele percebeu que ela guardava seus comentários para si. Todo mundo sabia das infidelidades do pai dele. E se não soubessem os detalhes, pelo menos sabiam que Cassidy fora deixada na porta da família apenas dez meses após a morte do pai, como produto de um caso que vivera com alguém de fora.

– Eles não vão durar – ele falou.

Ela olhou para Austin e ele viu, de repente, a mesma firmeza de aço que vira nos olhos dela pela primeira vez, quando Millie fora até sua casa. Era o completo oposto da expressão retraída de antes.

– Não ligo – ela disse. – Não estou mal. Estou com raiva. Raiva por quase ter me casado com alguém capaz de fazer isso comigo. Se ele não tivesse parado de se importar com o que eu pensava, teria caminhado até o altar e me comprometido com alguém que passou meses mentindo na minha cara. Isso é bem mais assustador e muito pior do que pegá-lo na cama com outra pessoa. – Ela balançou a cabeça e olhou para o céu. – Na verdade, isso até veio a calhar. Porque Danielle é minha inimiga política em muitos aspectos.

– Você está buscando uma carreira na política?

– Não. Se eu quisesse isso, já teria me tornado política. Quero ser bibliotecária mesmo. E quero restaurar os programas históricos da cidade. Não quero liderar nada, nem me meter em esquemas. Eu só quis dizer que... Danielle e eu temos objetivos diferentes para a cidade, acho.

– Que bom que você não está planejando se candidatar à prefeitura. A biblioteca precisa de você.

Aquilo soou mais sincero do que ele pretendia.

Ela olhou para baixo com as bochechas levemente rosadas, e ele teve certeza de que Millie parecia... satisfeita. Apesar de não estar sorrindo, seus olhos emanaram um tipo diferente de brilho. Só por um momento.

– Eu tenho planos para o Festival da Corrida do Ouro. Não vou começar do nada.

– Bom saber.

– Todos os projetos que os organizadores anteriores usaram estão guardados em uma pastinha.

– Ótimo. Você tem uma pastinha.

– Você não pode fingir que não será bom nisso.

– E por que você acha que serei bom nisso?

– Quantos livros você já pegou sobre coisas do tipo? Orçamento, administração de empresas?

Ele não gostou nem um pouco do comentário. Durante todos aqueles anos pegando livros na biblioteca, nunca achara que a bibliotecária fosse se lembrar do que ele lia e concluir coisas sobre sua personalidade com base nisso.

– Isso não é justo. Minha ficha na biblioteca não é sigilosa?

– Talvez, mas sou eu quem faz os registros.

– *Touché.*

– Vamos nos encontrar amanhã – ela sugeriu. – Pode ser aqui no tribunal. Peguei a chave do porão com Donna, que ainda administra informalmente a associação histórica.

– Por que informalmente?

– Porque estavam sem orçamento. Então, quando o museu fechou e todos os programas foram encerrados, ela não tinha muita coisa para fazer.

– Até que eu gostava daquele lance de história viva.

– Você disse que nunca participou de nada.

– Bem, quando estava na escola, eu meio que não tinha escolha. Era obrigatório ir ao festival. Eu mando bem no garimpo de ouro.

– Que bom. Talvez você possa fazer as demonstrações de garimpo para as crianças então.

A ideia de influenciar mentes jovens fez um calafrio percorrer seu corpo. Mas ele não estava assustado. Bem... talvez achasse crianças um pouco assustadoras.

– Você não parece interessado.

– Mas estou. Te vejo amanhã. Podemos dar uma olhada no material lá no porão.

– Austin – Millie disse quando ele se virou para ir embora.

– O que foi?

– Obrigada por ser meu herói.

CAPÍTULO 5

No caminho, encontramos Butch Hancock. Ele é um fora da lei de verdade. Do tipo que não pensa em nada além de roubar trens e bancos. Que faz os assaltos às carruagens do correio parecerem brincadeira de criança. Estou começando a pensar como ele. As riquezas a serem obtidas valem o risco.

– Diário de Austin Wilder, 5 de dezembro de 1849

Millie queria morder a própria língua. Aquela tinha sido a coisa mais ridícula para se dizer, e agora se sentia... ridícula. As palavras ecoavam em sua cabeça enquanto tentava ter uma noite agradável em casa, depois de deixar o nervosismo do dia inteiro escorrer do corpo junto com o desconforto de cada interação que teve naquela reunião.

As palavras continuaram se repetindo na sua mente até que pegasse no sono. E na manhã seguinte, enquanto se aprontava para encontrar Austin de novo.

Encontrar o *herói* dela.

Tão dramático. Tão... credo.

Mas, naquele momento, ela tinha falado sério. Porque Danielle tentara desafiá-la, e ele não permitiu. Ela sinceramente não sabia se teria pensado rápido o suficiente para reverter a situação. Heather teria se oferecido para ajudar, claro, mas ela tinha filhos e um emprego de período integral. Millie não esperava que a amiga abrisse mão do tempo livre.

Austin tinha um rancho inteiro para administrar. Ela não sabia como dariam conta. Vacas e visitantes da biblioteca tinham cronogramas diferentes. O que significava que seus horários poderiam não ser totalmente compatíveis.

Ela voltou para o tribunal com um tipo diferente de energia. Ainda um pouco envergonhada, mas menos melancólica.

Pois saíra vitoriosa de lá. Estava demorando um pouco para a ficha cair totalmente. Ou talvez aquilo não parecesse uma conquista porque agora havia trabalho a fazer.

Com Austin.

Ela devia estar acostumada com ele, já que o via com frequência – provavelmente era quem mais o via na cidade.

Desceu do carro se imaginando sentada na mesa da biblioteca enquanto Austin entrava e passava por ela para folhear os livros, ou se aproximava, inclinando-se sobre o balcão daquele jeito dele, pedindo os livros que havia encomendado ou reservado.

Ele era um frequentador da biblioteca como qualquer outro.

Repetia isso para si mesma.

Como qualquer outro.

Como qualquer ou…

O mantra parou dramaticamente na sua cabeça quando contornou os fundos do prédio do tribunal – onde ficava a entrada do porão – e se deparou com ele parado ali, com os polegares enfiados nos passadores do cinto, um chapéu de caubói na cabeça e o rosto escurecido pela barba que não se dera ao trabalho de fazer de manhã.

Ele era bonito. Ela o viu crescendo, ficando mais alto e mais forte ao longo dos anos. Viu sua mandíbula ficando quadrada e seu nariz afilando. Viu seu cabelo passando de dourado-alaranjado para um castanho quente. Viu o garoto se tornando homem, e sua beleza era uma espécie de realidade inegável que convivia ao lado de todas as outras verdades que ela aprendera ao crescer. Armazenara esse conhecimento de forma acadêmica.

Só que não tinha nada de acadêmico ali.

Não depois que ele agarrou seu cotovelo. Não depois que ela o chamou de herói.

Não com ela tão perto dele, sem que uma mesa os separasse.

Não com ela ciente de quão alto ele era.

Quão pequena ela era.

Infelizmente, Millie não era pequena o bastante para se enfiar em um buraco na lateral do prédio e desaparecer por um minuto. Era uma ratinha sem nenhuma das vantagens de ser uma.

– Dia – saudou Austin.

– Bom dia para você também.

– Eu não disse bom. Só que já é dia.

No fundo, até ficou satisfeita por ele não estar sendo gentil. Isso ajudava a conter aquela sensação efervescente que se espalhava em suas veias sempre que se aproximava dele.

Não era uma sensação familiar – tampouco agradável.

Nem sabia dar nome àquilo. Dizer que era atração seria fácil, mas também sentia atração por Michael e ele nunca a deixara fora de controle daquele jeito.

– Posso te mostrar o canto do porão onde ficam os registros da família Talbot. Só preciso terminar até as nove e meia para poder ir para a biblioteca.

– Também vou passar lá depois.

– Mas você não tem nenhum livro vencendo hoje.

– Não importa. Vou devolver os que estão comigo e procurar mais algumas coisas.

Provavelmente, o frequentador mais assíduo da Biblioteca de Rustler Mountain. Pelo menos, o mais dedicado abaixo dos 65 anos de idade.

– Certo.

Ela tirou a chave do bolso e a encaixou na tranca teimosa. Precisou sacudir um pouco antes de conseguir girá-la.

– Isso parece um crime. Deixar toda essa história trancada em caixas desse jeito – comentou Austin.

– É mais comum do que você imagina. Muita coisa acaba arquivada assim.

– Isso é considerado arquivo? Jogar as coisas em caixas e esquecer no porão?

Ela deu de ombros.

– Tecnicamente, sim.

– Não gosto disso.

– Nem eu. A história pertence aos moradores. Deveria ser acessível a todo mundo. – Fez uma careta. – Que comentário de bibliotecária.

– Defender o livre acesso à informação? Concordo.

Entraram no porão. Ela acionou o interruptor e os tubos fluorescentes zumbiram antes de acenderem, espalhando uma luz pálida.

– Acho que o que você procura está no canto direito, lá no fundo. Mas eu te mostro.

Millie estava bastante ciente do som dos passos dele logo atrás dela. Do fato de que tinham trocado mais palavras nos últimos dias do que, talvez, em toda a vida. Bem, somando os "ois" e "tchaus", dariam mais palavras. Mas aquilo era diferente.

Não que soubesse mais sobre Austin do que no dia anterior. Sabia apenas que ele não gostava de traidores – e, ao que tudo indicava, também não tolerava valentões. O que era reconfortante. Mesmo que fosse um pouco patético precisar ser resgatada de uma valentona aos 30 anos.

Não. Ela não precisava ser resgatada. Estava aguentando firme. Só que... talvez não tivesse vencido sem a ajuda dele. Eram coisas diferentes. A vitória moral teria sido dela, de qualquer forma.

O porão abrigava móveis grandes cobertos por lençóis, prateleiras repletas de cerâmicas e cestos. Caixas com roupas, fragmentos de louças etiquetados e datados. E, lá no fundo, exatamente como ela se lembrava, havia três caixas grandes com o nome Talbot.

– Por que sua família não quis ficar com isso? – Austin perguntou.

– Minha avó achava que as coisas deviam ir para o museu que funcionava na casa dela. Lembro de ir para lá e olhar tudo quando era criança. Junto com as recordações do meu avô da Segunda Guerra Mundial. Ele realmente amava história. Queria guardar tudo. Mas ela... queria dividir com os outros. Depois que ele morreu, vovó doou tudo para o museu. Acho que minha mãe a encorajou um pouco.

– Bibliotecárias.

– Pois é. Acho que meu pai ficou até aliviado, porque não queria se sentir obrigado a cuidar das coisas. É bastante pressão. Claro, não pensávamos que tudo acabaria dentro de caixas em um porão.

– Sua família doou esses itens para o museu. Você não pode pegar de volta?

– Acho que não. Os itens pertencem à associação histórica. Se fosse um empréstimo, talvez.

– Então o fechamento do museu deve ter sido um baque.

– Bem, minha avó não estava mais viva para ver isso. Nem minha mãe. Ela teria ficado bem triste.

– Imagino.

Havia algo que se parecia muito com ternura na voz dele, o que foi uma surpresa.

Millie olhou para o rosto de Austin iluminado pela luz fluorescente, mas ainda bonito.

– Ela era uma boa mulher, a sua mãe – ele disse, respondendo à pergunta estampada nos olhos dela. – Sempre fez da biblioteca um lugar onde eu me sentia bem-vindo. Você deve imaginar que essa experiência era rara para mim.

– Sério?

– Millie – ele falou. – Seu pai me prendeu. E você sinceramente me pergunta se me sinto bem-vindo na cidade?

Ela se mexeu, sem jeito.

– Bem… você cometeu atos de vandalismo?

Ele bufou.

– Sim.

– Então.

– Desde pequeno diziam que eu era mau. Que vinha de nascença. Meu pai fez com que isso parecesse divertido. Disse que podíamos ir aonde quiséssemos, fazer o que bem entendêssemos. Já que nunca seríamos considerados bons, podíamos viver de acordo com as expectativas daqueles que nos rodeavam. Ele disse que não dar a mínima era ser livre. – Ele balançou a cabeça. – Então, sim, eu fiz merda. Quebrei janelas, comecei brigas. Vendi aguardente ilegal e para menores de idade. Mas não começou aí. Na primeira vez em que fui à biblioteca, um velho tentou me expulsar.

O estômago dela se contorceu.

– Quantos anos você tinha?

– Dez.

– Sinto muito.

– Tudo bem. É passado.

Mas Millie sabia que ele estava mentindo, porque, obviamente, o passado era importante. As coisas que estavam procurando naquele porão eram muito mais antigas do que o incidente do velho que queria expulsá-lo da biblioteca aos 10 anos, e mesmo assim ele se importava. Aquilo dizia muito sobre Austin Wilder.

– A sua mãe falou que eu podia ficar. Foi por isso que continuei indo. A biblioteca era o único lugar que eu frequentava que não era… pra gente.

Ela franziu o cenho.

– Como assim?

– Ah, fala sério. Você sabe. Temos um bar só pra gente, um mercado só pra gente. A gente gosta de um restaurante… e jamais entraríamos naquela Cafeteria Scallywag de bacanas.

Ela sabia. Esse era o problema. Millie sempre considerara aquela história de fora da lei *versus* homens da lei... o charme local. Ouvindo o relato de Austin, a coisa toda parecia terrível.

– Certo – ela disse com a garganta apertada. – Eu... fico feliz por você ter se sentido bem-vindo na biblioteca.

– Eu também – ele falou.

O silêncio se prolongou entre eles enquanto uma dor começava a se expandir no peito de Millie. Então, ela redirecionou a atenção.

– Pode levar os itens se quiser, a gente só precisa registrar.

– Bem, estou mais que acostumado a pegar coisas emprestadas.

– Então, se encontrar cartas e diários que queira levar...

Ele foi até as prateleiras e abriu a tampa de uma das caixas.

– Isso está cheio de documentos.

– A maioria é entediante. Extratos bancários e escrituras, autorizações de mineração.

– Achei que sua família nunca tivesse trabalhado com mineração.

– Não mesmo. Pelo que sei, só solicitaram algumas autorizações para preservar a área em torno da propriedade e impedir que saíssem minerando onde eles não queriam.

– Entendi. – Ele ficou pensativo.

– Talvez eu esteja errada – ela acrescentou. – Mas, até onde sei, os Talbot não eram mineradores.

– Acho que vou levar essa caixa toda. Depois eu volto para buscar o resto.

– Você vai mesmo vasculhar isso?

– Vou.

– O que exatamente está procurando? Não é só uma busca pessoal por informação, né?

Ele soltou um suspiro longo e lento e refletiu um pouco antes de responder:

– Estou escrevendo um livro.

– Um livro? Tipo... um livro de verdade?

– Sim. Não vai ser só um registro histórico. Vou ficcionalizar os diários de Austin Wilder em um romance.

Aquilo a surpreendeu, mas não deveria. Austin adorava livros. Adorava ler. Talvez até mais do que ela, então, a ideia de estar trabalhando em um romance não era inusitada. Ainda assim... Ela se sentiu uma idiota ao se ver confrontada com o fato de que claramente tinha mais preconceitos contra ele do que imaginava, e pelo fato de que até ela, de alguma forma, estava apegada à noção de que ele era algo que não era.

Durante todos aqueles anos vendo Austin entrar na biblioteca semana após semana, Millie jamais pensou nele como alguém *imaginativo*, *profundo* – ou sequer *inteligente*. Ele era um caubói.

Mais do que isso: era um Wilder. E ela, uma Talbot.

– Aposto que está ficando incrível – ela disse.

– Não sei. Por enquanto é só uma coleção de cenas. E não faço ideia se alguém se interessaria em ler. Mas é uma história que me interessa. E, considerando tudo que sei sobre ele, acho que estou numa posição razoável para escrever isso.

– Mas você vai precisar incluir informações dos outros pontos de vista.

Ele assentiu.

– É. No que diz respeito à história da cidade, estou completamente imerso.

– Claro. Ainda assim, aposto que se envolver com o Festival da Corrida do Ouro vai te ajudar bastante.

Ele deu uma risada baixa.

– Talvez. Ainda me lembro um pouco da época da escola.

– Temos alguns livros na biblioteca sobre como ser publicado.

– Obrigado. Eu... você se lembra da Jennifer Allman?

Ela franziu os olhos. Jennifer era mais velha que Millie, mais nova que Austin. Tinha ido estudar fora e nunca voltou.

– Sim. Vagamente.

– Ela virou agente literária. Entrei em contato quando tive a ideia do livro. Expliquei como imaginava a história. Ela me disse pra entrar em contato de novo quando o manuscrito estivesse pronto.

– Ah. – Ela ficou se perguntando se a relação deles era apenas profissional ou se havia algo mais por trás da decisão de entrar em contato com Jennifer. Como ele sabia que ela era agente literária e Millie não?

A ideia a fez efervescer outra fez, o que não deveria acontecer.

– Vamos logo registrar tudo isso.

Havia uma prancheta pendurada na parede com uma folha de registro para todos os documentos, incluindo espaço para o nome, a data e o número de referência dos itens emprestados. Ninguém tinha retirado nada dali em três anos.

Austin escreveu o nome em letras maiúsculas firmes, como se fizesse uma declaração.

Quando saíram do porão, Millie soltou um suspiro longo, como se os pulmões ainda reclamassem do ar rançoso que haviam acabado de respirar – e não por outro motivo.

– É melhor eu ir – disse, consultando o relógio.

O relógio da mãe.

Herdara todas as joias após o falecimento dela. Gostava de pensar que seria uma dádiva saber com antecedência que alguém amado estava prestes a partir. Tendo vivenciado a morte das duas formas, Millie acreditava que, se pudesse escolher, preferiria saber antes.

Enquanto a mãe estava no hospital, teve semanas para ouvir a história por trás de cada joia. Para perguntar sobre sua infância, colecionar momentos e narrativas e dizer o que precisava ser dito.

Já o pai... num dia estava ali, no outro, não.

Num dia, saudável, forte e inabalável. No outro, fora de alcance para sempre.

A única coisa boa – se é que havia – era ele nunca ter tido que se ver fraco. De certa forma, acreditava que, se o pai pudesse escolher, teria escolhido exatamente aquele fim. Uma parada cardíaca inesperada.

Ser quem era até o fim.

Ao olhar para o relógio, ela se lembrou do que a mãe havia contado: que o ganhara de presente de bodas de cinquenta anos.

Jamais esqueceu aquele momento. O jeito como a mãe pressionou o relógio em sua mão, com aqueles olhos azuis tão gentis. Millie não herdara os olhos da mãe.

Inspirou fundo, tentando afastar o peso que caíra sobre ela. Devia ser aquela conversa sobre o passado.

– Eu... falo com você sobre o planejamento, então... – Millie disse ao caminhar em direção à saída.

– A gente se vê daqui a pouco.

– Tá bom.

Ela se virou e correu até o carro. Duvidava que Austin puxasse assunto quando aparecesse na biblioteca. Nunca o fazia.

Millie chegou à biblioteca com quinze minutos de antecedência. Abriu a porta, virou a placa para "aberto", acendeu todas as luzes e ligou o computador.

O prédio era grande e iluminado. Bem diferente do porão que servia de biblioteca até Millie fazer 8 anos. Uma taxa foi aprovada para a construção de novas bibliotecas no condado, e prédios grandes surgiram em várias cidades. Manter as luzes acesas, esse foi o verdadeiro desafio. Millie se sentiu abençoada por Rustler Mountain ter considerado a biblioteca essencial.

A biblioteca e o corpo de bombeiros rural recebiam um bom orçamento. Ela acreditava que era porque estavam distantes das grandes cidades. A livraria Rebel Heart, em Jacksonville, era a mais próxima – quase quarenta minutos de carro.

E se um desastre acontecesse, os bombeiros podiam atuar como paramédicos, além de apagar incêndios.

Como o hospital mais próximo ficava a mais de uma hora de viagem, ter um corpo de bombeiros ativo era essencial.

Mal se sentou à mesa, às dez horas, e as primeiras pessoas já começaram a chegar – suas leitoras favoritas, que nunca perdiam os lançamentos de romances às terças-feiras.

Às vezes, competiam pelos livros na fila de espera: Marjorie adorava os históricos e Alice, os de vampiros.

Millie estava ocupada ajudando uma visitante a encontrar uma série de mistério e quase esqueceu que Austin passaria lá – até ouvir a porta se abrir e vê-lo entrar.

Todas as cabeças se voltaram para ele.

Marjorie sussurrou algo para Alice, que ria com vontade, os ombros indo para cima e para baixo.

Então Millie percebeu que o olhavam com desejo.

Santo Deus.

E, com ainda mais clareza, entendeu que talvez devesse ter feito o mesmo o tempo todo.

Não. Não era isso. Porque aquela agitação efervescente não era nada familiar, e ela sabia reconhecer a luxúria.

E, francamente, podia viver sem aquilo. Já fora dominada pela força indomável da luxúria – e concluíra que poderia passar alegremente o resto da vida sem ela.

Pelo visto, não era o tipo de mulher que despertava desejo – não como Danielle.

Não estava magoada nem de coração partido. Na verdade, só sentia raiva. E definitivamente não precisava perder tempo com aquilo.

– De qualquer forma – disse ela, voltando-se para a visitante que atendia –, acho que você vai gostar muito dessa série. Ela é ambientada aqui.

– Felizmente, não temos assassinos de verdade aqui – a mulher falou.

– Não recentemente.

Ela foi até a escrivaninha e se sentou, e Marjorie e Alice se aproximaram para registrar seus livros, seguidas pela visitante. Austin chegou logo depois, por trás, assomando sobre ela.

Ela ignorou o fato de suas mãos terem começado a tremer de leve.

Ele estava com mais dois livros de Jack Reacher e com *Palavra por palavra*, de Anne Lamott.

– Esse é bom – ela disse, apontando para *Palavra por palavra*.

– Que bom.

– Não li Jack Reacher ainda.

– Por que não?

– Não sei. Será que vou gostar?

– As histórias são violentas. E falam sobre um homem muito grande que resolve seus problemas com a força bruta. Então, sei lá, você vai ter que tirar suas próprias conclusões.

Ela não conseguiu conter o riso.

– Na verdade, essa foi uma ótima descrição.

– Não faço ideia do que você lê.

– Um pouco de tudo.

– É que você sabe tudo que eu leio.

Pensou, por um segundo, na verdade daquilo. Sabia mesmo. E ela se sentiu poderosa, de certa maneira. Tinha noção do que povoava a imaginação dele, e ele não fazia ideia do que povoava a dela.

– Eu sei – disse com um sorriso enviesado. – De repente, me sinto embriagada de poder.

– Bom, não dá pra deixar isso desse jeito.

De repente, um forte pigarro soou atrás de Austin. Millie se esticou e viu um homem baixinho – escondido por ele – que mal lhe alcançava o ombro. Estava impaciente.

– Tem gente esperando – disse o homem.

Austin lançou um olhar direto para o estranho. Millie precisou se controlar para não deixar o desprezo transparecer. Nem sabia o nome dele. O que significava que não era frequentador da biblioteca – e provavelmente nem morador da cidade. Estava exigindo que tudo funcionasse num ritmo que não combinava com Rustler Mountain – e foi nesse instante que Millie percebeu: ela e Austin compartilhavam mais uma coisa além da biblioteca.

Nenhum dos dois tolerava forasteiros ditando regras.

– Já te atendo – disse, sem desviar o foco. – Só estou finalizando o atendimento a esse leitor.

– Me dá seu telefone – pediu Austin.

Ela gaguejou.

– Ah…

O homem bufou.

– Você está dando em cima dela ou vai registrar esses livros de uma vez?

– Dando em cima – Austin respondeu, sem nem olhar para o reclamão. Ele esticou a mão. – Me dá o seu celular.

Ela obedeceu, sem pensar. Ele digitou um número, ligou e desligou depressa.

– Pronto. Agora estou no seu histórico. Pode me mandar mensagem quando quiser me encontrar. – Ele pegou a pilha de livros. – Muito obrigado, Srta. Talbot. A gente se vê.

Em seguida, ele se virou e saiu da biblioteca – e ela precisou de força de vontade para parar de olhar para a porta.

– Tenho um compromisso – disse o apressadinho.

– Bem – disse Millie, voltando à pilha de livros –, com certeza não vai ter trânsito e você vai chegar a tempo.

Olhou para o número de Austin no celular.

Depois, selecionou *Adicionar aos contatos.*

Criar novo contato.

Austin Wilder.

Ficou encarando o celular, desejando poder voltar dois meses no tempo e conversar com a Millie que estava arrasada, certa de que nada especial aconteceria de novo após a perda dos pais e do fim de seu único relacionamento romântico.

Queria dizer àquela Millie que ela não acreditaria no que estava por vir. Não era nada de extraordinário. Nada épico. Mas, sem dúvida, era algo que jamais teria imaginado.

Havia algo estranhamente reconfortante nisso.

CAPÍTULO 6

Sei que não sou um bom homem, e isso nunca me incomodou muito. Mantive a gente vivo – e viver, por si só, é um trabalho sujo. Passei por Jacksonville hoje e vi um anjo. Foi a primeira vez que quis estar mais próximo de Deus.

– Diário de Austin Wilder, 12 de maio de 1855

– E se a gente saísse hoje?

Austin encarou o irmão com ceticismo.

– Você sai toda noite.

– Eu sim. – Flynn não demonstrou o menor incômodo com a declaração. – Mas a gente devia fazer o Carson sair.

– O Carson não precisa beber mais do que já bebe.

– Concordo. Mas a gente provavelmente não vai conseguir fazer com que ele pare de uma vez. Talvez, se tivermos sorte, ele passe a beber só quando tiver companhia.

Quando Carson decidiu se casar, todos ficaram surpresos. Ele era um cara totalmente fechado – e isso em um dia bom. Mas, depois da morte da esposa, ele se fechou completamente. Ainda assim, aparecia nos jantares em família. Conversava um pouco. Só que, se perguntassem como ele estava... ele não dizia nada. Jamais.

Além disso, era adepto da automedicação – e Austin não aprovava, embora Carson nunca tivesse pedido sua opinião.

– Falei para o Dalton que a gente chega lá em vinte minutos.

– Droga. Um homem precisa de um tempo para se arrumar.

– Como assim? – Flynn balançou a cabeça. – Você vai precisar de mais que um banho rápido pra dar um jeito nessa sua cara feia.

O engraçado é que Austin era bonitão por qualquer padrão. Não que fosse convencido – era apenas um fato.

– Pois é. Por isso tenho tanto azar com as mulheres.

Ele sempre considerou um azar que a família Wilder fosse tão bonita. Provavelmente foi assim que o primeiro Austin Wilder conseguiu uma esposa doce demais, linda demais e boa demais para ele.

Aquele amor, aquele casamento foi o mais próximo que ele chegou da redenção. Não que tivesse realmente aproveitado isso como deveria. Mas, para Austin, isso fazia parte da complexidade da coisa toda. Foi um bom marido, mas, em muitos aspectos, também era o que as pessoas chamariam de um homem mau.

Com o tempo, outros Wilder mostraram que usavam a beleza para propósitos bem menos nobres. O pai deles era um ótimo exemplo: quatro filhos com três mulheres diferentes – e decepcionou a todos.

– Prometo que não vou demorar.

Ele se levantou quando Cassidy surgiu ao dobrar o corredor.

– Vamos sair?

– Eu não te convidei – Flynn respondeu.

– Eu não sabia que precisava de convite para frequentar um lugar público – ela rebateu, encarando-o com firmeza.

Cassidy era miúda, provavelmente como a mãe – Austin só a vira uma vez, quando ela deixou a filha de 9 anos na porta dele, e estava chocado demais para notar a altura da mulher.

Cassidy morava numa casinha a cerca de oitocentos metros da dele, ainda dentro do rancho. Carson comprara um terreno e, quando se casou, ergueu ali uma bela cabana às margens do Outlaw Creek, onde mantinha sua própria criação de gado.

Flynn herdara uma terra do avô materno, a poucos quilômetros do Rancho Wilder.

Ainda assim, reuniam-se quase todas as noites – e aquela não seria diferente. Só que, dessa vez, sairiam para a cidade. Austin achava que estava frequentando a cidade demais para o seu gosto ultimamente.

– Você vai estragar a diversão – Flynn disse, ainda provocando Cassidy.

Austin os ignorou, foi até o quarto e trocou rapidamente a camisa, as botas e o chapéu.

– Quer ser o motorista da vez? – Cassidy perguntou.

– Parece um serviço pra você, pirralha – disse ele enquanto saíam rumo à caminhonete.

Ela franziu o cenho, mas se sentou ao volante. Ele e Flynn se apertaram ao lado dela.

– Que bom que vocês não ligam de ficar juntinhos assim – brincou ela, dando partida. E, não pela primeira vez, ele se perguntou se tinham feito um desserviço a Cassidy sendo as maiores influências em sua vida.

Se bem que não tinha certeza se ela teria se saído melhor com os pais biológicos por perto. Afinal, fora o pai dele quem criara os três.

E no que dizia respeito à mãe dela... a mulher abandonara a própria filha. Então não havia muita coisa que pudesse ter ensinado a Cassidy. Uma pessoa capaz de fazer isso não teria nada de bom para passar adiante.

Flynn tirou o celular do bolso e ligou para Carson.

– Oi – ele disse. – Vamos sair. Quer dar um pulo no Poço d'Água?

– Não – respondeu o irmão, num tom ríspido, do outro lado da linha.

– A gente vai passar aí na sua casa! – gritou Austin.

– Você não tem pra onde fugir! – Cassidy acrescentou.

– Vão se foder! – Carson respondeu em alto e bom som.

Cumprindo a promessa, pararam na casa do irmão e o enfiaram na parte de trás da caminhonete.

– Você não precisava vir – Austin comentou.

– Não mesmo. Mas vocês teriam entrado em casa pra me arrastar junto.

– Não vão te servir se você já estiver bêbado – Flynn disse.

– Estou sóbrio, babaca.

– Perdão. Já passou das cinco da tarde, como é que eu ia saber?

Eles levaram cerca de cinco minutos para chegar à cidade, e a Main Street já estava fervilhando. Havia carros estacionados no meio-fio e pedestres atravessando dentro e fora da faixa. Só os turistas andavam fora da faixa, o que deixava Austin louco.

Turistas não lhe faziam bem algum. Ele criava gado. Para Austin, não fazia diferença se estavam passeando pelas vinícolas e curtindo shows de música country no parque.

Então seus pensamentos se voltaram para Millie. Ela também não ligava para o turismo, não como a maioria dos empreendedores da cidade. Ela trabalhava para a comunidade local, mas parecia se preocupar muito com o sucesso da cidade. E, claro, com o legado da família. Um legado questionável, na opinião dele.

Ele não se dera ao trabalho de lamentar a morte do pai dela, que o rotulara exatamente como todos os outros da cidade. Só que o pai dela tinha poder. O que era uma merda. Austin resmungou alguma coisa enquanto Cassidy virava a esquina e encontrava uma vaga a uma boa distância do bar.

– Está tudo lotado – ela reclamou.

– Pois é – disse Flynn.

– Nossa, e eu achando que era o infeliz por ter sido forçado a sair. Vocês estão mais ranzinzas que eu.

– Até parece – Austin falou.

– Se você não sair logo dessa caminhonete para eu me esticar, vai ver o que é alguém ranzinza de verdade – Carson declarou.

Eles desceram da caminhonete e seguiram para a Taberna do Poço d'Água. O velho prédio de tijolos estava bem iluminado com seu antigo letreiro néon ostentando uma *cowgirl* em trajes sensuais levando seu cavalo para a água. Havia uma fileira de motos estacionadas em diagonal na calçada e algumas picapes enferrujadas nas extremidades.

Já no final da rua havia um bar diferente, sem motos paradas na frente. Eles, serviam martínis e não tinham um balcão cheio de furos de bala. Também não tinham cheques sem fundo colados na parede para humilhar quem os passou.

O chão não era grudento de bebidas derramadas e as paredes não tremiam com o estrondo da música ao vivo excessivamente alta.

Essas eram só algumas das razões pelas quais Austin nunca fora àquele outro bar.

Flynn foi abrindo caminho, Austin logo atrás, seguido por Carson e, por último, Cassidy.

Austin sentiu a energia do lugar mudar assim que atravessaram as portas vaivém da taberna. Só que, ao contrário da reunião no tribunal, aquele era o seu tipo de festa.

Se havia algum lugar na cidade onde os Wilder eram recebidos como amigos, era ali. Porque a verdade era que não existiam heróis sem os fora da lei.

E aquela taberna celebrava essa verdade.

– E aí, família Wilder? – disse Gus, o bartender, para saudá-los.

– Fala, Gus – respondeu Austin. – Uma cervejinha pra cada. Traz aí o que tiver de bom.

– Quanta generosidade – Flynn comentou. – Não sabia que você ia bancar a nossa noite na cidade, Austin.

– Opa, estou nessa também?

Austin se virou e viu que Dalton Wade, o amigo de Flynn, tinha acabado de chegar. Os antepassados de Dalton não faziam parte do seleto grupo de fundadores de Rustler Mountain, mas eram fazendeiros antigos do Norte, de uma cidade chamada Copper Ridge. Como não era californiano, ainda dava para aceitá-lo no grupo.

Austin sabia que era uma bobagem implicar com um estado cuja fronteira ficava a apenas treze quilômetros de distância.

Mas era assim que ele se sentia – e era seu direito como alguém nascido e criado no Oregon.

– Claro – ele disse.

– Bem, então os boatos são verdadeiros – Dalton falou. – Austin Wilder está ficando mole. Nem fingiu que ia dizer não. Nem fingiu que ia me dar um soco.

– Como assim? Que boatos?

– Você vai ajudar a planejar o Festival da Corrida do Ouro – Gus falou, pousando um chope no balcão arranhado. – Com aquela bibliotecária.

– Uma Talbot – Dalton completou.

– Sei quem é a bibliotecária. Sou sócio da biblioteca.

– Ora, ora... Quem diria? – gracejou Gus.

– Você só está surpreso porque nunca pisou na biblioteca, Gus. Sei disso porque nunca te vi lá. Eu *não* fiquei mole.

– Amoleceu um pouco, sim – provocou Flynn, porque era muito mais provável que Austin desse um soco no irmão do que em Dalton ou Gus. – Houve um tempo em que você jamais toparia ajudar uma Talbot.

– O pai dela certamente não. Aquele xerife canalha pode apodrecer em paz.

Um vislumbre do rosto arrasado de Millie surgiu em sua mente, e ele se sentiu culpado. Talvez estivesse mesmo ficando mole. Porque com certeza não se lembrava de, em algum momento, ter sentido culpa por desejar ao xerife exatamente o que ele merecia.

Ele cerrou os dentes.

– O pai dela certamente não – repetiu, com ênfase. – Mas se você visse como aqueles boçais trataram a garota... também teria interferido.

– Provavelmente – admitiram Flynn e Dalton ao mesmo tempo.

– Eu não – Cassidy falou.

– Porque você é mulher. Não tem o dever de intervir.

– Nunca ouviu falar em mulheres que apoiam mulheres? – rebateu Cassidy. – A sororidade está viva e operante, muito obrigada. Só não para uma Talbot. E, aliás, desde quando você cumpre algum dever?

Maldita pirralha. Ela não o temia como deveria.

– Grossa – Dalton comentou.

– Eu sou grossa mesmo, Dalton.

– Tô sabendo.

Enquanto isso, Carson, alheio a tudo, digitava no celular.

– Está tentando convencer a Perry a vir?

– Talvez – ele respondeu.

A amizade de Carson com Perry Bramble era um daqueles grandes mistérios da vida. Eles se conheceram ainda pequenos e se tornaram amigos instantaneamente, mesmo sendo bem diferentes. Perry era tão doce quando Carson era reclamão.

Ela era uma coisinha loira correndo pelo Rancho Wilder. Vivia de olhos arregalados e se incomodava com as atividades ilegais e perigosas deles, mas mesmo assim era leal a Carson.

As coisas ficaram bem sombrias para Carson nos últimos dois anos, e Perry esteve ao lado dele o tempo todo. Como sempre.

Mesmo quando Carson foi para os Army Rangers, Perry continuou sendo sua melhor amiga. Fora o "padrinho" de casamento de Carson.

– Se ela ainda estiver na floricultura, deve aparecer por aqui.

Austin não tinha dúvida de que ela viria, porque, pelo que sabia, Perry faria qualquer coisa por Carson. Ele imaginava que talvez... Bem, sempre achou meio estranho que, dentre todos eles, fosse Carson quem tivesse se casado, ainda mais com uma garota de fora da cidade, tendo Perry logo ali o tempo todo.

Mas enfim, com algumas pessoas só não havia química.

– Ela está vindo – Carson anunciou.

– Serve mais uma cerveja, Gus? Vem mais gente aí.

Era mais um lembrete do motivo de ainda estarem em Rustler Mountain. Porque, apesar de todos os problemas, tinham uma comunidade dentro da comunidade. Uma comunidade bem grande.

Não era só pela terra – eles também tinham amigos de verdade.

E Austin não era mole.

Não deixaria aquilo afetá-lo. Não. Não mesmo. Porque não devia satisfações a ninguém. Ele era Austin Wilder.

As portas vaivém da taberna se abriram e ele achou que veria Perry entrando, mas não. Austin se deparou com uma Heather sorridente, seguida por uma Millie nervosa, usando um vestido florido que batia quase nos tornozelos. Ela parecia mais uma pregadora da lei seca do que alguém saindo para se divertir.

E com certeza nunca tinha posto os pés naquele lugar.

Ele teria se lembrado.

A única garota decente que frequentava aquele bar era Perry, e só porque Carson grudava nela feito o Batman sempre que ela aparecia. Heather Lin-Stewart e Millie Talbot eram as últimas pessoas que Austin esperava ver ali.

– Suas convidadas? – Flynn perguntou.

Ele lançou um olhar fulminante para o irmão.

– Não convidei, Flynn, e acho que você sabe disso.

– Já nem sei mais quem é você. Pelo visto, agora anda por aí salvando ratinhas indefesas.

– Não chama ela disso.

Se isso fazia dele um hipócrita, tudo bem.

Heather os viu e abriu um sorriso largo. Agarrou o braço de Millie e a arrastou até eles.

– Queria te agradecer – ela disse.

– A Heather tomou um pouco de vinho – Millie avisou, constrangida.

– Sério? – Flynn falou, olhando Heather de cima a baixo.

– Sou casada, Flynn Wilder – ela declarou, erguendo a mão com aliança. – Mas obrigada. Fico lisonjeada.

Ela parecia mesmo contente.

– Estávamos jantando – Millie explicou. – Vimos vocês entrando e a Heather quis te agradecer pelo que fez na reunião, Austin.

Era curioso ver Millie liderando e controlando a conversa com tanta firmeza.

– Ah, é?

– Sim. Eu disse que ela devia entrar, te agradecer e te pagar uma bebida – disse Heather. – Já que você *é* o herói dela.

Aquela palavra de novo. Austin ficou surpreso. Tinha percebido na primeira vez que Millie a usou, com certeza não pretendia ficar remoendo aquilo. Ele não pretendia nem se lembrar de que aquilo tinha acontecido. Mas se lembrava. Era bem difícil não fazer isso.

– Obrigada, Heather – disse Millie –, mas tem coisa que é melhor manter só em pensamento.

– Não – Austin falou. – A Heather não precisa guardar nada para si.

– Pois é, a gente concordou que foi bem incrível você entrar lá feito um fora da lei. Como se realmente fosse duelar com o Michael. Aquele cara é um babaca – Heather continuou.

– Concordo – Austin falou. Não ia discutir com uma mulher bêbada, sendo que ela tinha razão.

Carson deu risada, o que era uma raridade.

– Ele é o pior.

– Você conhece o Michael? – perguntou Millie. Ela estava se envolvendo na conversa, apesar da timidez. Como se o desejo de ser educada estivesse em guerra com o de fugir.

– Ah, sim, um pouco – Carson respondeu. – Da escola. Ele já era um babaca naquela época. Não me surpreende que continue sendo.

Ela contorceu os lábios.

– Bem, ele não é... é sim.

– Vamos pegar uma mesa – Heather falou. – Foi mal. Sou uma organizadora nata, não consigo evitar. Administro todos os consultórios da Wellspring em Medford, então essa é, tipo, a minha praia. Vem cá, estamos bloqueando a passagem.

– Heather – Millie disse. – A gente devia ir embora.

– Não – Heather retrucou. – Falei para o Allen que voltaria à meia-noite, então vou voltar à meia-noite. Essa é a minha noite de folga. E a gente nunca veio aqui. Ai, meu Deus, lembra quando nós víamos o pessoal usando identidade falsa para entrar aqui no ensino médio?

Millie olhou para Austin, impotente, e ele sentiu vontade de intervir e bancar o herói de novo. Mas, para isso, teria que dizer que elas podiam – ou até deviam – ir embora. E ele se viu relutante em dizer isso.

– Identidades falsas? Como assim? – Cassidy perguntou.

– Antigamente ninguém conferia identidade aqui – Carson falou. – Era terra de ninguém. Como você acha que a gente arrumava briga no bar sendo que nem tínhamos idade pra beber?

Austin riu.

– É verdade. A gente tinha que dar um jeito de entrar no bar.

– Ninguém pedia documento? – Millie perguntou.

– Ninguém ligava – Austin respondeu. – Pelo menos, não aqui. Claro que o Gus anda mais na linha agora. Acho que apertaram o cerco depois que nós arremessamos um dos Hancock pela vitrine da frente.

– Vocês não fizeram isso! – Heather exclamou de olhos arregalados.

– "Nós" não – Carson falou. – Isso foi coisa do Austin.

– Bem, ele estava sendo um babaca.

– Tem umas mesas ali – Flynn disse, interrompendo a história de Austin. – A gente pode juntar.

Flynn, agente do caos que era, estava mais do que disposto a embarcar naquela bagunça.

Provavelmente também estava feliz por poder flertar com uma mulher casada, porque não envolvia compromisso. Ela claramente não cederia, mas Flynn podia flertar e usar todo o seu charme – e Austin percebeu que os dois gostavam daquele jogo.

– Desculpa – disse Millie. – Eu não queria estragar sua noite.

– A gente sabe se virar. Se não quiséssemos vocês aqui, já teríamos dado um jeito de deixar isso claro.

– Sim – Cassidy concordou. – A gente não tem medo de uma boa confusão. Ah, e eu sou a Cassidy.

– Millie.

– Eu sei – Cassidy falou. – Você é a bibliotecária que todo mundo diz que amoleceu o Austin.

Millie o encarou de olhos arregalados, e ele, que jamais bateria em uma mulher, quase chutou a irmã mais nova de volta para o rancho, exatamente pela mesma vitrine que quebrara tantos anos atrás. E faria de novo sem medo.

– Eu não amoleci – protestou Austin.

Adeus, reputação de fora da lei.

– Ah, não tenho dúvida – Millie disse.

Cassidy bufou discretamente e foi até uma mesa.

– Desculpe por ela – Austin falou. – Irmãs.

– Sou filha única – Millie comentou.

– Sério? Como é isso?

– Sei lá. Como é ter um monte de irmãos?

– Barulhento. Irritante. Muito bom.

Ele apresentou Millie ao resto do grupo, apesar de ter quase certeza de que ela sabia muito bem quem era cada um. Assim que se sentaram, Carson se levantou e foi até a porta receber Perry, que acabara de entrar, com o cabelo loiro preso no alto da cabeça, parecendo a alma doce e angelical que era.

Carson a conduziu até a mesa e ficou parado atrás dela feito um guarda-costas. Austin nunca entendeu direito a relação dos dois. Era óbvio que Carson quase temia ser uma má influência para ela, não só por levá-la a lugares como aquele bar, mas também por expô-la à companhia dele. Mesmo assim, andava com ela o tempo todo.

Ficava feliz por Carson poder contar com Perry, mas não conseguia se imaginar amigo de uma mulher tão delicadinha.

Olhou de volta para Millie e sentiu o peito apertar.

Que merda de incômodo.

– Essa é a amiga do Carson, a Perry – disse entredentes.

– Conheço a Perry. É florista. Ia cuidar das flores do meu... ah, você sabe, aquela coisa que não aconteceu.

Ele grunhiu.

– Ah. Certo.

– Ela fala bastante do seu irmão – Millie comentou.

– Sério? Eu nem sabia que o pessoal dessa cidade falava dos Wilder sem ser aos sussurros e com desprezo.

– Não. Mas...

– É, eu sei. Se alguém aqui fosse virar herói, seria o Carson.

– Você que está dizendo – Millie falou.

Claro que Millie conhecia Perry. A garota podia até ser amiga de Carson, mas era uma boa pessoa da cidade. Não era uma fora da lei.

Se bem que, para ser justa, Carson também estava um pouco à margem. Quando se juntou ao exército, foi uma espécie de batismo para a cidade. Ele era um herói americano renascido.

Austin tentou não pensar no quanto era fácil conversar com Millie.

Deu mais um gole na cerveja enquanto a banda da casa subia ao palco e cada um se posicionava atrás do seu instrumento.

Blame it all on my roots, I showed up in boots...

O bar inteiro pareceu dilatar.

Era a música tema de todos os presentes naquele lugar. Austin não precisava conhecê-los para saber disso.

I got friends in low places...

Millie se encolheu, enquanto Heather ergueu os braços e ficou dançando sentada.

Flynn teve o bom senso de não chamar uma mulher casada para dançar e arranjou uma parceira que pelo menos não usava aliança nem tinha marido na cidade.

Dalton também arranjou uma parceira. Perry ficou bebendo sua cerveja e Carson fez o mesmo, assim como Cassidy, guardando seus lugares com determinação.

Austin sentiu uma mão em seu ombro e, ao se virar, viu uma mulher bonita, de longos cabelos ruivos, olhando para ele.

– Quer dançar, caubói?

– Claro – ele disse. Afinal, se tinha saído, por que não dançar pelo menos uma música com uma bela estranha?

Porém, ao se levantar, seus olhos pousaram em Millie, e ele hesitou. Quase desejou estar na biblioteca, conversando sobre livros.

Austin afastou o pensamento e foi para a pista. A música agitada logo foi seguida por outra, o que veio a calhar.

– Qual é o seu nome? – ele gritou por cima da música.

A mulher passou o braço em volta do pescoço dele.

– Valerie – ela murmurou em seu ouvido.

– Prazer – ele falou.

Mas havia algo faltando naquele momento.

Ele era fã de encontros casuais. Na verdade, sempre foram a única opção. Por mais que não acreditasse em *maldições* familiares, por assim dizer, definitivamente havia alguma coisa rolando com os Wilder.

Fosse pelos pecados dos pais recaindo sobre os filhos, fosse um outro fator qualquer, a longevidade não fazia parte da história dos Wilder.

Então, por que planejar o futuro?

A vida já tinha dificuldades demais, então ele preferia que as transas fossem fáceis. Aquela teria sido uma. Em outra noite, teria sido. Mas não tinha dúvida: aquela não seria uma dessas noites. Dançou mais uma música com Valerie, agradeceu e voltou à mesa.

Sentou-se ao lado de Millie.

– Não ligo se você dançar – ela disse.

– Não voltei por sua causa – ele falou.

– Eu não… eu só…

Ela ligava, *sim*. Por isso o comentário. Porque ela ligava. Se incomodava.

Talvez até estivesse com um pouquinho de ciúme.

Austin entendia. Se outro cara chegasse nela… Mas ela estava sentada com ele, que se sentia responsável por ela. Aquele bar definitivamente não era a praia de Millie. Ela não era o tipo de mulher que frequentava ambientes assim. Só estava com o coração partido.

Austin não permitiria que algum babaca tentasse algo com ela naquele estado de vulnerabilidade.

Era só isso.

Ela era uma Talbot.

A noite foi passando e, de alguma forma, ele ficou o tempo todo ao lado de Millie.

– Temos que ir – disse Millie, quando já se aproximava da meia-noite. Esticou o braço pela mesa e tocou em Heather, que interrompeu a conversa com Perry. – Preciso te levar pra casa.

– Tá bom. – Heather agradeceu efusivamente a todos pela ótima noite, e Austin não conseguiu deixar de pensar que ela não teria uma manhã tão boa quando a ressaca batesse à porta.

– Vou acompanhar vocês até a porta – disse ele, se levantando. Não as deixaria sozinhas nas ruas traiçoeiras de Rustler Mountain.

Austin estava bastante ciente do fato de que a maioria das pessoas achava que *ele* era o perigo das ruas de Rustler Mountain. Mas mesmo assim.

Millie o olhou como se fosse protestar educadamente.

– Nem pense nisso – ele avisou.

Austin inclinou a cabeça em direção à porta, e Heather e Millie o seguiram para fora. Heather estava cambaleante.

– Só um segundo. Preciso voltar lá dentro para ir ao banheiro.

Então ficaram só ele e Millie, parados na calçada.

– Eu te ligo amanhã – ele disse. – Pra gente organizar as coisas para o festival.

– Ah, claro.

– Você não gosta de mim, né?

Ela ficou surpresa.

– Por que você acha isso?

– Você parece genuinamente angustiada com a minha presença a maior parte do tempo.

Ela balançou a cabeça.

– Não é isso. Eu... estou te incomodando desde que subi a montanha para pedir ajuda. Só estou um pouco sem graça por causa disso.

– Só isso? Não é porque sou um sujeito perigoso e sem futuro?

– Você tem uma fazenda de gado bem-sucedida. E nunca fez mal a ninguém.

– Não mesmo. Mas você vai negar que essa é a minha fama na cidade?

– As pessoas não ficam falando de você o tempo todo, Austin.

Isso o fez sorrir. A contragosto.

Ele não sabia por que sentia vontade de provocá-la daquele jeito. Ela era...

Bem, ele realmente não sabia. Achava que sabia como uma Talbot deveria ser. Mas havia a mãe dela. Havia Millie. Ela sempre fora gentil com ele na biblioteca. E não era tímida. Fazia as coisas com confiança, fosse para oferecer recomendações ou... escanear o código de barras dos livros.

Mas vê-la fora daquele contexto, em outro ambiente, era estranho. Ele não conseguia decifrar as reações dela direito. Como antes, quando pareceu ter ficado com ciúmes. Ou quando demonstrou desconforto só por estar ao lado dele.

– O que sua mãe achava de mim? – Austin perguntou.

Ela pensou por um segundo.

– Não sei muito bem. Mas acho que ela gostava de você, porque você lia. Ela achava que os jovens não liam muito. Mas você lia.

Foi como se ele tivesse passado em uma espécie de teste, o que era ridículo.

– Sim, mas eu também me metia em encren...

– Foi mal, gente – Heather disse, abrindo as portas vaivém e deixando-as balançar bruscamente atrás de si. – Estou me sentindo melhor agora.

– Isso é bom – ele falou. – Onde vocês estacionaram?

– Lá embaixo – Millie respondeu, apontando para um carro azul brilhante na rua. – Ali.

– Aposto que você é capaz de chegar bem até lá – ele disse.

– Sim. Tenho certeza que sim.

– Bem, às vezes rolam uns tiroteios nas ruas – ele disse, impassível.

– Só se nós dois fôssemos os responsáveis.

Era verdade. Porque ela era a última Talbot.

– Bem, então acho que é melhor mantermos nossas armas no coldre.

– Acho que sim.

– Falo contigo amanhã.

Ela assentiu.

– Isso. A gente se fala amanhã.

Então, ele se virou e entrou. Talvez mudasse de ideia sobre Valerie. Talvez.

Pelo menos isso seria típico, considerando que a semana fora tudo, menos típica.

CAPÍTULO 7

Há muito tempo, já idealizei ter uma esposa. A maioria dos homens faz isso. Mas em algum ponto ao longo do caminho deixei esse sonho de lado. Até que a conheci. Teria sido melhor para ela se não tivéssemos nos conhecido.

– Diário de Austin Wilder, 14 de setembro de 1855

Quando Millie chegou à biblioteca no dia seguinte, havia dez caixotes cheios de fantasias empilhados do lado de fora. Julie dissera que traria algumas coisas da associação histórica, mas Millie não imaginava que ela simplesmente deixaria tudo ali, nem que seria... *tanta* coisa.

Começou a vasculhar os itens. Vestidos camponeses, perneiras, esporas. Colete com estrela de xerife. Pegou um par de algemas, deixou-as balançar nos dedos e as guardou de novo.

– Céus – disse, destrancando a porta e passando pelos trambolhos.

Arrastou cada caixa para dentro, empilhou atrás do balcão, acendeu todas as luzes e virou a placa para "fechado".

Ninguém invadiria a biblioteca naquele dia, o que lhe daria tempo de pegar a agenda e listar tudo o que precisava fazer para se preparar para o Festival da Corrida do Ouro. Sabia que Austin ligaria em breve...

Sentou-se e tentou, sem sucesso, não reprisar as cenas da noite anterior como um filme.

Sentira-se indisposta a noite toda, desde o momento em que Heather a arrastara para a taberna.

Bem nessa hora, o celular brilhou com uma mensagem da amiga:

Venho em paz. E trago chai.

Ela respondeu:

A porta está aberta.

Heather entrou um minuto depois, com dois copos nas mãos e a aparência exausta.

– Ainda bem que vou trabalhar de casa hoje – ela disse. – Trouxe o seu favorito.

Pousou o copo azul-claro diante de Millie, que levou um tempo catalogando os animais que estampavam o copo do dia. A Cafeteria Scallywag servia suas bebidas preferidas na cidade, sempre em copos com desenhos de animais. O de hoje mostrava um alce, um guaxinim e uma família de doninhas.

– Obrigada. – Ela pegou o copo e deu um gole na bebida doce e cheia de especiarias, tentando se acalmar.

– Está chateada comigo?

Millie pensou na pergunta. Surpreendeu-se por Heather ter percebido sua estranheza na noite anterior. Não que não fosse atenciosa, pois era. Mas o que quer que tivesse acontecido foi tão sutil que nem Millie saberia explicar. Muito menos verbalizar.

Olhou para o copo, depois para a amiga.

– Não estou chateada.

– Não queria te constranger. Só... sou fascinada por ele.

– Isso é novidade pra mim.

– Fala sério. Tem alguém mais lendário que Austin Wilder? E sim, quando jovens, éramos um pouco ridículas com ele...

Millie ficou na defensiva.

– Como assim, *éramos*? Eu, não.

– Está bem. Você era imune. Deixou isso bem claro já naquela época.

– Deixei?

– Sim. Toda vez que alguém mencionava numa festinha do pijama que sonhava em beijar um Wilder, você dizia que era cilada.

Millie franziu o cenho.

– Acho que não era tão...

– Era sim. E tudo bem. Você sempre foi você. Adoro isso em você, que nunca tenha cedido à pressão dos outros.

Mas nem todo mundo a adorava. Talvez por isso, a única vez que ela foi convidada para uma festa do pijama tenha sido na casa de Heather, onde todos tiveram que suportar sua presença excessivamente séria.

– Você nunca quis encarar o perigo e ver o que poderia acontecer – disse Heather, erguendo um ombro. – Mas não é incomum sentir certo fascínio por algo ou alguém que pode não ser a melhor escolha para você.

A expressão de Millie era de desaprovação.

– Você parecia empolgada até demais com os flertes do Flynn Wilder.

– Tenho filhos de 2 e 4 anos. Passo a maior parte dos dias bem-vestida da cintura pra cima, que é o que fica visível nas reuniões on-line. Amo meu marido, ele é maravilhoso e espero que continue me amando e me achando atraente. Afinal de contas, meu corpo está assim por causa dos filhos dele. Então, sim, fiquei um pouco lisonjeada por despertar o interesse de outro homem.

Nessa hora, Millie ficou cansada de si mesma. Cansada da lista implacável de regras ressoando na sua cabeça. Exausta de se esforçar tanto para fazer jus ao nome Talbot – até na própria mente. Mesmo na adolescência, quando todas as meninas suspiravam pelos *bad boys* Wilder, não conseguia abandonar o apego às regras e às pessoas que viviam de acordo com elas.

– Eu entendo – Millie disse, de repente sentindo a pontada da traição de Michael. Ninguém tinha flertado com *ela* na noite anterior.

Na mesma hora, pensou em Austin. Ela não deveria pensar nele e associá-lo a *flerte*. Eram contextos diferentes.

– Na verdade, só queria observar os Wilder no habitat natural. Fiquei fascinada com o modo como Austin simplesmente apareceu e mergulhou de cabeça nisso tudo.

– Não acho que tenha sido tão aleatório assim. Ele tem um interesse real na história da cidade.

– Que eu saiba, esse interesse era desconhecido até então.

– Não é bem assim. Você sabe que ele vem aqui o tempo todo. – Ela gesticulou para o ambiente iluminado e organizado, para as estantes abarrotadas de livros.

Heather se surpreendeu.

– Sério? Você nunca comentou.

– Bem, não é nenhuma novidade. Ele frequenta a biblioteca desde antes de sermos amigas.

– Nós *sempre* fomos amigas.

– Não é verdade. Você era amiga da Bonnie McElroy. E ela não gostava de mim. Então, você também não gostava de mim.

– Eu sempre gostei de você. Só não sabia. Tive que virar sua amiga à força no gira-gira, durante o quarto ano, porque você não respondeu meu tchauzinho no corredor.

Millie protestou.

– Achei que você estivesse dando tchauzinho pra alguém atrás de mim!

– Esse é um dos seus problemas, sabia? Achar que todo mundo que é gentil está, na verdade, dando tchauzinho pra alguém atrás de você.

– Eu… – Ela começou a falar, mas se calou.

Foi exatamente o que aconteceu com Michael. *Havia* alguém atrás dela. Não era fácil se livrar de um padrão reforçado várias vezes ao longo dos anos. Ela conhecia Danielle desde a escola. Isso não a impediu de traí-la. Millie só podia concluir que Danielle nunca gostara dela, de fato.

Percebeu que estava se perdendo nas próprias confusões mentais e lutou para se livrar delas. Ajustou a postura e retomou a conversa.

– Enfim. Nunca comentei que o Austin frequentava a biblioteca porque não foi algo que começou do nada. Ele vinha desde a época em que minha mãe era a bibliotecária. Toda semana. Às vezes, duas ou três vezes. Estava sempre aqui, assim como eu.

– Ah, então ele te conhece.

Millie negou com a cabeça.

– Ele não me *conhece*.

– De certo modo, te conhece, sim. Foi por isso que ele resolveu te ajudar?

– Não faço ideia.

– Ontem me pareceu que rolou alguma coisa… sei lá. Eu não estava tão sóbria quanto deveria, porque tinha bebido demais, mas fiquei com medo de ter passados dos limites. Você… você…?

Tomada por um horror crescente, Millie percebeu o que a amiga diria e não conseguiu imaginar nada pior. Nada mesmo.

– Eu *não* estou a fim dele. Você sabe o que sinto pela família Wilder.

– Você foi atrás dele pra pedir ajuda! Não é possível que ainda tenha a mesma opinião de quando éramos adolescentes.

– Bem, não. Mas nossas famílias são inimigas há gerações. Eu e Austin somos inimigos históricos.

– Isso é ridículo. Vocês *não* são inimigos.

– Somos, sim. Os conflitos entre os Wilder e os Talbot estão registrados numa placa no começo da Main Street. Faz parte da história dessa cidade.

– Então faz sentido vocês serem os responsáveis pelo Festival da Corrida do Ouro.

– Talvez. Só não achei que isso incluiria invadir a noite dele no bar.

– Achei que tivesse ficado brava por ele ter dançado com aquela mulher.

– Não fiquei brava com isso – respondeu Millie, ignorando o calor nas bochechas. – Eu ia me casar dois meses atrás. E ele... sempre esteve por perto. O Austin. Eu nunca... quem gostava dele era você.

– Gostava mesmo. *Todo mundo* gostava dele.

– Todo mundo, não. Eu nunca entendi essa tara por *bad boys*.

Heather achou graça.

– Não são melhores que os falsos bonzinhos?

– Não sei se dá para chamar o Michael de falso bonzinho. Ele parecia normal. E agora fico pensando se o que ele fez é que é o normal, e detesto isso. Não quero pensar assim. Não quero... Não sei como confiar em alguém de novo.

Millie percebeu o ridículo da situação: como a conversa sobre Austin tinha tomado aquele rumo? Porque mesmo que confiasse em alguém de novo, não seria no sujeito mais problemático da cidade.

Bem... Aquilo não era justo. Já fazia um tempo que ele não era mais o sujeito mais problemático da cidade.

Só porque não estava mais arranjando confusão na rua. Não porque houvesse alguém pior. Não havia.

– Enfim. Não me importa com quem ele dança. Não é essa a questão. Vamos trabalhar juntos nas coisas da história da cidade. Posso até te contar todos os detalhes suculentos do que descobrir, mas aposto que você vai ver que ele é só um cara normal. Na verdade, não é um fora da lei.

– Eu sei. Mas continua sendo um bonitão.

– O seu marido também.

– Não se preocupe – Heather disse, abanando a mão. – Estou bastante ciente de que meu marido é gato. Isto não é um pedido de ajuda.

Millie sentiu uma tensão crescendo no peito e temeu que, no fundo, fosse seu próprio pedido de ajuda.

– Que bom. – Ela tomou outro gole da bebida. – Obrigada por me trazer isso. De verdade.

– O que tem aí atrás da mesa?

– Fantasias.

– Legal. Foi mal, mas se você não se fantasiar de professora do Velho Oeste e ele de fora da lei…

– *Heather*.

– Só quero que se divirtam. Seja como for.

– Não se preocupe, vou me fantasiar e me divertir… mas dentro do contexto histórico.

– Às vezes, se fantasiar em outros contextos também é divertido.

– Sim, claro.

– Estou falando de sexo.

– *Heather!* Eu não posso… me divertir assim com ele… não sei nem como terminar essa frase. Nós nos vemos o tempo todo. E não sou…

– Eu sei – Heather a interrompeu. – Você é doce e romântica. Adoro isso em você.

Millie discordou.

– Não sou romântica.

– Ah, não?

– Não. Por que você acha isso?

– É que você sempre foi tão criteriosa para namorar. Achei que estivesse esperando um grande amor. E quando encontrou o Michael… Agora estou arrasada por ele ter te magoado. Queria socar a cara dele.

Heather sempre teve cuidado ao falar sobre Michael e Millie nunca soube como tocar no assunto. Não fazia ideia do que a amiga achava.

E se sentiu minúscula. Mais triste ainda.

– Eu não estava apaixonada por ele. – Ditas em voz alta, na sagrada tranquilidade da biblioteca, as palavras ressoaram na sua alma.

Heather ficou boquiaberta.

– Então por que ia se casar com ele?

– Porque *pensei* que estava apaixonada. Eu não tinha com o que comparar. E quando flagrei os dois, fiquei furiosa. Nunca tive tanta vontade de machucar alguém. Mas não foi por estar com o coração partido. Foi por me sentir patética. Eu me senti como no ensino médio. A pequena Millie Mouse, que ninguém levava a sério, nem gostava de verdade. E ainda fui ingênua o suficiente para acreditar que aquele homem realmente me amava. Foi o meu orgulho que se feriu, não o coração. Perceber isso foi apavorante. Não aconteceu da noite para o dia, mas… quem me dera ser romântica. Eu só queria me casar com a pessoa certa.

Heather franziu o cenho.

– Como assim?

– Ah, alguém que deixasse meu pai orgulhoso. Dar a ele os netos que tanto queria... – Sentiu um nó na garganta. – Não consegui. Sou a última da família.

Heather esticou o braço por cima do balcão e puxou Millie para um abraço.

– Sinto muito que você esteja se sentindo assim.

– Eu não me sinto assim o tempo todo. Na maior parte do tempo eu... sei lá. – Ela se afastou e enxugou algumas lágrimas nos cantos dos olhos. – Quase me casei com ele porque estava presa demais a uma ideia de futuro... Às vezes, acho que vivo num mundo de fantasia. E nem é um mundo divertido. É como se me apegasse a uma espécie de nostalgia só porque meu pai se importava muito com isso. Tanto que acabou afetando minha relação com ele e a forma como me vejo.

– As expectativas são altas quando se trata da sua família.

– Talvez. Mas parece bobo me incomodar com isso. A família do Austin sempre foi tratada como um bando de degenerados. A sua família foi passada para trás, discriminada. Me sinto meio ridícula por reclamar.

– Expectativas são complicadas. Não importa de onde vêm. Podem ter surgido cento e cinquenta anos atrás ou... vir dos seus pais. Ou até de você mesma. Você tinha uma ideia de como queria viver. E por que não teria? Não é errado querer amar e se casar.

– Mas eu não o amava. E quase me casei com ele. Por isso me sinto... à deriva. Confusa. Como se não pudesse confiar em mim, como se não conhecesse a minha mente. Porque eu tinha certeza... Tinha tudo muito claro na cabeça. Mas estava errada sobre tudo. Sobre ele. Sobre o que eu queria. Me sinto uma fracassada. E não sei como consertar isso.

– É porque não conseguiu dar ao seu pai o que você idealizava. Mas ele tinha *você*, Millie.

Ela queria acreditar que isso bastava. Que ela bastava.

– Eu sei. Só... é difícil.

– Ai, minha amiga... Coitadinha.

– Eu não sou coitadinha.

– Você é um pouco, sim – disse Heather, franzindo o cenho com força para Millie. – Mas não está sozinha. Lembre-se disso. A minha família é a sua família. A gente te ama.

– Eu sei disso. – Millie sentiu outro nó na garganta.

– Juro que não quis forçar nada ontem.

Millie franziu a testa.

– Você só entrou no bar porque queria ver os Wilder.

– Bem, e porque estava torcendo para você fazer alguma loucura.

– Eu já te falei. Não consigo. E seria ridículo.

– Não seria nada ridículo. Ele apareceu e fez aquilo tudo por você. Os homens só fazem esse tipo de coisa quando estão interessados em alguém.

– Ele não quer nada comigo – declarou Millie, afastando o pensamento para longe.

Ela nem cogitava a ideia, de tão ridícula. *Nunca* fora a fim de Austin Wilder. Ele era perigoso. Ela ficava furiosa com as amigas que suspiravam por ele, porque ouvia no jantar, noite após noite, os problemas que os garotos Wilder causavam pela cidade.

E ele *certamente* jamais fora a fim dela. Os dois eram opostos, algo desse tipo. Ou... talvez não.

– Acho que você tem uma ideia exagerada de mim – disse Millie, olhando para a amiga e aceitando de vez a tristeza que sentia. – Você pensou que eu vivia um grande amor quando eu só queria segurança. Queria garantir um futuro bem específico, enquanto meu pai ainda estava por perto para me ver com um homem que ele aprovaria. Você achou que fosse romântico e intenso, mas simplesmente não era. E isso não sou eu sendo corajosa.

– Talvez devesse ser. Talvez te fizesse bem aprender a ser uma fora da lei, Millie Talbot.

Por um momento, foi tentador se imaginar como uma pistoleira. Toda vestida de preto.

– Você mesma disse – Millie falou. – Eu seria a professora.

– O Austin Wilder original não se casou com uma professora?

– Sim – ela respondeu, com as bochechas quentes e, com certeza, vermelhas. – Mas o que isso tem a ver?

– Acho que toda mulher casada com um fora da lei deve ser bem mais forte do que parece.

– Bem, eu não sou professora. E não sou parente de professora nenhuma. Minha família era de cidadãos cumpridores da lei. Eles é que mantinham a paz por aqui.

– E você perturbou essa paz naquela reunião. Convenceu Austin Wilder a descer aquela montanha só para votar no seu projeto. Amiga, vejo algo em você. Sempre vi. Você solta umas fagulhas de vez em quando. Não me entenda mal. Eu te amo, não importa o que aconteça. Mas queria te ver um pouco mais animada de vez em quando. Pelo seu bem.

Millie não se sentia forte, nem animada. Estava desestabilizada. Estava... perdida.

Sua identidade fora definida desde o instante em que nascera, só que Millie nunca correspondeu às expectativas. E seus esforços para ser o que esperavam não funcionaram. Talvez fosse simplesmente acabar sozinha. Talvez a linhagem Talbot terminasse com ela. Não era uma ideia detestável – parecia segura.

Nunca mais decepcionaria ninguém. Não restava mais ninguém para decepcionar.

– Obrigada pelo chai.

– Imagina. Só queria saber se estava tudo bem.

– Está. Acho que foi bom termos ido à taberna. Nunca tinha feito isso.

– Acho que não pega bem a filha do xerife ser vista em uma casa de má reputação – Heather falou, estendendo a mão por cima do balcão para pegar um leque. Abanou o rosto de forma teatral. – Será fofoca certa na igreja.

– Nunca – respondeu, tomando o leque de volta. – Nunca fiz nada digno de fofoca. Eu era a motorista da rodada, lembra?

– Ah, disso eu me lembro – Heather comentou, suspirando. – Preciso ir. Você está bem mesmo?

– Tô sim. Não precisa se preocupar. – Mas era legal que a amiga se preocupasse.

Agora Millie só tinha que ignorar todas aquelas revelações e esperar que Austin mandasse uma mensagem. Fácil.

Nada poderia ser mais fácil.

CAPÍTULO 8

Não há vida para uma boa mulher com um homem ruim.

– Diário de Austin Wilder, 18 de setembro de 1855

A caixa de documentos que Austin pegara no museu era uma bagunça de itens diversos. Solicitações de compras e faturas, reivindicações de minas. Havia algumas cartas pessoais, mas a maioria era de familiares que moravam na Costa Leste escrevendo para os Talbot no Oregon.

Nenhuma continha as informações que procurava.

Austin pressionou o nariz entre os dedos e abriu o arquivo de seu manuscrito. Escrever naquela página era extremamente desconfortável, assim como tentar articular os sentimentos que surgiam toda vez que abria o diário de Austin Wilder. Porque era coisa demais. E não podia dizer que era muito versado em assuntos do coração.

Ele nunca fora.

Mas tinha lido muito. Sabia o que queria de uma história. Sabia o que gostaria de saber. O que gostaria de sentir. E estava tentando transmitir isso.

Era como uma terapia, algo que ele não tinha imaginado e que o deixava um pouco ressentido. Especialmente quando escrevia sobre o amor que o velho Austin tinha compartilhado com a esposa... Sim. Isso estava muito além de seu escopo emocional.

Afastou-se do computador outra vez e voltou à caixa.

Folheou mais alguns papéis e fez uma pausa. Porque ali estava algo que não esperava encontrar. Nem em suas fantasias mais loucas.

Um recibo, emitido com esmero por Butch Hancock para Lee Talbot.

Puta merda. Não acreditava no que estava vendo. Aquilo estava além de tudo o que... Bem, não era verdade. Queria encontrar um diário. Uma confissão de um vilão maníaco com um bigode assustador, do tipo que amarrava donzelas nos trilhos do trem. Algo que indicasse um acordo para que Butch Hancock escapasse, que provasse que os Wilder haviam sido enganados. Que atestasse que eles estavam envolvidos em um assassinato, embora não o tivessem cometido de fato.

Mas aquilo provava que Lee Talbot e Butch tiveram contato. Que algum dinheiro havia sido pago. Butch dera dinheiro ao honorável xerife. Dinheiro que provavelmente fora roubado.

Ouviu a porta de sua casa se abrindo e saiu do escritório às pressas.

– Carson! Que loucura!

– Talvez tenhamos definições diferentes de loucura.

– Não ligo. – Ele entregou o recibo ao irmão.

– O que é isso?

– Por que você está aqui? – Austin perguntou, encarando-o.

– Eu só... não queria ficar sozinho. Achei que você já teria parado de trabalhar.

– Sim. Já parei.

De repente, a preocupação com Carson ofuscou tudo.

– O que houve?

– As mesmas merdas tristes de sempre.

– Tá, mas o *quê*? – Ele não deixaria o irmão se esquivar e se afundar no próprio sofrimento. Carson talvez não achasse que estava no caminho para uma morte prematura, mas Austin não tinha tanta certeza.

– É meu aniversário de casamento.

– Merda. Sinto muito. Eu não me lembrei disso.

– E por que você se lembraria?

– Porque sou seu irmão. Deveria me lembrar.

– Você mal se lembra do próprio aniversário, Austin.

– Não é verdade. Sei quando é o aniversário de todo mundo. O que nem sempre sei é que dia é hoje. – Isso se ele não tivesse que devolver algum livro na biblioteca. Caso contrário, verificava a data.

– Enfim, nada trágico. Não preciso que me salvem do precipício. Só estou esperando a Perry sair do trabalho.

– Vai sair com ela?

Carson pareceu contrariado.

– Não é nada do que você está insinuando.

– Não insinuei nada.

– Todo mundo *insinua*.

– Não. É coisa da sua cabeça, maninho. Mas considerando o esgoto que imagino que seja a sua cabeça, estou disposto a deixar passar.

– Caramba, valeu mesmo! Podemos voltar para o que estava te deixando tão empolgado? Porque isso com certeza é mais interessante que os meus velhos demônios.

– Posso passar o dia todo falando sobre os seus demônios.

– Você não pode expulsá-los. Então... Falar não adianta muito. Minha esposa morreu. É uma droga. Estou triste pra caramba. Com... bem, muitas coisas. Um dia talvez não me sinta tão triste. É inútil e terrível e não tenho a mínima ideia de como superar isso. Primeiro, teria que dar um jeito de imaginar um futuro diferente. Ainda não fiz isso. Então...

Austin entendia aquela dificuldade. Batia fundo, na boca do estômago. O desafio de imaginar um futuro novo, um futuro diferente, era uma tarefa milagrosa que ele certamente não dominava. Ainda não. Estava trabalhando nisso. Porque agora um novo futuro surgia, algo diferente da morte precoce. Era possível. Mas ele ainda não tinha uma imagem clara de como seria. *Estava trabalhando nisso.*

– A verdade é que não sei se ainda estaríamos casados se ela estivesse viva – Carson disse.

Era a primeira vez que Austin ouvia o irmão falando dessa forma.

– Como assim? Vocês eram felizes.

– Na maior parte do tempo. Mas... sabe, a essa altura da vida, parece que nada do que faço dá certo. Por que com o casamento seria diferente? – Ele soltou um suspiro pesado.

– Entendo. De verdade. Não estou falando da boca pra fora.

– Aham.

– Era pra gente estar morto.

– Eu não. Ainda não. Mas você sabe que, quando a Alyssa morreu, pensei...

– Que você não seria abençoado com uma morte prematura.

Carson desviou o olhar.

– Isso aí.

Austin suspirou.

– A vida é uma viagem.

Encarou o irmão por um longo tempo. A história compartilhada se prolongava entre eles. Todas as idiotices que fizeram quando eram crianças. Todos os problemas que causaram quando eram adolescentes.

Lembrou-se da vez em que Carson pusera uma bombinha em uma lixeira só para que fizesse um estrondo no parque e causasse uma confusão.

Austin rira como nunca.

E agora ali estavam. Homens. Carson tinha o rosto marcado pela tristeza, e Austin... queria algo diferente. Queria mudança.

Na verdade, era mais fácil ser um garoto revoltado. Quando não se tem nada precioso a perder, como Carson. Quando não se deseja nada além de causar confusão, como o próprio Austin. Só que agora Austin queria mais. E isso o tornava ciente de tudo que não tinha como saber, tudo que não podia controlar.

– Vai, me fala o que é isso – Carson pediu. – Porque falei sério, não quero ficar repassando todas as minhas merdas.

Ele decidiu atender o pedido do irmão.

– Encontrei esse recibo. Parece que Butch Hancock pagou 250 dólares ao Lee Talbot. É bastante grana. Sabe, considerando a inflação e a época.

– Nossa! Mas o que isso significa?

– É uma evidência que corrobora o que acho que aconteceu.

– Não entendo onde essa descoberta vai te levar. No fim das contas, os Wilder eram criminosos. Que diferença faz se os Talbot também eram corruptos?

– Isso muda tudo. Não está cansado de todo mundo te ver como um moleque? Ou pior, como uma reencarnação dos seus ancestrais, uma cópia exata do papai?

– Aham, estava bem cansado e, por isso, fui embora. Entrei para o exército, queria bancar o *herói*. Usar uniforme. E as pessoas realmente são simples assim. Se o Exército dos Estados Unidos diz que sou bom, então sou bom. Além disso, conheci uma mulher, longe daqui, que disse que eu era bom. E sim, Austin, eu te entendo. Mas não fiquei vasculhando o passado para convencer os outros de que sou bom o bastante.

– Você acha que tudo se reduz a isso? Que é o que estou fazendo? Que só estou... vasculhando o passado? Fiz muita coisa, Carson. Passei a vida toda nessa cidade sem cometer um crime. Trabalhando nesta terra. Eu... não fiquei sentado e...

– Não estou te criticando – Carson o interrompeu. – Peço desculpas se soou assim. Sou mesmo um babaca. Pelo menos ultimamente. O que quero dizer é que... sim, eu entendo. Talvez ninguém entenda isso melhor que eu. Flynn acha tudo uma piada. Ele acha tudo hilário, né? E a Cassidy não está nem aí. Sei lá, é diferente pra ela. A menina se enfiou nisso tudo quando tinha 9 anos. Talvez ela ainda ache tudo romântico ou maluco ou sei lá. Ela gosta de estar com os fora da lei. Com a gente, ela se sente segura, né?

– Sim. E o Flynn só quer saber de transar.

– Queria pensar assim também. Mas isso nunca me bastou.

Também não bastava para Austin. Houve momentos em que ele diria que sim, momentos em que não pensava no futuro. Talvez por isso os livros sempre tenham parecido mais acolhedores que o mundo à sua volta. Afinal, se pudesse desaparecer na vida de outra pessoa por um tempo, poderia viver de outro jeito. Ser diferente. Talvez fosse por isso que tentava escrever o livro sobre Austin Wilder. Porque dava a chance de olhar por outro ângulo para si, para o legado, para a família. Ver algo além do que os moradores da cidade viam, além do que o pai sempre afirmou.

– Não acho que o velho Austin Wilder era inocente – ele disse. – Mas esse é o ponto. Sob alguns aspectos, era um bom homem que fazia algumas coisas ruins. Não acredito que era um assassino. Essa é uma distinção importante. Acredito que tenha sido baleado na rua sem motivo algum, exceto legitimar o legado do próprio xerife. Ele fez a cidade inteira, seis gerações depois, acreditar que os Talbot eram os melhores e os Wilder, os piores. Parabéns pra ele. Mas me pergunto como teria sido pra você, pra mim, se esse não fosse o nosso legado. E se o pai não tivesse nascido achando que havia algo errado com ele? E se também não achássemos que há algo errado com a gente?

– Tenho más notícias para você. O pai era um babaca egoísta. Acho que isso não tem nada a ver com *história*.

– Acho que tem. Você mesmo acabou de dizer, não foi? Botou um uniforme militar para se transformar em herói porque alguém te fez acreditar que você não era um. Isso te levou a encontrar um certo tipo de vida pra você e...

– Eu amava minha mulher – disse Carson, em voz baixa.

– Desculpa. Não foi isso o que eu quis dizer. É só que... isso te botou no caminho. O passado importa. Ele ecoa no futuro. E no presente.

– Acabei de perceber – disse Carson, olhando para o irmão como se ele tivesse duas cabeças. – Você é romântico.

Austin se encolheu.

– O que tem de romântico nisso, porra?

– Sei lá. Mas me parece romântica essa ideia de que tudo está conectado. De que o passado importa.

– Mas importa. É verdade o que dizem… e eu concordo… se não aprendemos com a história, estamos fadados a repeti-la. Nossa família é um exemplo disso.

– Você está tentando aprender com o passado ou mudar a história?

– Quero esclarecer os fatos. Porque temos que aprender com a verdade, não?

– Então você acha que vai conseguir provar que a família Talbot não merece o reconhecimento que tem? Mas eles fizeram muita coisa boa ao longo das décadas. Isso não dá para apagar.

– Não é isso que quero fazer.

Austin pensou em Millie. No fato de ser a única que restava dos Talbot. E no fato de que aquela pequena verdade poderia, sim, machucá-la. Mas ela amava história. Ele sabia disso. E ela se importava com a verdade. Ele tinha quase certeza disso também.

– E o que é que você quer?

– Acrescentar um pouco de complexidade à narrativa, à nossa interpretação do passado…

– Nossa – Carson falou, dando risada. – Você está me divertindo bastante hoje, o que é uma tarefa difícil.

– Por quê?

– Com as mentes fechadas dessa cidade, você não vai trazer complexidade a nada.

Pensou em Millie de novo.

– Isso não é verdade. Você tem uma visão muito sombria da humanidade.

– E você, uma visão estranhamente otimista.

– A gente ficou aqui por um motivo. E você voltou por um motivo.

– Sim, voltei por causa da terra. Queria comprar um pedaço seu porque ia começar uma família. Foi mal. Acabei de estragar o clima de novo.

– Quero consertar isso. Pra família que você ainda pode ter.

O irmão gargalhou.

– Por favor. Já desencanei. Nunca mais vou tentar. Nunca mais. Não sei de muita coisa, mas tenho certeza disso. Não vou aguentar. Nunca mais.

– Não te culpo.

– Legado. É isso que ferra tudo. Se você viver o suficiente, não conseguirá escapar da vontade de ser algo mais. Podemos discordar sobre como e com quem deveríamos nos importar. Mas tentei com o casamento, com o exército, e você está fazendo o mesmo com o seu livro.

– Uma hora essa vontade vai pegar o Flynn também. E provavelmente a Cassidy. Ela acreditando ou não.

– Talvez seu livro me faça mudar de ideia. Quem sabe ler sobre a vida e os grandes amores do velho Austin Wilder me faça ver a luz no fim do túnel.

– Talvez.

O celular de Carson vibrou.

– Ah, a Perry saiu do trabalho. Vai fazer um jantar pra mim.

– Que legal. Nada mau para um dia de merda, hein?

– Verdade.

Austin ficou segurando o recibo e repassando a conversa com o irmão depois que ele foi embora. Decidiu não pensar muito no assunto e pegou o celular para ligar para Millie. O contato ainda estava lá, desde a vez em que ligou para o próprio número usando o celular dela. Ela atendeu imediatamente.

– Alô?

Era estranho ouvir aquela voz do outro lado da linha.

– Oi. Queria dividir com você uma informação. Um lance histórico que descobri.

– Ah, é? O quê?

– Queria me encontrar com você. De qualquer forma, precisamos conversar sobre o festival.

– Claro. Quer tomar um café?

– Não. Te encontro na biblioteca quando você estiver fechando. É melhor conversarmos em particular.

– Hoje fechamos às quatro horas.

– Tudo bem.

Austin desligou e soltou um longo suspiro. Era a vitória que esperava. Mas a sensação era bem diferente de como imaginara. Não era a primeira vez que se sentia preso num lugar sem sentido. Não era um fora da lei, e definitivamente não era um herói.

Pelo menos, quando era pequeno, não ligava para o que os outros pensavam. Jamais teria se preocupado em poupar os sentimentos de Millie Talbot.

Pensou na mãe dela. E na biblioteca. E, por um instante, se perguntou se tinha mesmo sido tão durão.

O problema era que Austin até podia ter sido encrenqueiro na juventude, mas nunca fora insensível.

Isso teria sido ótimo.

Toda sua rebeldia vinha de um lugar de raiva. Nada daquilo era manifestação de alegria frenética. Às vezes, dizia isso a si mesmo. Talvez dissesse que gostava de ser um elemento incontrolável. Mas, na verdade, era apenas um garoto com raiva. Tinha raiva do pai, que colocava peso demais em seus ombros; da cidade, que só o via como um problema; e da mãe, que não o queria de jeito nenhum.

Sua descoberta era, de certa forma, uma redenção. E ele se apegaria a isso.

Porque não precisava de mais culpa.

CAPÍTULO 9

Fui ver as garotas da Jasmine na taberna e saí pior do que quando cheguei. É cruel poder escolher qualquer mulher, mas desejar justamente a única que não se pode ter.

– Diário de Austin Wilder, 25 de setembro de 1855

Embora estivesse de saída, Alice parecia não ter pressa de ir embora. Millie estava um pouco ansiosa, pois Austin logo estaria ali. Porque tinha uma descoberta histórica para compartilhar, que exigia um encontro presencial e reservado.

E isso era tudo o que ela sabia.

– Você lê romances, querida? – Alice perguntou.

Millie hesitou.

– Não.

– Pois devia – Alice comentou.

– Alice, meu casamento foi cancelado alguns meses atrás.

– Eu sei. Por isso devia ler. Porque, olha, aquele Michael Hall jamais seria um herói de romance.

Millie ficou intrigada contra a própria vontade.

– Por quê?

– É difícil explicar se você não lê romances. Mas sempre pensei que tinha algo estranho nele. E eu estava certa, considerando o que ele fez.

Millie não podia discutir com Alice.

– Tentei ler um, mas certas cenas… eram irreais. – Ela sentiu o rosto esquentar. Só de lembrar *daquelas* cenas, ficava constrangida.

Alice ergueu as sobrancelhas.

– Sério? Que pena. Eu não acho nada disso irreal.

Um sorrisinho maroto marcou seu rosto enrugado e, ao tocar a bochecha, sua aliança, que permanecia firme em seu dedo havia cinquenta anos, brilhou. Millie sentiu um pouco de inveja daquela mulher linda, feliz, tão à vontade na própria pele. Ela conhecera uma vida inteira de amor e não achava o sexo nos romances nada irreais.

– Talvez eu tente de novo – disse Millie, deixando que as palavras escapassem de uma só vez.

– Tenho uma lista de recomendações para você – Alice falou. – Quando estiver pronta.

Ela deu um tapinha no balcão, pegou a pilha de livros e saiu pela porta. Millie ficou sem saber o que fazer enquanto processava aquela informação e aguardava a próxima interação – que, com certeza, não ajudaria a acalmá-la.

A porta se abriu de novo e Austin entrou. Preto sobre preto, parecendo um fora da lei sem precisar recorrer às fantasias dos caixotes. Trazia uma pasta na mão.

– Acho que é a primeira vez que alguém aparece aqui com uma pasta – disse Millie, com um sorriso tímido.

Ele olhou para a própria mão.

– O quê?

– Antes, você ficou todo empolgado quando falei que tinha umas pastas que poderiam nos ajudar com o planejamento.

– Ah.

Ela acabara de mostrar que se lembrava de cada palavra de cada conversa que tiveram. E ele, claramente, não. Talvez isso não fosse tão bom.

Não. Talvez não.

– Eu achei engraçado. – Ela deu uma risada nervosa, que soou ainda pior. Quase desesperada.

– Não tem mais ninguém aqui, né?

– Não.

Millie se levantou e contornou o balcão, bem ciente de que, mais de uma vez, considerara-o uma barreira entre ela e Austin. Agora, essa barreira não existia – e eles estavam a sós.

Ela abriu a porta, virou a placa e girou a fechadura. Enfim, estavam presos ali dentro.

– Oficialmente fechada – disse ela, passando por ele em direção à mesa no centro da sala. – Pode sentar aqui comigo. É um bom lugar pra… – Ela se deu conta de que tinha deixado tudo atrás da mesa. – Só... um segundo. Pode se sentar.

Ela voltou à mesa de trabalho, pegou a agenda e, num impulso, apanhou uma estrela de xerife na caixa de fantasias. Depois, retornou à mesa.

– Pronto. Agora que estou com tudo, podemos falar sobre o festival e a sua... descoberta.

– Do que você quer falar primeiro?

– Quero saber o que você achou.

Ele abriu a pasta e a deslizou sobre a mesa, empurrando na direção dela. Ela retirou o papel de dentro e, ao ler, franziu a testa.

– Butch Hancock pagou Lee Talbot por... seus serviços? Algo assim?

– Algo assim. Repare na data – disse ele, indicando o local com o dedo.

Dois dias antes de Austin Wilder ser morto.

– Não entendi – ela falou.

– Não posso provar, mas acho que Butch entregou a gangue e pagou para o Lee fazer vista grossa, pra conseguir fugir. Sempre pensei nisso. Nunca soube ao certo como foi, nem quem procurou quem, mas esse recibo definitivamente sugere que Butch queria sair da gangue e estava disposto a pagar por isso.

– Mas... então você acha que Lee Talbot deixou um criminoso escapar?

– Acho. Sempre achei. Butch Hancock, o Traidor... entre os Wilder, esse nome é proibido.

– É por isso que você odeia os Hancock?

Ela nunca tinha pensado no motivo da velha rixa entre as duas famílias. O que deveria ter feito, já que toda aquela cidade era movida por rancores tão antigos quanto a terra.

– Sim – disse ele com naturalidade. – Além disso, os Hancock continuam os mesmos... um bando de imprestáveis, mentirosos, desonestos sem caráter...

– E você é igualzinho a todos que despreza – disse ela, seca. Os sentimentos conflitantes que a atormentavam tornaram seu tom mais duro do que o habitual.

– *Como é que é?*

– Nutre essa revolta porque todos na cidade se apegam ao passado, mas você faz a mesmíssima coisa. Tem raiva dos Hancock, de mim...

– Não é só o passado. Desde que nasci, dizem que sou ruim. Eu era só um menino de 10 anos que entrou na biblioteca e ouviu que não era bem-vindo. E sim, fiz minha parte para fazer jus à reputação que me acompanhou desde o meu primeiro dia de vida, mas me diga, Millie: você acha que teria alguma chance de ser diferente, ainda que mínima, se não tivessem me dito quem eu era antes que eu mesmo soubesse?

Aquela era sua verdade. Raiva profunda, incessante. E, ao encarar os papéis, tentando entender tudo que aquele recibo implicava, Millie se perguntou o quanto daquilo também se aplicava a ela.

Passara a vida tentando alcançar um ideal – um padrão de bravura, bondade e brilhantismo que talvez nem fosse real.

A cidade era dividida entre os homens da lei e os fora da lei.

Mas e se no passado as coisas não fossem tão simples assim?

E se os homens da lei não fossem confiáveis? E se ela tivesse construído toda a vida sobre areia movediça?

Isso significaria...

Liberdade. A compreensão e a sensação a pegaram de surpresa. De repente, uma onda de adrenalina – e de alívio – a invadiu por completo.

Havia tristeza também, mas àquela altura ela estava bastante familiarizada com a dor. Com a perda. Perder uma lenda jamais se compararia a perder uma pessoa de verdade. E ela perdera os pais.

Aos poucos, a dor foi se insinuando. As histórias que ouvira no colo do avô sobre a generosidade da família Talbot... não eram reais.

Claro que não poderiam ser.

Porque nenhuma família podia ser totalmente boa ou má.

Mas as pessoas preferem histórias simples e fáceis.

Pois não querem lidar com a complexidade dos outros.

Era por isso que contar a história podia ser tão polêmico. Porque todos relutavam em enxergar além da bravura, em admitir que seus heróis também machucaram pessoas para conseguir o que queriam.

Aquele era só mais um exemplo.

Para garantir o legado do qual sua família se beneficiara durante todos aqueles anos, houve suborno. Houve traição.

Pior de tudo, se o que Austin dissera antes fosse verdade – que não havia menção de assassinato nos diários de seu homônimo –, então seu antepassado era um assassino. Os irmãos Wilder haviam sido executados injustamente. Podiam até ter sido criminosos, mas talvez nunca tivessem derramado sangue algum.

E, de repente, a celebração da morte de Austin Wilder – sangrando até morrer na rua – pareceu horrenda.

Heróis eram consagrados. Tornavam-se maiores que a vida. Quase sobre-humanos.

Os vilões, por outro lado, eram reduzidos a pó.

No final, eram todos apenas homens – e aquilo era o mais difícil de aceitar.

Millie sabia, e para ela também era difícil.

– Desculpa – ela disse. – Desculpa por ter reagido assim. Não posso negar que... que é bem provável que você esteja certo.

– Deve ser difícil para você. Acabar desse jeito com o legado no qual se apoia o Festival da Corrida de Ouro.

– Sim. É. Acabou a história fácil. Agora temos um mistério histórico. E, na verdade, isso é bem interessante.

Ela tentou afastar as implicações pessoais daquilo tudo. Não ia chorar porque seu antepassado era menos heroico do que diziam. Não quando os Wilder eram os verdadeiros injustiçados.

Entre euforia e horror, ela mal conseguia ficar sentada diante daquele homem – com olhos azuis afiados demais – sem desejar que um buraco se abrisse no chão e a sugasse.

– Bem, vou trabalhar para conseguir mais informações – ele disse. – De algum jeito. Vou vasculhar tudo o que está no porão daquele museu, se for necessário.

– Você não me contou o que te fez pensar que o velho Austin foi traído.

Ele tinha dado uma pista, mas não dissera com todas as palavras.

– Tem um trecho no diário... em que Austin diz que desconfia que Butch está planejando fugir. Tinham acabado de assaltar um banco e estavam com muito dinheiro. Austin queria mudar. Os filhos estavam crescendo, e ele vinha escrevendo bastante sobre o que diria para eles. Não queria que virassem bandidos. Nem a esposa dele queria. E, independentemente do que você pense, posso te garantir que ele amava aquela mulher. Estava disposto a fazer qualquer coisa por ela. Queria dar a ela uma vida boa. Algo de que ela pudesse se orgulhar. Ele era obcecado por ela.

Por algum motivo, ouvi-lo dizer aquilo a deixou triste. Sabia vagamente da existência da esposa e dos filhos do velho Austin Wilder – mas não de seus sentimentos. Nunca lhe ocorrera que aquele homem pudesse sentir algo de bom.

– Que ele era casado e tinha filhos... isso é só nota de rodapé nos registros históricos – disse ela.

– Pois não era só uma nota de rodapé na vida daquele homem. Era tudo pra ele. E sei que talvez você ache que, se fosse assim, ele deveria ter parado de roubar. Mas não era tão simples. Era o único jeito que conhecia de sustentar a família.

– Seria bom se todos tivessem acesso a esse diário.

– Pouca gente lê. Nós dois sabemos bem disso.

– Mas algumas pessoas leriam. E se a história for envolvente, talvez elas fiquem mais interessadas. Talvez entendam.

Millie percebeu que, para Austin, o passado era mais vívido do que jamais fora para ela – afinal, ele tinha aquele diário. Ele tinha um retrato completo de seu homônimo, e ela não tinha nada de Lee. Só um registro histórico enxuto e papeladas aleatórias, como o recibo que Austin trouxera. Mas nada daquilo revelava quem Lee Talbot fora de verdade. Nada mostrava seus pensamentos ou sua voz.

Austin conhecia os próprios antepassados de um jeito que ela jamais conheceria os seus.

– Até termos mais informações, não vejo por que ficar remoendo isso – ele disse.

Ela estreitou os olhos.

– Tenho quase certeza de que você vai remoer isso por um bom tempo.

– Ainda estou investigando.

– *Talvez eu queira ajudar.*

– Talvez eu não confie em você – ele falou, encarando-a.

Seu coração acelerou. Havia algo empolgante naquilo, mas ela não conseguia identificar o quê.

– Bem, talvez a gente tenha que começar de novo. Já que não podemos confiar nas nossas lendas.

– Eu te conheço bem.

– Isso significa que eu também te conheço? – ela perguntou.

– Você sabe o que eu leio.

– Verdade. O que significa que sei bastante sobre você. Mas tenho certeza de que ainda não sei muita coisa.

Ele ergueu uma sobrancelha.

– Você já viu minha ficha criminal.

Ele lançou aquilo como quem joga uma granada. Só para provocar. Só para ver o que ela faria. Ela sentiu. A raiva ferveu sob a superfície.

– Verdade. Já vi. Mas… ela define quem é você?

Ela nunca tinha desafiado alguém daquele jeito antes, então não sabia que era capaz daquilo. Mas ali estava ela, devolvendo na mesma moeda, retrucando como se também tivesse algo selvagem no sangue.

Nunca tinha falado com um homem daquele jeito antes. Rebatendo as provocações, sentindo a euforia do desafio.

Talvez fosse quase um flerte, mas afiado demais para isso. E quando respirou fundo, doeu um pouco.

A *Millie Certinha* jamais faria isso.

Mas e a Millie que tinha um passado misterioso e perigoso? Quem sabe. Quem é que poderia dizer?

– Você se sente melhor pensando assim?

– Sempre achei difícil te entender – ela admitiu. – Não que tenha dedicado muito tempo a isso, para ser sincera.

– Sério? Sou tão complexo assim que não consegue me decifrar? Logo você, que lê tanto quanto eu, não consegue entender quem sou?

Ele parecia satisfeito demais com aquilo.

– Eu falei que não *tentei por muito tempo*.

– Sim, mas não acredito em você.

Que maldito. Agora ela estava com calor e inquieta.

– Eu costumava ficar muito brava com as meninas, porque todas achavam que você e seus irmãos eram… perigosos. E bonitos.

Millie estremeceu ao dizer aquelas palavras, porque elas chegavam perto demais da verdade que se esforçava para ignorar.

– *Elas* achavam? – Ele se inclinou, juntando as mãos e a encarando com atenção excessiva.

Havia algo perigoso nele *agora*. Não apenas no passado.

Austin estava bravo, mas não era o tipo de raiva que dava medo de que a machucasse. Era algo forte. Ele baixou o tom de voz, aguçou o olhar. Millie sentia a voz dele vibrar dentro de si. Sentia o peso do olhar dele.

Aquilo era mais intenso do que ser tocada por Michael – e só de perceber isso, ela desejou estar usando um colar de pérolas, só para poder agarrá-lo agora.

– Sim. Achavam. – Ela enfatizou o *achavam*. – Mas eu sabia que não queria nada com alguém que não respeitava a lei.

– Então você não quer nada nem com a sua própria família, né?

Ela engoliu em seco.

– Pelo visto – ela disse.

Ela estava com *calor*.

– Parece que precisamos mesmo trabalhar para acabar com algumas narrativas que circulam por aqui. Porque as famílias fundadoras são um desastre e vivem se apoiando em lendas cheias de meias-verdades para justificar seus privilégios na cidade.

– Bem, é verdade – ela cedeu.

– E eu diria que é bastante óbvio que seu ex-noivo é um dos piores.

– Não posso discordar disso. – Ela nem queria.

– E, para falar a verdade, acho que é ainda pior que, depois de te trocar por outra, ele ainda ajude a sabotar algo importante pra você.

– Ele está se associando com a mulher que ele... bem, com ela.

– Claro. Mas será que você não merecia um pouco de lealdade por todos os anos que passou com ele? Quanto tempo vocês ficaram juntos, aliás?

Ela detestava aquela pergunta, porque não gostava da resposta.

– Seis anos. Pelo menos não foi uma vida inteira.

– Surpreende saber que ficou tanto tempo com ele sem casar. Não me parece algo que uma boa garota faria.

– Não estamos em 1950 – ela falou. – Nem em 1850, apesar do que algumas pessoas dessa cidade possam achar.

– Verdade.

– Enfim, só morei com ele por uns dois anos antes de decidirmos... antes do noivado.

Ela não queria mesmo conversar sobre aquele assunto. Era complicado. De alguma forma, era estranhamente íntimo – ou talvez ela que fosse estranha.

– Nossa. Você já estava morando com ele.

– Sim. Por sorte, eu me mudei antes para arrumar a casa... E realmente devia ter visto os sinais de alerta. Ele não quis morar comigo de imediato, mas na época aquilo fazia sentido, porque nosso contrato de aluguel ainda estava em vigor e eu estava ocupada com a reforma. Acabou que ele só queria ficar na casa dele para ter mais oportunidades de me trair.

– E o que aconteceu com a casa?

– A casa era do meu pai. Então é minha agora. Sou muito grata por isso. Ainda bem que não me dei ao trabalho de incluir o Michael na escritura. Eu ia fazer isso depois do casamento.

O fato de Michael quase ter levado parte da herança dela fez seu coração bater mais rápido. Não de um jeito bom.

– Há bandidos por toda parte – Austin disse.

– Pois é.

– Então, sobre o festival…

– Acho que precisamos começar a planejar sem as encenações. Do tiroteio, quero dizer. Porque até sabermos todos os detalhes…

– Sim. Na verdade, não quero encenação nenhuma, não importa o que a gente descubra.

– Entendo – ela disse. – Mas pode ser que a gente precise.

Ela deslizou a estrela do xerife sobre a mesa.

– Tenho fantasias.

– Fantasias. – Ele pressionou a borda da estrela e a pegou, virando-a e examinando-a. – Veja só.

– Eu definitivamente quero que o evento tenha um pouco de história viva. Passeios de carroça coberta. Seria incrível.

– Bem… – disse Austin, devagar, ainda com a estrela na mão. – Acontece que a gente tem uma carroça.

– É?

– É. Tipo, temos a estrutura. Não temos a cobertura, mas seria fácil arrumar.

– Você não está me dizendo que é uma carroça Conestoga original, né?

– Na verdade, é. Ela está na propriedade há muito tempo, em um dos celeiros. Carson e eu decidimos restaurá-la uns dez anos atrás. Ele jamais vai admitir isso, mas é um marceneiro brilhante. Sabe fazer qualquer tipo de mobília e restaurar coisas antigas. Ele já fez vários reparos em relíquias de família pra pessoas dispostas a confiar em um Wilder. Mas talvez a carroça tenha sido o começo de tudo. Trabalhamos nela quando ele estava de licença, e ela está em ótimo estado agora.

– Seria incrível se você pudesse levar as crianças nessa carroça.

Ele passou a estrela entre os dedos, e então parou.

– Não sei se se quero ser o condutor, mas vou pensar. Minha irmã provavelmente ia adorar.

– Ela sabe guiar carroças?

Ele girou a estrela de novo entre os dedos.

– A Cassidy sabe fazer de tudo. Se você precisasse de uma Annie Oakley, ela seria a sua garota.

– Bem, Annie Oakley não está conectada à história de Rustler Mountain.

– Eu sei – ele falou secamente, pousando a estrela na mesa.

O rosto de Millie esquentou, e ela temeu estar corada demais.

Ela esticou a mão para pegar a estrela bem na hora que ele fez o mesmo, e seus dedos roçaram nos dela.

Foi como se alguém tivesse riscado um fósforo.

Seu corpo inteiro se acendeu.

E, de repente, ela entendeu uma coisa. Enquanto o estômago ia parar na boca e o coração disparava, sentiu um desejo se expandindo entre as coxas. E começou a compreender aquela cena que tinha lido no romance anos atrás e pensava ser irreal.

Michael não era um herói de romance.

Ela engoliu em seco com força. Austin Wilder também não era... como poderia ser?

Você é meu herói.

Ela tinha falado aquelas palavras, mas não naquele sentido.

Não mesmo.

Millie sentiu o suor brotando na testa e ficou preocupada que ele estivesse vendo. Teve medo de seus sentimentos estarem expostos. De que ele pudesse lê-la como fazia com os livros. Ela o desejava.

Ela realmente o desejava.

Talvez o que Heather sugerira não fosse tão absurdo assim. Talvez pudesse ser uma fora da lei.

Talvez não precisasse ser tão boazinha.

O que havia conseguido sendo boazinha, afinal?

Seis anos desperdiçados com um homem que não a amava de verdade. Que ela também não amava de verdade.

E o que era o amor?

Ela tinha certeza de que sabia. Tinha certeza de que queria aquele amor. Mas, agora, não fazia a menor ideia. O que realmente buscava? Segurança. Certeza de que havia feito algo para dar continuidade ao legado da família. Os Hall sempre foram respeitados na cidade, mas Austin tinha razão.

Na verdade, eram péssimos. Havia ampla documentação de seus podres. Porém, tinham fundado o primeiro banco da cidade, então ostentavam uma aura de decência à qual não tinham direito.

Mas todas aquelas histórias estavam tão arraigadas na tradição de Rustler Mountain que, mesmo quando questionadas, não mudavam muito.

Michael se achava no direito de usufruir o bom nome, assim como Millie se sentia pressionada pelo dela, e Austin, marcado pelo dele.

Encontrar um denominador comum com Austin Wilder não era seu objetivo. Mas ela o encontrara. Ali, na fissura entre suas muitas perdas. Foi preciso um terremoto. Foi preciso que o chão ruísse, mas ali estava ela.

Millie olhou para Austin e seus olhares colidiram, e ela sentiu algo tremer dentro de si. Outro terremoto. Outro abalo sísmico.

Será que só porque o considerava atraente, achava que algo estava mudando?

Só por se permitir achá-lo atraente, em vez de apenas reconhecer sua beleza geral, foi como se um sino soasse dentro da sua alma.

Ela suspirou, trêmula, instável.

– Acho uma ótima ideia. A carroça, quero dizer. Eu adoraria... subir a montanha para dar uma olhada.

– Claro. Pode ir quando quiser. Estamos sempre lá. E se eu não estiver em casa, a Cassidy te mostra.

A ideia de que ele não se importava se estaria lá ou não quando ela fosse era perturbadora. Um choque de realidade. Claro que Austin não se importava. E ela também não deveria. Ele comentou que Cassidy talvez quisesse participar do festival. Então, melhor tentar falar direto com ela do que passar tudo por Austin.

– Quero montar uma programação para as crianças – ela disse. – Assim posso falar com as escolas e tentar organizar excursões.

– Parece uma boa – ele disse.

Ela olhou para ele.

– Você acha mesmo?

– Só falei para ser educado.

– Eu realmente acho que é uma boa – ela falou.

De repente, quis muito que ele entendesse. Porque se sentia encorajada pela experiência em comum deles e queria estendê-la.

– Principalmente se a gente descobrir o que aconteceu de verdade.

– Acha mesmo que alguém vai se interessar por isso?

– Acho.

– Tomara. Afinal, estou escrevendo um livro sobre o assunto.

Ela balançou a cabeça.

– Não sei por que ainda me surpreende que você esteja escrevendo um livro. Claro que está. Você ama livros.

– Por que nem você acredita que não sou um idiota?

A pergunta dele arranhou sua pele, pois ela se repreendia justamente por isso.

– Não. Não te acho um idiota. Nunca achei. Mas confesso que você me confunde.

– Foi o que você disse. E também que nem tentou me entender.

Suas orelhas ficaram quentes.

– Não foi isso que... pensei que eu não devia tentar entender.

– Por que você não devia pensar em mim de jeito nenhum, certo? – Ele ergueu a sobrancelha com uma expressão provocativa. Mas não era possível. Ele não podia estar se dando ao trabalho de provocá-la. – Até pensar em mim era proibido, né?

O coração dela acelerou, e a voz, quase falhou.

– Eu... eu... bem, você não era legal. Tipo... você fazia coisas erradas. Tudo aquilo quando era mais novo. Aquelas coisas das quais foi acusado. – Ela parecia pouco convincente e ridícula.

– Eu estava com raiva. Se você fosse uma jovem tentando sobreviver nessa cidade e metade dos adultos te dissesse que não era bem-vinda, também não sentiria raiva?

Sim. Ela morreria de raiva.

Millie nunca sentira raiva na vida. Essa era a verdade. Jamais se opusera ou se rebelara contra seu papel em Rustler Mountain. Só tentara corresponder às expectativas. Não importava o quão difícil fosse. Parecia importante, já que sua família era venerada. E agora... ela sentia uma leve pontada de raiva. Ou algo próximo disso. Porque, a vida inteira, não se sentira boa o bastante.

Nunca se encaixara de verdade na imagem de uma Talbot.

E agora ela se perguntava se aquela imagem era uma farsa. Se o belo retrato pintado da família era uma falsificação.

Certa vez, ela vira um documentário sobre ladrões de arte que cobriam retratos famosos para esconder seu valor. Será que a obra original não estaria soterrada sob uma reprodução? E se tivesse vivido uma mentira? Sentiu então o eco da mesma raiva que devia perseguir Austin desde o nascimento.

– Não te julgo por sentir raiva – ela disse. – Acho que você nem é tão confuso assim. Só que eu não sabia o bastante sobre a vida. Porque vivi isolada demais. E às vezes o isolamento sufoca.

– Sufoca a ponto de te levar a ter um relacionamento com um babaca.

Ela conteve o riso, porque Michael era mesmo um babaca.

– Não tenho como discordar.

– Dado o histórico da minha família, envelhecer é uma novidade. Mas, veja, quanto mais velho fico, mais percebo que todo mundo tem uma história. A leitura até confirmou esse entendimento, acho. Sempre gostei de histórias de redenção, em que alguém começa na pior e termina bem. Eram as que mais me tocavam. Mas todo mundo tem uma história, até o Michael, por pior que seja. Presumo que ele seja fruto de uma vida inteira de indulgência. Sempre fazendo tudo do jeito dele. Sem nunca cogitar que não pode tratar as pessoas como quiser.

– Não faça dele um coitadinho – Millie disse.

– Ah, não estou dizendo que ele é um coitadinho. Só acho que, quando você entende que as pessoas têm uma história, tudo parece menos confuso.

– Qual você acha que é a minha história?

Percebeu o erro assim que as palavras saíram da boca. Mas era tarde demais.

Os olhos azuis dele a percorreram de cima a baixo, e foi como se ele a estivesse tocando. Como se abrisse um botão da blusa, depois mais um. Como se afastasse o tecido e olhasse além da pele. Não para ela, mas dentro dela.

Seu delicado e vulnerável coração. As fragilidades. As imperfeições.

O medo profundo de não ser nada.

Nem boa, nem má. Simplesmente nada. Uma mancha bege e sem graça na árvore genealógica da família. Um galho que terminaria exatamente onde parara de crescer.

Ele se levantou, e ela o sentiu escorrendo por entre seus dedos. Como se ele colocasse um ponto final naquele momento – e ela não queria.

Queria continuar conversando.

Queria que ele ficasse.

Na biblioteca – o único lugar onde uma Talbot podia encontrar um Wilder sem algemas nem sangue.

Ela se levantou um pouco tonta, sem saber bem por quê.

Ele pegou novamente a estrela de xerife e caminhou até Millie.

– Você se esforça demais desde o primeiro dia de vida – ele disse. – Esse esforço todo é invisível para você, porque é tudo o que conhece. Mas eu vejo, porque nunca me esforcei.

Ele deu mais um passo, depois outro, e ela achou que seu coração fosse pular do peito.

Ele abriu o alfinete da estrela com suas mãos grandes, firmes e rápidas. Depois, estendeu o braço e puxou o vestido dela, sem tocar em nada além do tecido. Mas estava perto. Muito perto. Dava para ouvir sua respiração, sentir o cheiro da pele. O sabonete. O feno dos cavalos.

Enfiou o alfinete no tecido e prendeu o broche. Os nós dos dedos roçaram nela, provocando uma sensação em suas pernas que a fez cambalear até quase cair.

E ali ficou a estrela, presa ao seu peito.

Ela olhou para ele e sentiu o rubor invadir suas bochechas como uma onda, enquanto o coração pulsava dolorosamente e as mãos suavam.

Até que viu algo naqueles olhos azuis e elétricos, algo que nunca tinha visto. E a mente disparou por caminhos que jamais percorrera, até que...

E se ele chegasse mais perto?

E se a tocasse?

E se?

Ele abaixou a cabeça e ela perdeu o fôlego.

– Continue tentando, xerife – ele disse com um sussurro rouco. – Você vai ficar bem.

Em seguida, ele endireitou a postura e se afastou. Foi como se uma bolha tivesse estourado. O que havia entre eles naquele instante simplesmente se desfez. Como se tivesse evaporado.

– Sobe lá amanhã para ver a carroça – Austin convidou.

– C-claro. – Era como se a boca de Millie tivesse parado de funcionar. E o cérebro.

– Até mais.

– Até.

Ela o acompanhou até a porta, depois a fechou e trancou. Colocando a mão sobre a estrela – e o coração –, esperou até que suas batidas voltassem ao normal.

CAPÍTULO 10

Ela vê algo em mim que nem eu vejo.

– Diário de Austin Wilder, 14 de dezembro de 1855

Austin sabia que não devia brincar com fogo. Porque quando um Wilder mexia com fósforos, o mundo se incendiava.

Uma semana atrás, jamais teria dito que Millie era capaz de gerar alguma fagulha.

Que inferno.

Estava enganado.

Sabia que, se olhasse fundo nos cantos mais sombrios de si, não se surpreenderia tanto com o fascínio que sentia por ela.

Qualquer psicólogo se esbaldaria com seu caso. Ela era filha do homem que o prendera. Podia até esquecer o legado familiar e se ater só a isso.

Se o pai dela ainda estivesse vivo, presumiria que o interesse vinha justamente do fato de ela ser proibida.

Cacete. O homem estava morto, mas isso não fazia muita diferença. Transar com a filha dele era pior que dançar sobre seu túmulo.

Senhor…

Ele apoiou a mão no batente do celeiro. Estava esperando Millie chegar e não devia ficar pensando nessas coisas. Não quando tinham o poder de atingi-lo de uma forma que pensamentos eróticos nunca conseguiram.

Era pragmático com sexo. Um impulso, como qualquer outro, e Austin honrava seus impulsos. Quando queria algo, fazia questão de saciar a necessidade.

De um jeito saudável, gostava de pensar. Porque não era imprudente como o pai. Não mais.

Por isso, preferia ficar com mulheres de fora ou sair da cidade para se encontrar com elas. Ele não gostava de plantar explosivos nas ruas por onde andava, muito obrigado.

Já tinha problemas demais para arrumar mais um. Era uma forma um pouco nova de pensar, mas mesmo assim.

Então não era de se espantar que estivesse... fascinado por Millie.

Era uma espécie de tentação.

Porque não tinha muita experiência com tentações.

Quando jovem, fazia o que bem entendia. Depois, aprendera a guardar tudo em compartimentos.

E, ironicamente, aquela garota tão discreta despertava algo selvagem nele, como pouquíssimas coisas despertavam.

Ele não devia tê-la provocado. Não devia ter se aproximado tanto a ponto de sentir seu cheiro de baunilha e alguma flor doce, misturado com papel e tinta. Não havia quase nada tão erótico quanto aquilo.

Ele resmungou e foi andando para os estábulos. Precisava alimentar os cavalos antes que Millie chegasse.

Só que isso significaria encontrar os irmãos, algo que ele não estava a fim.

Ou talvez estivesse. Porque eram sua motivação, afinal. Para não ser um completo degenerado. Para se importar com tudo.

Babacas.

Assim como tudo no Rancho Wilder, os estábulos eram rústicos, mas funcionais.

E eram limpos, porque, se havia algo que todos tinham em comum, era a obsessão em manter o rancho impecável. Carson tinha seu próprio lote de terra, mas eles trabalhavam juntos no rancho. Flynn tinha sua própria terra, mas ela não era adequada para o trabalho. E, para Cassidy, aquele ainda era seu lar.

Carson e Flynn estavam levando o gado de um pasto para o outro, e ele não sabia com o que Cassidy estava ocupada. Ele não controlava as atividades dos irmãos. Não havia ninguém no comando ali.

O que era ótimo. Todos eram bons em perceber o que precisava ser feito e simplesmente faziam.

Não tinha energia para dizer a todos o que fazer, ainda mais com tantas outras preocupações. Não queria ser o gestor.

Muito menos daquele bando tão variado. Ele entrou no estábulo bem quando Carson e Flynn chegavam com chapéus na cabeça e cavalos ofegantes.

– E aí, mano velho? – disse Flynn, desmontando, as botas batendo com força no chão. Ele sorriu, e Austin sentiu… algo apertar seu peito. Não sabia ao certo o quê.

Flynn continuava sorridente. Parecia encarar tudo numa boa. As preocupações dos anos e das perdas não o atingiam como a Austin e Carson.

Carson fora golpeado pelo luto como se tivesse levado um tiro de canhão no peito, enquanto Austin só se sentia velho às vezes. Talvez o otimismo de Flynn viesse do fato de ter a família por perto. Ele não era apenas um Wilder, mas também um Hunter. A família da mãe ainda contava, mesmo que ele não fosse próximo dela.

E isso era algo que nenhum dos outros podia dizer que tinha.

Talvez bastasse para tornar mais fácil ser um Wilder. Ou talvez Flynn fosse só Flynn.

– Tudo certo – Austin disse. – Acho que acabei metendo o rancho no Festival da Corrida do Ouro.

Carson e Flynn trocaram um olhar. Então Carson desmontou.

– É mesmo? – Ele cruzou os braços e fez cara feia para Austin.

– É – respondeu Austin, devolvendo o olhar duro do irmão, desafiando-o a mencionar Millie.

– E como isso aconteceu? – Flynn perguntou.

– Encontrei a bibliotecária ontem.

– Aquela bibliotecária que te deixou todo mexido? – Carson falou.

Ele ia mesmo fazer aquilo. Começar uma briga.

Babaca.

Austin gargalhou. E decidiu negar.

– Nenhuma mulher me deixa mexido.

– Mesmo assim – Flynn disse –, parece que você está fazendo tudo o que ela quer.

Ah, que bom, Flynn também queria se meter no assunto.

– Ela tem as informações que estou procurando. E como vocês mesmos observaram, pode ter também a chave para mudar a reputação da nossa família. Vocês sabem o quanto quero isso. O quanto quero ser outra coisa que não o perverso Austin Wilder.

– Certo – disse Carson. – Falta você arranjar uma esposa e construir um novo legado. Ela está se candidatando?

Ele não conseguiu articular uma resposta. Foi como uma explosão no peito – nada agradável.

– Ela é uma Talbot – Austin disse entredentes.

– Sim – Flynn falou. – Todo mundo sabe, mas pelo visto isso não te impede de andar com ela.

– Andar com ela desse jeito é diferente de... o que quer que você esteja insinuando. Enfim. Isso é papo para o futuro.

– Certo.

– Eu vou... – Ele não queria discutir com os irmãos.

Bem nessa hora, Cassidy apareceu a cavalo, com o cabelo escuro balançando ao vento. Ela era habilidosa na montaria e parou bruscamente ao lado de Carson com um sorriso travesso no rosto.

– E aí, meninos? – ela disse.

– Onde você estava, Cass?

Ela deu de ombros.

– Por aí.

– Você toparia dar uns passeios de carroça no Festival da Corrida do Ouro?

Ela arqueou as sobrancelhas, depois as franziu e relaxou.

– Como é?

– Você ouviu. Não preciso repetir.

– Austin está nos incluindo como voluntários no evento – Carson disse. – Veja só.

– Eu não incluí *você*. Você assusta as crianças.

Flynn deu risada.

– É mesmo.

Austin se virou para Cassidy.

– Eu também não te voluntariei. Ainda.

– Por que eu? – ela perguntou.

– Porque você guia a carroça como ninguém. E achei que fosse gostar.

Ela se irritou, principalmente porque ele tinha razão, e Cassidy odiava admitir isso.

– Mas sou cruel e indomável – ela disse, erguendo as mãos e fingindo ter garras. – Não acha que *eu* assustaria as crianças?

– Acho que você é o modelo de mulher forte que as crianças precisam – Austin respondeu.

Cassidy segurou a aba do chapéu e o puxou para baixo, cobrindo os olhos.

– Essa bajulação vai te render… mais do que eu gostaria. Beleza. Parece interessante.

– Ótimo. Vou te manter informada dos detalhes.

– Por que estou com a impressão de que você vai me apresentar um cronograma e me dizer para onde ir e o que fazer?

– Provavelmente porque vou.

– Você tem sorte de eu te amar – ela disse.

Mais uma vez, Austin lidava com sentimentos desconfortáveis. Afinal, Cassidy provocara a maior mudança da sua vida. Era dez anos mais velho. Não tinha idade para ser pai dela, e ainda assim, em muitos aspectos, era o papel que assumia. Os três irmãos tinham se unido para cuidar dela de uma forma ou de outra, mas sua chegada transformara Austin profundamente. Cassidy, sozinha, o colocara na linha. Depois da morte do pai, poderia ter seguido qualquer caminho: se perder de vez e morrer jovem, ou chegar exatamente aonde estava agora. Com esperança, futuro, um livro pela metade e um mistério por resolver.

– Você também – ele grunhiu.

Não que fosse mentira. Pelo contrário, era verdade até demais, e se ele não tomasse cuidado, sua garganta ficaria apertada.

– Preciso usar carne de veado – Carson disse. – Pensei em fazer uns hambúrgueres hoje à noite. Vou chamar a Perry. Ela vai trazer pão e salada. Dalton disse que trará costelas.

Austin ficou agradavelmente surpreso por Carson estar organizando uma reunião, mas se perguntou até que ponto aquilo tinha o dedo de Perry. Talvez ela mesma tivesse sugerido. Mas não importava. Contanto que Carson não se perdesse na própria tristeza.

– Ótimo.

– Talvez eu tenha planos – Cassidy declarou, fungando.

– Tem? – Carson perguntou.

– Não – ela resmungou.

– Por mim, parece ótimo – Flynn disse. – Comida de graça é sempre uma boa.

– Legal. Podemos usar sua casa, Austin?

– Minha casa é… literalmente onde vocês cresceram. Então, é claro.

– Até mais tarde – Carson falou, puxando o cavalo. – Preciso terminar umas coisas em casa.

– Boa – Austin disse, acenando para o irmão.

Estava meio impaciente para se livrar de Cassidy e Flynn também. Sabia que Millie chegaria a qualquer minuto e não queria plateia.

Certo. Você não quer que percebam que está a fim dela.

Não. Ele não queria que ninguém percebesse. Só podia torcer para que ela fosse inocente o suficiente para não sacar o que ele estava pensando.

Ela já tinha morado com Michael Hall. Mas Michael era um daqueles caras que não duravam dois segundos na cama.

Reconhecia esse tipo de longe. O tipo que pensa que merece sexo, mas não levanta um dedo para satisfazer a parceira. E Danielle não ligava a mínima, porque só queria tomar o que era dos outros.

Ele se perguntava se Millie entendia isso. Que Michael queria algo ilícito, e Danielle só queria ganhar. Que eram uma dupla de personagens bem básicos. Sem surpresas. E sem nenhuma mudança positiva no horizonte.

Na cabeça dele, era preciso querer um arco de redenção para se ter um. Não era possível se deparar com ele por acaso.

Por ele, os dois podiam ir para o inferno. Eram chatos. Esse talvez fosse o maior pecado deles.

Mas enfim, não precisava de plateia.

– Flynn – chamou Cassidy. – Estou tentando limpar o pasto norte. Pode me ajudar? Tem umas coisas pesadas lá.

– Está me dizendo que você não é forte o suficiente?

– Sou só uma mulherzinha frágil – disse ela, erguendo as mãos e mostrando os braços esguios, porém musculosos.

Flynn revirou os olhos.

– Se está com preguiça, Cassidy, é só dizer.

– Sou fraca – ela falou, fungando e voltando para o cavalo.

– Sei – murmurou Flynn, montando no próprio cavalo. – Te vejo no jantar – disse a Austin.

Cassidy sorriu enquanto se afastavam, e Austin não poderia ter planejado algo melhor. Talvez as coisas estivessem mesmo seguindo algum tipo de plano.

Concentrou-se nas tarefas e deixou a mente se esvaziar com satisfação. Dedicou-se à parte física do trabalho e evitou pensar *nela*. Então voltou para casa bem na hora em que o carro de Millie subia o caminho de cascalho.

Ele ignorou a tensão que sentiu no estômago, na virilha. Afinal, para que se concentrar nisso?

Millie o encarou pelo para-brisa, e Austin teve a impressão de que ela demorou a desligar o motor. Então ela saiu do carro, devagar.

Quase como se adiasse o reencontro. Como se tivesse percebido o que borbulhava entre eles na biblioteca. Ele não devia ter tocado nela.

Tecnicamente, não a tocara. A não ser por aquele esbarrão acidental dos dedos. Encostara apenas na roupa dela ao prender a estrela de xerife em seu peito.

Mas fora uma jogada arriscada – e ele só se deu conta depois.

– Oi – ele disse, notando a voz um pouco rouca.

– Oi – ela respondeu.

Ela era tão pequena. Ele tinha esquecido. Nas horas que se passaram desde que a vira, no dia anterior, borrara a imagem dela de propósito.

Mas ali estava Millie, com um daqueles vestidinhos floridos e afetados que não deveriam despertar o seu interesse, mas despertavam.

Ela era elegante e minúscula. E os botõezinhos do vestido atiçavam sua imaginação mais do que deveriam.

Será que aquilo era uma espécie de crise de meia-idade, já que estava rodado feito um canalha? Ele não se importava.

Além disso, era jovem demais para ter uma crise de meia-idade. Porém, sendo um Wilder, já deveria ter morrido. Mas ele sobrevivera. Estava ali.

E não precisava daquilo.

– Eu trouxe… meu fichário – ela disse, erguendo uma pasta enorme.

– Estou vendo.

Sabia que estava sendo babaca, mas tentava se recompor. Tinha medo de chegar perto demais e acabar fazendo algo de que se arrependeria depois.

Senhor amado.

– Que bom. Podemos falar disso… depois de vermos a carroça.

Ela saiu atrás dele, que andava a passos largos, seguindo para o velho celeiro onde estava a carroça.

Austin lançou um olhar rápido para Millie. Movia-se em bom ritmo, mas ele só conseguia vê-la como uma ratinha. Uma ratinha bem fofa.

Merda.

Ele empurrou a porta com força e os olhos dela se arregalaram.

– A gente quase nunca entra aqui. Para ser sincero, essa carroça pode estar caindo aos pedaços. Espero que não, mas não tenho certeza se a cobertura está em condições de navegação.

Ela deu risada.

– O que foi? – ele perguntou.

– Condições de navegação. Que engraçado. Porque não estamos num barco. É uma carroça. Mas você quis dizer... água... enfim.

– Eu sei o que quis dizer – ele falou.

Seus olhares se cruzaram e fixaram um no outro por um longo momento.

Ele pigarreou. Então se virou e entrou no celeiro.

O ar estava limpo e seco, o que sugeria que não havia muito com que se preocupar.

E ali estava a grande e velha carroça, incluindo a enorme cobertura branca que ele e Carson haviam feito com uma lona grossa tantos anos atrás.

Antes de Carson ter sido tão gravemente ferido. Antes de se apaixonar.

Antes das coisas se complicarem.

Foi um período estranho.

Carson estava no exército, o que era um pouco decepcionante, mas pusera na cabeça que se tornaria um herói.

Flynn e Cassidy iam bem na escola e não o incomodavam muito. Seu pai não estava por perto para dificultar as coisas. Foi um raro período de tranquilidade em sua vida.

Então, ele descobriu o diário.

Foi quando mergulhou com tudo no passado. E apesar de sentir a própria mortalidade pairando, Austin sabia que tinha um pouco de controle.

Ele fora um idiota.

Mesmo assim, lembrava-se do trabalho que realizara com Carson naquela carroça, o que era uma lembrança estranha e boa entre todas as ruins.

– Herança de família.

– É incrível – ela disse, contornando a carroça. – Essa é a mesma que os Wilder usaram na Oregon Trail?

– Até onde sei, sim. Não consigo pensar em outro motivo para que esteja aqui. A não ser que tenha sido roubada pelo velho Austin Wilder, o que é possível. Mas ele só começou a roubar de verdade depois que eles chegaram ao Vale Willamette.

– Sério?

– Sério. O pai morreu quando chegaram a Fort Stevens. Depois disso, ficaram desesperados. Seguiram sozinhos para o sul. Começaram roubando comida. Só quando conheceram Butch Hancock é que passaram a procurar peixes maiores. Mas, pra ser justo, pelos registros de Austin, ele até se divertia com os roubos. Com a ideia de mudar de vida usando a própria astúcia. Principalmente se achasse que quem tinha o que ele queria possuía coisas demais. Ele nutria muita raiva.

– Que nem você – ela comentou.

Ele cerrou os dentes.

– Sim, um pouco que nem eu. A mãe morreu quando ainda eram pequenos. Eles só tinham o pai. Devem ter sido uma família bem normal… até os meninos terem que se virar sozinhos.

– Então Austin Wilder foi o primeiro fora da lei.

– Foi.

O silêncio se prolongou entre eles.

– Enfim, a Cassidy disse que adoraria dirigir a carroça.

– Ah. Que… ótimo.

– É. Acho que você não ia me querer dirigindo esse treco.

– Não. É que andei pensando… se você não toparia conduzir um passeio pela cidade.

– O quê?

– Você conhece a história de Rustler Mountain. Tipo, de um jeito bem vívido. Mesmo que a gente não descubra exatamente o que aconteceu… acho que seria impactante se você guiasse esse passeio.

– Por que eu?

– Você é Austin Wilder. Leva o nome dele. Imagine o impacto de você mesmo contar a história pra todo mundo. Imagine as crianças… quando descobrirem que você é o descendente de um fora da lei.

– Não sei se queremos glorificar os fora da lei.

– Também não sei se queremos glorificar meus ancestrais. Talvez seja bom personificar a lenda.

– Vamos conversar melhor depois.

– Podemos fazer isso juntos. Usar fantasias. Afinal, estou com a estrela do xerife.

Millie ergueu os olhos para ele, com um brilho feroz que o fez hesitar.

– Está mesmo.

Ela desviou o olhar. Depois, deu um passo na direção dele, e Austin viu a intenção em seus olhos. Uma determinação quase cômica. E tudo o que queria era agarrá-la. Acabar com a distância entre eles. Provar sua boca.

Droga. Como seria?

Ele não se lembrava de já ter desejado o gosto de uma mulher específica.

Beijar uma Talbot. Sentir a boca dela na dele.

Só que não era uma Talbot qualquer. Era Millie. A garota que ele conhecia desde criança.

A única que, de certo modo, o entendia de verdade.

Essa percepção, a ideia do que poderiam estar iniciando, quase o fez sair correndo na direção oposta. Pelo bem dela.

Porque a mãe dela fora a pessoa mais gentil que ele já conhecera.

A figura materna que sua própria mãe nunca fora. Que diabos, mais presente até que seu próprio pai.

E se ela ainda estivesse viva, faria de tudo para proteger Millie. Ele não dava a mínima para o pai dela. Mas já pensara nisso antes: tocar a filha inocente daquele homem seria como dançar sobre seu túmulo.

Só que Austin não se alegraria com aquela transgressão. Nem um pouco. Por causa da mãe de Millie. Por causa da própria Millie. Por tudo que ela já tinha enfrentado.

Porque ela queria se casar.

Queria construir um lar, uma vida. E sim, talvez um dia ele tivesse tudo isso. Mas não se apaixonaria. Não do jeito que ela sonhava.

Certas pontes não podiam ser cruzadas. Aquela era uma delas.

Era a mais pura verdade.

Então ele fez o que julgou mais compassivo: segurou os pulsos dela e a afastou, com delicadeza.

– Não faz isso – ele disse.

As bochechas dela ficaram vermelhas.

– O quê?

– Não me olhe assim, ratinha. Você vai acabar se metendo numa encrenca se continuar.

– Eu... não estava...

– Estava, sim. Não tente me domar. Não ache que vai conseguir lidar comigo. Você não consegue.

– Você não me conhece – ela falou baixinho. – Não sabe com o que posso lidar.

– Te conheço a vida toda. Sei, sim, com o que você consegue lidar.

– Que nada – ela retrucou e mordeu o lábio em seguida, como se estivesse chocada com a própria resposta. Que inferno, foi um choque e tanto para ele. Mas ele jamais admitiria isso. – Você sabe algumas coisas sobre mim, mas não me conhece.

– Sei o bastante – ele disse. – E acredite: você não precisa se meter nisso. Não precisa se meter comigo.

– Eu só queria...

Ele balançou a cabeça.

– Você não sabe o que quer.

– Chega. Estou de saco cheio das pessoas me dizendo quem eu sou. Achei que você, entre todos, entenderia.

– Me deixe adivinhar: você só ficou com um homem a vida toda.

Ela ficou boquiaberta.

– Eu...

– E você está com raiva. Porque esse homem acabou se mostrando um completo babaca. E sinto muito por isso. Sinto muito pelo que ele te fez. Mas transar comigo para se vingar não vai fazer com que se sinta melhor. E eu também não tô aqui pra isso.

Os olhos de Millie ficaram marejados. Ela tentou disfarçar.

– Eu nunca disse que queria isso. Nem fiz nada. Você está fazendo suposições. Talvez você que seja... o babaca aqui. Já pensou nisso?

– Tenho quase certeza de que sou. Só que de outro tipo. Um com o qual você não saberia lidar. – Ele cerrou os dentes diante daquela lamentável escolha de palavras. Diante da mágoa estampada no rosto dela e do desejo apertando o seu estômago.

Senhor amado. Ele podia transar quando quisesse. Encontrar uma parceira disposta e entusiasmada era tão fácil quanto respirar. Por que se deixar levar por Millie? Por que não fechar a porta, sem sentir nada?

– Eu...

Ele ouviu o barulho de cascos de cavalos e depois de botas batendo na terra.

– Putz, é minha irmã.

Ele sabia. Porque só Cassidy tinha um *timing* tão inoportuno.

Ela entrou no celeiro a passos largos, puxando o cavalo pela guia.

– Ah, oi – ela disse. – Não sabia que você estava aqui, Millie.

– Vim ver a carroça.

– Austin me falou que você gostaria que eu dirigisse essa carroça. Sou uma ótima cocheira. O que está pensando?

– Bem, o que você recomenda? – Millie perguntou, com a voz ainda tremendo de leve. Ela olhou para Austin com uma expressão... feroz. Pela primeira vez, ele se perguntou se não a subestimara.

– Não sei. Tem umas trilhas de carruagem na região, mas não sei se alguém gostaria de seguir por elas. Poderíamos dar uma volta pela cidade, mas teríamos que bloquear o trânsito. E como já irritamos o conselho, talvez não seja boa ideia pedir isso agora.

– Alguns bloqueios serão inevitáveis – Millie disse. – De um jeito ou de outro, imagino.

– Claro – Cassidy concordou. – Tive umas ideias. Posso desenhar uns mapas. Você devia ficar pro jantar. Vamos comer daqui uns vinte minutos.

– Ah!– Millie exclamou.

– Com a turma toda – Cassidy continuou.

Austin olhou feio para a irmã, mas ela não percebeu. Ou, se percebeu, escolheu ignorar.

Mas Millie recusaria. Sem dúvida. Porque o que tinha acabado de acontecer entre eles era desconfortável demais. Ela ia sair correndo de volta para a toca de ratinha.

Foi como se ela pudesse ouvir os pensamentos dele, porque virou a cabeça para Austin com um olhar provocativo.

– Eu adoraria – Millie disse. – Na verdade, estou com o fichário com todo o planejamento para o evento. Estou animada pra te mostrar.

– Ótimo. Por que não entra? A gente só vai preparar as coisas. Meu irmão vai trazer os hambúrgueres. É carne de veado. Só pra te avisar. Tem um sabor diferente.

– Ah, meu pai era um caçador de veados bastante ávido – Millie comentou. – Estou familiarizada com o sabor.

– Que bom. Então não é nada com que você não possa lidar.

– Não – disse ela, os olhos desafiadores fixos em Austin. – Nada com que eu não possa lidar.

CAPÍTULO 11

A coisa mais honrosa a fazer seria me casar. Mas, nesse caso, seria uma desonra terrível para ela. Eu deveria ter dito a ela que fosse embora.

– Diário de Austin Wilder, 5 de janeiro de 1856

Millie estava… como um gato que deu de cara com uma cerca elétrica. Sentia raiva, vergonha e se recusava terminantemente a demonstrar suas emoções.

Porque ele não tinha vencido aquela batalha.

E sim, fora impetuoso da parte dela pensar que podia beijá-lo. Idiota. Ridícula, até. Mas ele não precisava humilhá-la daquele jeito.

Ela se sentiu tão… minúscula. Tão rejeitada. A condescendência dele era simplesmente imperdoável.

Quis socar o estômago dele com força. Como ousava ditar com o que ela conseguia lidar ou não? Como ousava?

Millie Talbot nunca fora rebelde – com ou sem causa. Nunca fora de causar problemas. O que fazia era se agarrar aos próprios princípios e se entrincheirar neles. Quando decidia algo, não mudava de ideia. Seu fardo era querer agradar, mas era absolutamente incapaz de violar o próprio código de conduta. Quando decidia algo, não ajustava a rota.

E aquela teimosia corria em suas veias agora. Aquela recusa absoluta em ceder.

Uma característica herdada da mãe.

A mulher que, ao ver o menino que o resto da cidade rejeitara, decidiu abrir espaço para ele.

Sim, aquela mulher.

Sua convicção agora a impulsionava. Claro que duvidava que a mãe aprovasse *aquela convicção* específica, já que se tratava apenas de antagonizar Austin depois que ele a magoara.

Millie não sabia que tinha orgulho próprio. Mas acabou encontrando uma fonte intensa dentro de si.

O que mais a irritava era que... ela ia beijá-lo.

Ela *queria* beijá-lo.

E achou que talvez *ele* também quisesse. Mas ele a afastou.

E se sentiu estúpida. Porque nunca, nem sequer uma vez na vida, pensou que um homem quisesse beijá-la. Michael a pegou completamente de surpresa da primeira vez. Ela não esperava aquilo. Achava que talvez fossem amigos, porque a maioria dos homens a via assim, e então ele a surpreendeu ao pegar sua mão e beijá-la docemente na frente da casa do pai.

Foi seu primeiro beijo, aos 24 anos.

Só que agora, com Austin, ela tinha achado... Ela se convencera de que não estava inventando aquela atração. Havia um calor crescendo entre eles. Ela tinha passado a noite toda pensando nisso. No jeito como ele a olhava. Daí, quando o vira hoje, a sensação ficara ainda mais pronunciada. Ainda mais intensa.

Não lhe parecera algo arriscado. Mas... acabou sendo.

E, para sua total surpresa, ainda insistiu. Mas não devia se surpreender. Porque ainda era a mesma garota que repreendera todas as amigas por suas idiotices em relação a Austin. A mesma garota que se recusara a nadar pelada no riacho, mesmo que todos tivessem tentado convencê-la de que seria divertido.

Quando ela mergulhava, era de cabeça.

E lá estava ela, insistindo, mesmo que aquilo a deixasse desconfortável.

Seguindo Cassidy até aquela casa.

A casa impecável em que ninguém na cidade imaginaria Austin morando. Mas Millie sabia. Assim como sabia da extensa lista de livros que ele havia lido.

Se ao menos aquilo fosse uma munição mais valiosa.

Porque, pelo visto, ela tinha entendido tudo errado.

Ou talvez não. Ele não dissera que não queria beijá-la. Só que era uma péssima ideia. Ela ficou furiosa. Porque outras pessoas podiam levar adiante péssimas ideias. Já ela sempre fora protegida. Até pelo homem mais temido da cidade.

Quão justo era isso?

Ele deveria querer corrompê-la só pelo fato de ser um fora da lei cruel. Deveria amarrá-la aos trilhos do trem. Ou à sua cama.

Só de pensar nisso, seu coração disparou. Ela era ridícula. Talvez Austin tivesse razão.

Talvez não conseguisse lidar com aquilo. Fosse o que fosse.

Ou seja, nada. Aparentemente, aquilo não era nada.

Entrou na casa organizada e se virou para Cassidy, animada:

– O que posso fazer para ajudar?

– Ah, não precisa fazer nada – Cassidy respondeu. – Quer ficar aqui?

Millie franziu o nariz.

– Claro.

Não tinha a menor intenção de aceitar o convite, mas acabou dizendo que sim só porque queria surpreendê-lo. Talvez quisesse surpreender todo mundo. Provar que ninguém a conhecia de verdade. Que ninguém podia dizer a ela o que fazer.

Uma garrafa de cerveja gelada foi colocada na sua mão.

– Obrigada, Cassidy.

– Sem problemas. – Ela sorriu.

Cassidy era cinco anos mais nova que Millie. Tinha quase certeza de que essa era a diferença entre elas.

Não conhecia Cassidy direito. A irmã de Austin estivera bem atrasada na escola e fora alvo de muitas fofocas. Apesar de Millie se sentir mal, a evitara por isso. Não que se importasse com o escândalo, só não queria deixar Cassidy desconfortável. Quando ela foi deixada na casa dos Wilder, os boatos sobre a criança abandonada foram absurdos.

Olhando para Cassidy, ninguém imaginaria que ela era praticamente órfã. Era confiante e bonita de um jeito totalmente despojado. Roupas simples, cabelo comprido sempre solto. Entre cachos e ondas, sem penteado além do que o vento decidisse.

Seus olhos eram do mesmo azul dos de Austin. Era preciso reconhecer que todos os Wilder eram lindos.

Austin, visivelmente impaciente, andava entre a sala de estar e a cozinha sem fazer nada. Mas Millie preferiria cortar o próprio braço a falar com ele naquele momento.

E, felizmente, foi salva quando a cavalaria inteira chegou.

A porta da casa se abriu de repente, e logo se ouviu uma enxurrada de conversas animadas, risos e passos.

– ...e ele correu como se as botas estivessem em chamas e a bunda estivesse pegando fogo. – O grupo explodiu em risadas. Ela não sabia quem tinha feito a piada, até que o grupo surgiu na curva do corredor. Quem falava era Dalton Wade, segurando uma grande bandeja coberta com papel-alumínio. Ela notou Cassidy virando a cabeça rapidamente e depois desviando o olhar. Como se evitasse encarar Dalton por tempo demais.

Sentiu uma pontada de empatia.

Algo que ela não quis examinar de perto.

– Acho que é a última vez que ele vai começar uma briga que não possa terminar no bar. – Millie ficou um tanto surpresa ao ver que o comentário vinha de Perry Bramble. Seus olhos encontraram os de Perry, e a mulher sorriu. – Oi, Millie. Que surpresa agradável!

Tinha quase certeza de que Perry só estava sendo gentil. As duas não se conheciam tão bem. Perry estivera mais adiantada na escola, e embora Millie não fosse exatamente tímida, não podia afirmar que era habilidosa socialmente. Já Perry costumava ser bastante tímida, algo que parecia não a afetar mais, visto que tinha uma loja na Main Street.

– Obrigada – Millie falou. – Digo o mesmo.

Foi fácil simplesmente deixar a conversa fluir. Ela notou que Austin não participava. Ele estava... emburrado. E tinha a impressão de que ele surtaria se ela comentasse.

– E aí, quais são os planos para o Festival da Corrida do Ouro? – Perry perguntou, pegando diferentes tigelas e pousando-as no centro da mesa.

– Ah, ainda estamos na fase inicial do planejamento.

– Eu vou dirigir a carroça – Cassidy falou, sorrindo.

– Direto para o penhasco? – brincou Dalton.

– Cala a boca, Dalton – Cassidy respondeu. – Eu poderia fazer a carroça dar voltas ao seu redor.

– Eu, hein?! Você provavelmente atropelaria o meu pé.

– De propósito – Cassidy falou, sorrindo de novo.

Só que, dessa vez, foi um sorriso afiado.

– Vou tacar água em vocês dois – Carson comentou.

– Ele deve estar falando sério – Perry observou.

– Não tenho dúvida – Dalton disse. – E valeria a pena. Só pra essa aqui baixar um pouco a bola. – Ele se inclinou e bagunçou o cabelo de Cassidy. Um gesto condescendente que fez Millie morrer por dentro.

Não era especialista na dinâmica entre homens e mulheres, mas não precisava ser para sacar o que estava rolando ali.

– Preciso de uma cerveja – Flynn declarou, abrindo a geladeira. Todos pediram bebidas, e ele saiu distribuindo garrafas.

Então chegou a hora de servir os hambúrgueres. Millie ficou surpresa com tantas cadeiras ao redor da mesa. Ela nunca tinha imaginado que a casa dos Wilder fosse assim.

Era interessante que aquela família, supostamente composta por marginais e fora da lei, tivesse um grupo mais unido do que ela jamais teve na vida.

Ela pensou na mesa da própria família, geralmente austera e um pouco quieta demais. Só a mãe, o pai e ela. Quando era pequena, seus avós também se juntavam de vez em quando.

Havia amor. Mas não era assim.

Aquela mesa era barulhenta. E ficou até estridente quando Cassidy jogou um pedaço de manteiga em Dalton, que respondeu da mesma forma. E limparam a bagunça sem que ninguém se irritasse.

Bem, eles não eram crianças, então ninguém iria repreendê-los.

Mas, na casa dela, um comportamento como aquele teria criado um tumulto.

Eles pareciam à vontade uns com os outros.

Carson era mais calado que o resto, mas isso não a surpreendia. Millie percebeu o jeito como Perry olhava para ele, como se estivesse sempre verificando seu estado de espírito. Não havia dúvida de que estavam conectados. Mas não conseguia entender a dinâmica entre os dois.

Não ia nem tentar. Não fazia ideia da própria dinâmica com ninguém ali – muito menos com quem mais conhecia: Austin. Naquele momento, estavam… numa prova de resistência, talvez? Não sabia direito. Mas tinha certeza de que não era nada inteligente.

– O hambúrguer está delicioso – Millie disse.

– Obrigado – respondeu Carson.

– Tudo está gostoso. Muito obrigada por me convidar. – Millie direcionou suas palavras para Cassidy.

– Viu como sou educadinha? Não nasci num celeiro – ela comentou. – Só fui criada em um.

– *Perto* de um – Austin disse.

Foi a primeira coisa que ele falou durante todo o jantar. Millie se perguntou se era normal ele ser tão mal-humorado e quieto. Porque ninguém parecia notar. Todos estavam se divertindo.

– Eu trouxe bolo – Perry anunciou.

– Nossa – Dalton falou, olhando para ela. – Você sabe mesmo mimar um homem.

O comentário rendeu olhares de soslaio, tanto de Cassidy quanto de Carson. Millie registrou suas observações no arquivo que havia reservado para aquela família na memória.

Perry voltou um instante depois com um bolo absolutamente maravilhoso, coberto com flores frescas e glacê.

– Precisava fazer alguma coisa com as flores que sobraram – ela disse.

– Bem, você fez algo espetacular – Carson falou, de olho em Dalton.

Perry corou graciosamente e cortou o bolo.

Entregaram um prato para Millie, que foi subitamente tomada por uma estranha onda de emoção. Fazia muito tempo desde que se sentara à mesa de jantar com uma família.

Estava tão ocupada comparando e contrastando os Wilder com a própria família que não tinha parado para pensar como eram parecidos. Como era fazer parte de algo assim novamente.

Na maioria das vezes, ela jantava sozinha. Principalmente nos últimos meses. Michael costumava trabalhar até tarde, o que fazia todo o sentido agora, mas não fazia na época, então eles só dividiam a mesa algumas noites por semana. Mesmo morando juntos. Mesmo que estivessem quase se casando.

Ela jantava com o pai quase todas as noites antes de ele morrer.

Mas havia caído em um vazio no qual quase sempre acabava comendo sozinha.

Aquela noite foi tão diferente.

– Obrigada por me receberem – ela disse, terminando o último pedaço de bolo. – De verdade.

Seus olhos encontraram os de Austin, e ela os desviou rapidamente.

– Preciso ir – ela falou. – Ainda tenho que fazer umas coisas. Mas fiquei muito grata pelo convite. Mesmo.

Sua despedida foi recebida com entusiasmo, e ela ficou surpresa ao ouvir passos atrás de si enquanto se dirigia para a sala.

Virou-se e viu Austin.

– Vou te acompanhar até o carro.

– Não precisa.

– Eu não perguntei se você gostaria que eu a acompanhasse até o carro, Millie. Eu disse que iria.

– Tá bem – ela falou.

– Pode ter algum puma por aí, sabe-se lá.

Ela não se virou: só abriu a porta e saiu. Em seguida, desceu as escadas e parou.

– Estou bem – ela disse.

– Eu queria ter uma chance de conversar com você.

– Talvez eu não queira mais conversar com você.

– Quero me explicar.

– Você quer explicar todas as coisas incrivelmente condescendentes que me disse antes?

– Sim, quero.

– Olha, se você não quer me beijar… tudo bem. Muitos homens não querem me beijar. *A maioria deles*, aliás. Caramba, Austin, o cara com quem eu deveria me casar nem queria me beijar tanto assim, então não é por isso que estou brava. O problema é que você não está me tratando com respeito.

– Até parece que não. Não te beijar é um belo sinal de respeito, na verdade.

– Não é. Você está me protegendo. Acha que não sou tão forte quanto você. Que não sou tão forte quanto as outras mulheres.

– Por que diz isso?

– Porque não acho que você seja um monge. Você fez voto de celibato, por acaso?

– Você sabe muito bem que não.

– Então, por você, tudo bem tocar em algumas mulheres. Não está preocupado em protegê-las. Mas comigo é diferente. *Eu* não posso ser tocada por você. Isso deve ser sobre mim. E, como eu disse, se você não me quer, apenas fale. Mas não ouse transformar isso em uma questão de…

– Não é que eu não te queira – ele a interrompeu com a voz rouca. – Mas os motivos pelos quais te quero não são bons.

Ela não sabia o que responder. Ficou completamente paralisada, congelada no lugar. Achou até que poderia estar sendo puxada para dentro da terra.

– Você me quer?

– Você tem ideia de quantas fantasias obscenas eu tive quando me olhou daquele jeito? Sabe o quanto é fácil para mim imaginar essas coisas? Só que isso seria uma confusão, Millie Talbot. Porque não tenho nada pra te oferecer. Pelo menos, não as coisas que você quer.

– Lá vem você presumindo que sabe o que eu quero. Acabei de terminar com o meu noivo, Austin. Não quero mais me casar. Não consigo nem sonhar com isso. Detesto essa ideia. Porque tenho 30 anos de idade. E desperdicei muitos deles com um homem que não me merecia. Um dia, vou precisar encontrar alguém. Não posso esperar muito, porque tem a questão do relógio biológico. Você não tem que se preocupar com isso porque é homem. A vida não é justa. Eu tenho que... seguir em frente, em algum momento. Mas ainda não cheguei lá. Agora, estou lidando com o fato de que minha família pode não ser como eu pensava. De que o complexo de superioridade que injetaram em mim quando nasci e que com frequência fazia eu me sentir inferior provavelmente é... uma farsa. Como tudo. Tudo. E não quero ser a pessoa que todo mundo acha que sou. Não mais. Porque o que ganhei com isso? Nada. Do que fui protegida? Você acha mesmo que a coisa mais perigosa que poderia acontecer comigo nesse mundo é ficar pelada com você? Minha mãe está morta. Meu pai está morto. Alguém em quem eu confiava me traiu. O que achava dos meus antepassados não é verdade. Sei que você já passou por muita coisa. Mas não está exagerando?

Millie estava ofegante e se sentia ridícula. A ponto de implorar, o que era bem triste. Porque ela não queria implorar para que ele a beijasse. E definitivamente não queria que ele a beijasse por pena. Mas sério, ele estava agindo como se ela fosse uma freira. Como se devesse ser resguardada. Uma flor de estufa a ser protegida. Só porque ele achava que ser reverenciada como uma Talbot significava que ela estava protegida das coisas.

Mas ela já havia sofrido tanto.

Isso era proteção, por acaso? Millie começava a sentir raiva por tudo o que tinha perdido.

Finalmente, a raiva começava a brotar nela.

– Tudo bem – ele disse. – Você está certa. Tem razão, não fiz nenhum voto de celibato. E nunca na minha vida passei mais de uma noite com uma mulher.

Você tem um ex, foi traída. Pelo menos já esteve com alguém. De verdade. Nunca nem cheguei a pensar que estava apaixonado. Aos 35 anos. Que tal? Isso deveria te assustar. Esse é o maior sinal de alerta de todos. Nunca estive em um relacionamento. Nunca nem tentei. Certamente não tentaria com você. Porque você pode até estar se esforçando para entender a sua família, mas já conheço a minha. E seria uma traição ao meu sangue...

– Mas você me convidou pra jantar.

– Minha irmã te convidou.

O comentário doeu.

– Você não me expulsou da sua casa.

– Pois deveria – ele disse, chegando mais perto. Perto o suficiente para que ela sentisse seu cheiro. Perto o suficiente para que seu coração disparasse. Perto o suficiente para que ela se lembrasse do que acontecera na biblioteca. Quando ele prendera o broche nela. – Temos que trabalhar juntos. Temos que conviver nessa cidade. E não quero... não quero me envolver. Nem sei como me envolver. Um dia... um dia talvez eu queira. Mas não com você. Nunca com você, está me entendendo?

Millie fez que sim.

– Eu também não quero me envolver com você desse jeito. – As palavras saíram de uma vez. Ela estava com raiva. E não se importava. Era bom.

Havia algo satisfatório naquilo.

– Muito bem – ele disse. – Então estamos de acordo.

Austin a encarou. Ela o encarou de volta.

Em uma espécie de confronto, bem ali, na entrada da garagem dele.

O dedo dela pairava sobre o gatilho que não sabia se teria coragem de apertar.

Talvez estivesse pressionando demais. Talvez estivesse calculando mal. Ela queria beijá-lo porque sabia que seria singular, diferente. Queria experimentar a fantasia do *bad boy* que nunca tivera. A fantasia que, de repente, estava viva dentro dela feito uma fera selvagem que Millie nem reconhecia.

Sim. Ela queria beijá-lo.

Mas que tipo de fantasia poderia despertar nele?

A bibliotecária sem graça e recatada dificilmente poderia ser considerada uma fantasia.

E ele acabara de confessar que tudo o que tivera em termos de relacionamentos foi uma série de encontros casuais.

Sexo devia ser entediante para ele.

Tão mundano.

E ela nem estava pedindo sexo.

Ela só queria beijar. Ter um vislumbre de algo que não conseguira imaginar quando era jovem. Algo que nunca se permitira desejar.

Ela queria trocar de pele. Sair do casulo. Queria... uma metáfora melhor para o que quer que fosse aquilo. Porque aquela sensação crescendo dentro dela era grande demais para ser contida em seu corpo.

A metamorfose a que tinha sido forçada.

Porque não escolhera perder a mãe. Não escolhera perder o pai.

Não escolhera acabar solteira e triste aos 30 anos com um noivo que a traíra. Uma infidelidade sobre a qual a cidade inteira sabia. Que todos comentavam. Ela não escolhera nenhuma dessas coisas.

Nunca teria escolhido.

Mas aconteceram mesmo assim. Estavam forçando uma mudança. E ela estava desesperada para tirar algo daquilo. Algo bom.

A vida a forçava a assumir uma forma diferente da que escolhera, então por que não ser diferente? Só por um tempinho.

Sentia-se sufocada. Pelo vestido recatado, pelo trabalho de bibliotecária, pelo sobrenome.

Por tudo.

Deu um passo na direção dele, respirando com força e rápido.

– Mas ainda quero te beijar. Só pra ver como é. Você não quer saber?

– Ah, querida. Como você vai desejar nunca ter dito isso.

Ele agarrou o braço dela e a puxou para si. Não a olhou com ternura. Na verdade, nem a olhou. Não foi devagar. Não pediu permissão.

Foi uma exigência instantânea, imediata. Quando a boca dele encontrou a dela, foi como se um fósforo tivesse se acendido entre eles, e ambos se tornaram gravetos secos.

Ele a consumiu.

Ela nunca fora beijada daquele jeito. Não sabia que beijos como aquele existiam fora dos livros. Os livros que ela folheava de vez em quando, antes de guardá-los rapidamente. Os livros que dissera a Alice Adams que eram irreais.

Foi um beijo *daqueles*. Profundo, forte e marcante. Uma espécie de recompensa às partes que precisavam disso. Às partes que o exigiam, que clamavam por ele. Porque ela precisava de instruções para poder mudar. Precisava aprender a ser diferente.

Ele a beijou.

Sua boca foi uma revelação.

Uma força.

E quando a língua dele percorreu a dela, Millie pensou que estava morrendo. A forma que seus joelhos fraquejaram na biblioteca fora apenas uma amostra do que estava por vir.

Se ele não tivesse passado o braço em volta da cintura dela, como se previsse quão mole ficaria com aquele deslizar escorregadio da língua, ela teria caído no cascalho.

Austin Wilder estava beijando Millie Talbot.

Ela não conseguia pensar. Não conseguia fazer nada além de se agarrar nele.

– Me beija de volta – ele disse contra os lábios dela. – Sua ratinha boba.

Foi o que bastou. Aquilo a impulsionou. Ela abriu os lábios, enfiou a língua na boca dele e o beijou em um ritmo inexperiente, porque apesar de já ter sido beijada muitas vezes, nunca fora assim.

Se aquilo fosse uma guerra, ela lutaria.

Se fosse um tiroteio, miraria no alvo.

E embora fosse um pouco inexperiente, daria tudo o que tinha.

De repente, ele a soltou. A rejeição foi tão brutal quanto a primeira, deixando-a ofegante e gelada sem o toque dele, vibrando com uma sensação inédita. Sua pele estava viva.

Ela queria… mais. Queria tudo. Nunca se sentira daquele jeito antes.

Vazia, dolorida e desesperada pelo toque de alguém.

Sua boca estava quente, inchada.

Ela achava que sabia tudo sobre beijos.

Achava que as mulheres que escreviam romances inventavam aquelas coisas. Que eram, de alguma forma, ignorantes sobre os assuntos que escreviam.

Que exageravam. Ou que só estavam erradas.

Mas a errada era ela.

Michael não era um herói de romance.

Essa convicção ecoou dentro dela. Millie olhou para Austin cheia de perguntas.

– Pronto. Você conseguiu seu beijo – ele falou, com uma voz grave.

– Só isso?

– Tem que ser.

– Mas...

– Nada de mais, Millie Mouse. Foi uma péssima ideia. Temos que conviver. Você sabe disso.

– Eu não falei que queria...

– Mas você ia querer. Uma hora. Porque é uma boa garota. E é isso o que boas garotas querem. Mesmo que digam para si mesmas que não. Elas não querem uma noite casual, mas um romance, e nunca vou poder te dar isso. Nem quero.

Foi o último tiro que a atingiu. A forma como a chamou de "boa garota". A forma como continuou dizendo quem ela era. Millie estava de saco cheio daquilo. Não aceitaria isso dele também.

– Bem, obrigada pelo beijo. – Ela não fazia ideia do que a tinha possuído. Mas estava furiosa. E não queria que ele ganhasse. – Se eu tiver dificuldade para dormir hoje e precisar usar meu vibrador, sei exatamente no que vou pensar. Mas só nos lábios. Não na personalidade.

Com as pernas tremendo, ela entrou no carro, deu a partida e foi embora. E se recusou a olhar para ele pelo retrovisor.

CAPÍTULO 12

Não podíamos nos casar na igreja. Não me parecia certo entrar ali. Ela me disse que Deus estava lá fora, no sol e nas montanhas, de qualquer forma. Mas ela é assim. É boa para mim. Queria ser bom para ela também.

– Diário de Austin Wilder, 21 de maio de 1856

Austin ficou parado por dois minutos inteiros depois que o carro sumiu de vista. As palavras de Millie ecoavam em sua cabeça. Em seu sangue. Não se lembrava da última vez que uma mulher levara a melhor daquele jeito. Que inferno, não fazia ideia da última vez que ficara paralisado como naquele momento…

Seria… *desejo*?

Aquela *necessidade* lancinante, dolorosa, horrível?

Ele imaginava que o desejo fosse um pouco mais emocional. O que estava acontecendo naquele momento era definitivamente sexual.

Austin se lembrava claramente da primeira vez que lera o diário. Recordava-se da descrição do instante em que seu antepassado vira Katherine com um vestido de camponesa parada na frente da escola. E simplesmente presumira que a atração sexual fosse algo diferente naquela época.

Por que diabos alguém ficaria excitado ao ver uma mulher vestida da cabeça aos pés?

Agora ele entendia.

Como uma mulher que era… uma contradição ambulante poderia deixar alguém tão confuso?

Ele estava parado na entrada da garagem, com as botas no cascalho, lutando contra uma inconveniente ereção. Aos 35 anos. Respirou fundo, torcendo para que o ar da noite limpasse os pulmões, a alma, a mente suja.

Quando se acalmou o suficiente, virou-se para voltar para casa. Talvez encontrasse um pouco de sanidade lá dentro.

Talvez.

Abriu a porta e praguejou, porque deu de cara com a irmã mais nova. Que o encarava como se ele tivesse duas cabeças.

– Perdeu alguma coisa? – ele rosnou.

– O que você está *fazendo*?

– Cassidy...

– Eu estava te vendo pela janela.

– Sua criaturinha fofoqueira.

– Fiquei curiosa. Por você ter acompanhado a Millie até a porta, como se fosse um cavalheiro ou algo assim. Mas você não é um cavalheiro, Austin Wilder. Eu *vi*.

– Escuta aqui, sua manipuladorazinha, fica esperta. Isso não é da sua conta.

– Até parece que não é – Cassidy disse, cruzando os braços. – Millie Talbot parece ser uma boa garota.

– "Boa garota." Está se ouvindo? – Ele se deu conta de que era um pouco ridículo ficar bravo com Cassidy por se referir a Millie desse jeito, sendo que usara exatamente as mesmas palavras para interromper o que tinha acontecido entre eles. Mas era desagradável e ofensivo ouvi-las sendo atiradas de volta nele.

– Não fui protegida como ela. Ela é *doce*. Pelo menos todas as interações que tive com ela me levaram a achar isso. E sabemos que você não é nada doce.

– Quando eu estiver a fim de ouvir conselhos de uma virgem de 25 anos, te aviso. Até lá, por que não guarda suas opiniões para si?

Ele começou a caminhar, mas Cassidy arfou feito um peixe se debatendo no cais.

– Você não sabe se sou virgem!

Ele parou e olhou para a irmã. Ela tinha razão, Austin não tinha certeza. Não era da conta dele – Cassidy podia fazer o que bem entendesse. A verdade era que as loucuras dos pais deles tinham bagunçado tudo de várias formas interessantes e maravilhosas.

E, até onde ele sabia, Cassidy nunca tivera conexão com nenhum homem, então ele apenas fez suposições.

A ideia de que suas suposições poderiam estar erradas o perturbou de um jeito que ele não queria investigar.

– Você *não* tem como saber – ela repetiu, cruzando os braços e se inclinando para frente. – Eu tenho a minha própria vida.

– Tem?

– Tenho. De qualquer forma, eu não estava falando da minha vida. Mas da *sua*. E da Millie. Todo mundo sabe que o noivo dela acabou de dar um pé...

– Eu a dispensei – ele disse.

Cassidy ficou perplexa.

– Dispensou?

– O que achou que eu estava fazendo? Bancando o Lobo Mau, afiando os dentes para devorar a pobre Chapeuzinho Vermelho? Não. Eu mandei a Chapeuzinho Vermelho fugir. Por quê? Porque não sou o grande vilão que até você pensa que sou.

Felizmente, a conversa no outro cômodo ainda estava animada, então eles não foram ouvidos.

Austin só podia agradecer pela família toda não ter visto seu beijo. Teria sido um pesadelo.

– Não conte nada pra ninguém – ele pediu.

– Eu... não vou contar. – Cassidy pareceu ofendida.

– Estou falando sério. Falei não pra ela. Você tem razão, ela acabou de levar um pé na bunda e está chateada. – As palavras acalmaram um pouco o rugido no seu sangue. Mas só um pouco.

Millie não estava sendo ela mesma. Ela agia feito uma estranha, e tinha algo nisso que ele não estava engolindo bem. Sinceramente, era provável que esse algo tivesse a ver com o sangue de fora da lei.

– Ela é uma boa garota – ele falou. – E não quero magoar a coitada. Então eu disse pra ela sair fora. Ela ficou brava.

– Bem, dá pra entender. Você foi bem condescendente.

– Está me tirando? Você acabou de me dar uma bronca porque... justamente porque ela é uma *boa garota*.

– Só estou falando que se um homem me dissesse isso depois de me beijar, eu ficaria puta.

– Ela ficou puta. Mas foi para o bem dela.

– Tenho certeza de que sim – ela disse, em um tom apaziguador.

– Você está me irritando. Quer saber? Não tenho nada pra te falar sobre esse assunto. Fica na sua. Não conta pra ninguém o que aconteceu. Ela não merece esse constrangimento.

– Foi você que a deixou constrangida.

– O que você quer de mim, Cassidy?

Ela o encarou.

– Sei lá. Eu queria poder voltar no tempo para não ver meu irmão mais velho aos amassos com uma mulher. Mas sério... Austin, você gosta dela, não é?

– Que porra de pergunta é essa? Não estou mais na escola.

– É sério. Você gosta dela? Porque se gostar... talvez devesse fazer alguma coisa.

– Não. Eu não *gosto* dela – ele respondeu, sentindo algo em seu íntimo resistir àquela afirmação.

– É só que eu nunca tinha te visto beijando alguém. Ou falando com alguma mulher fora de... um bar ou algum daqueles fóruns obscuros da internet, ou seja lá o que você costuma fazer.

– Fóruns da internet? Que porra é essa? Quantos anos você acha que eu tenho?

Ela ergueu as mãos.

– Não sei como você alivia as suas necessidades. E não quero saber.

– Eu nunca mais quero falar com você sobre isso de novo.

Ele começou a se afastar.

– Austin – Cassidy disse. – Eu... me desculpe. Não tinha percebido que você se importava de verdade com ela.

– Eu não me importo.

Ela o ignorou outra vez.

– Eu não queria ser cruel. E não queria...

– Cassidy, não precisa pedir desculpas, não tem nada acontecendo. Não foi nada. – Ele não queria ser condescendente com a irmã, mas não conseguia evitar. – Você entenderia se tivesse alguma experiência com esse tipo de coisa. É complicado, às vezes. E geralmente essas situações não valem a pena.

Apesar de estar irritada, ela deixou passar. Austin entrou no escritório e fechou a porta. Empurrou a cadeira para o canto da mesa e pegou o diário.

Folheou as páginas até chegar à parte em que Austin escrevera sobre o casamento com Katherine.

Não foi um momento alegre para ele. Nem perto disso.

A coisa mais honrosa a fazer seria me casar. Mas, nesse caso, seria uma desonra terrível para ela. Eu deveria ter dito a ela que fosse embora.

Eu nunca devia tê-la tocado. Mas toquei. Deixei meu corpo se descolar de mim. Meu coração também. Honestamente, se fosse apenas luxúria, seria mais fácil. Sei dizer não e sei dizer sim. Nunca tinha me apegado antes. Katherine é uma boa mulher. Uma mulher honesta. E ela merece um homem que possa fazer dela uma boa mulher. Eu não posso. Nem com casamento. Um fora da lei nunca será capaz de oferecer o que ela quer. Eu nunca serei capaz de lhe dar um lar, uma vida, uma família. Mas eu quero. Nunca tive raiva da vida ou das escolhas que fiz. Me joguei nesta vida e não sofri por isso. Em vez de ficar de mãos abanando, decidi tomar as rédeas da situação e, quando assumi o controle, renunciei a todo o resto. Inclusive ao direito de me apaixonar.

Mas pus as mãos nela. Agora, talvez esteja grávida. Estraguei tudo de vez.

Austin se lembrava de ler isso quando era jovem e pensar que as pessoas mudavam muito pouco. Sentia essa verdade ainda mais profundamente agora.

Mas aprenderia com os erros do passado. Quem não aprendia com a história, estava fadado a repeti-la.

Então, estava determinado a não se colocar, nem colocar Millie, em uma situação insustentável.

Guardou o diário e passou as mãos pelos cabelos.

Ali estava ele. Aos 35 anos, mais velho que os Wilder que o antecederam. Perdendo a cabeça por uma mulher.

A sabedoria não viera com a idade. Ou talvez tivesse vindo.

Ele teve o bom senso de dizer não. Talvez devesse apenas ser grato por ser um pouco melhor que o homem cujo nome carregava.

CAPÍTULO 13

Pensei que tinha desistido do direito à alegria, mas ela me encontrou mesmo assim.

– Diário de Austin Wilder, 30 de maio de 1856

Millie *não* estava nada bem. Ela foi para casa e virou um copo de uísque. Ela não bebia uísque. A garrafa era do seu pai.

Mas agora podia beber se quisesse, e ninguém a culparia.

Ela olhou fixamente para o líquido âmbar no copo e se perguntou o que a havia possuído. Imaginou um monte de coisas.

Pegou o copo e ficou andando pela casa, sentindo-se inquieta e nada interessada no uísque. Então decidiu ligar para Heather.

– Heather – ela disse. – É tudo culpa sua.

– O que é culpa minha?

– Desculpe. Você pode conversar?

– As crianças estão na cama, meu marido está jogando videogame. Então, sim.

Millie respirou fundo.

– Austin me beijou.

– *Não* – Heather soltou. – *Não*, quero dizer, *sim*. Foi bom? Ele é gostoso? Beija bem?

– Sim, e você já sabe que ele é gostoso, e sim. Foi o melhor beijo da minha vida. – Ela não precisou nem parar para pensar. Era simplesmente a verdade. Nua e crua. – Até que ele se afastou e me disse que não ia rolar nada entre nós, daí eu disse que ia pensar nele enquanto usasse meu vibrador em casa. *Isso* é culpa sua.

Houve um silêncio atordoante do outro lado da linha. Que ecoou dentro de Millie. Heather provavelmente pensou que ela estava mentindo, e a amiga não a julgaria por isso.

Millie nunca mentia. Nunca.

Ela mesma mal conseguia acreditar no que dizia, isso porque estivera lá. Aquelas palavras tinham saído da sua própria boca. Mas o que ela dissera não podia ser verdade. Porque ela era Millie Mouse.

A garota que vivia sendo ignorada. No entanto, sempre teve essa teimosia. E se recusava a recuar quando achava que o outro estava errado. Esse era o problema, ela percebeu. Austin estava sendo desonesto consigo mesmo e com ela. Foi isso que despertou a parte implacável dela que simplesmente não conseguia aceitar mentiras.

– Você… falou isso *mesmo* pra ele? – Heather finalmente perguntou. – E por que é culpa minha?

– Porque sim! – Millie olhou para o uísque e considerou seriamente dar um gole. – Foi você que me deu um vibrador pra tirar com a minha cara.

Outro silêncio se prolongou.

– Ah, Millie… eu não queria tirar com a sua cara.

– Não?

– Ele me custou quase duzentos dólares!

– Eu… não sabia que fora tão caro.

– Eu não economizo em coisas que *entram* no nosso corpo. – Heather suspirou. – Foi um presente sincero. Pensei em algumas conversas que tivemos e achei que você provavelmente precisava de um vibrador.

– Eu tinha namorado.

– Tinha. O Michael.

Millie ficou parada, encarando a parede.

Então *todo mundo* tinha visto a verdade, e ela não?

Decidiu deixar o assunto de lado e se preocupar com aquilo mais tarde.

– Bem, se você não tivesse me dado o vibrador, eu não teria falado que usaria o treco pensando nele. Nunca teria me ocorrido isso. Eu provavelmente nem saberia usar um vibrador.

– Não acredito que você falou *isso* pra ele. Você ensaiou na cabeça antes? Eu teria que ensaiar muito pra algo assim sair da minha boca.

– Não. Nem pensei. Não foi premeditado. Eu só fui… sem noção. Nem sei quem sou mais. *Eu* beijei ele. Eu *beijei* ele. Eu beijei *ele*. – Ela experimentou enfatizar palavras diferentes na frase para ver se isso mudava a forma como se sentia. Para ver se dava algum sentido à situação.

Não adiantou.

Nada fazia sentido. Ela tinha se transformado em outra criatura.

Uma fora da lei, talvez.

A Millie Mouse do Velho Oeste.

Certo. Bastara descobrir que seu antepassado talvez tivesse sido corrupto e, do nada, ela se tornara uma tigresa.

Bem, ela não era uma tigresa, porque o homem a rejeitara, o que significava que ela não era irresistível e, portanto, não era uma tigresa de verdade.

– Eu só queria que ele... sofresse. Porque ele me constrangeu. E... acho que ele me quer.

– Eu tenho certeza. Não acredito nem um pouco que não, especialmente porque ele apareceu na reunião do conselho para ficar do seu lado. Ele só pode estar interessado em você. Os homens raramente se comportam desse jeito se não acham que vai rolar sexo.

– Será? Porque temos outras coisas em comum. Interesses históricos.

Ainda segurando o uísque, ela estendeu a mão para puxar a corda pendurada no teto do corredor e abrir o alçapão do sótão. Depois, esticou o braço e agarrou a escada, puxando-a para baixo e fazendo um estrondo.

– Tudo bem aí?

– Sim – ela respondeu, derramando uísque na mão. Não precisava beber nada. Já estava agindo como se estivesse bêbada. Ainda se sentia arrebatada pelo beijo. Completamente perdida. – Estou indo no sótão olhar... umas coisas. Pra tentar... me entender, entender a minha vida.

Ela subiu a escada com o celular no ouvido, mas deixou o uísque em um dos degraus.

Entrou no sótão e procurou o interruptor.

– Millie, o que você está fazendo?

– Estou no sótão.

– Vá usar o vibrador e pare de escalar coisas.

Era um comentário bastante válido.

– Não. Não posso... não vou ficar fantasiando com ele, não depois do que ele fez.

– Você pode fazer um monte de coisas que não sejam ficar fantasiando com ele e zanzando pelo sótão às nove da noite.

A lâmpada mal iluminava o espaço apertado, que tinha o teto baixo e pilhas de caixas por toda parte.

Devia haver ratos ali. Seus parentes.

Ela comprimiu os lábios e fez uma careta enquanto empurrava as caixas.

– Não sei o que me deu – ela falou. – Estou tentando planejar o Festival da Corrida do Ouro, estou tentando abrir um museu. Consegui o financiamento, tenho tudo o que quero. Aí decido beijar Austin Wilder? Não sei no que eu estava pensando. Não faço ideia... Por que estou me esforçando tanto? Por que estou mudando tudo?

– Porque você não é feliz.

A resposta pragmática e direta de Heather fez Millie parar no lugar.

– Não sou?

– Não, Millie. Você não é feliz. O seu casamento foi cancelado. O seu pai está morto. Está sozinha. A sua vida mudou de mil jeitos diferentes e não foi você que escolheu. Claro que quer fazer algo pra se sentir no controle. Você nunca se rebelou na vida. Um dia isso ia acontecer. E essa rebeldia está se manifestando de um jeito bem *literal*. Austin é tipo... o último homem que você deveria tocar nessa terra. Seu pai certamente desaprovaria.

Millie bufou.

– Eu sei. Ele não aprovaria mesmo. E eu não ia querer contrariar meu pai...

– Talvez você devesse querer. Pode ser que se sinta bem. Forçar a barra. Ser diferente. Fazer algo sem pedir permissão. Algo que sabe que é um pouco errado.

– Eu nunca fiz isso.

– Eu sei. Você nunca fez outra coisa além do que é certo, do que você pensou que fosse certo. O que ganhou com isso?

Ficar encolhida em um sótão, se sentindo completamente humilhada.

– Nada. Não ganhei nada. Nem uma estrelinha dourada... – Ela lembrou de Austin prendendo a estrela de xerife em seu peito.

– Claro que você está forçando a barra agora. E ele... sinto muito. Sinto muito por ele ter te rejeitado. É realmente uma merda. Pensei que ele gostasse de você.

– Eu também. – Ela levou os joelhos ao peito e apoiou a bochecha na mão, ficando um pouco arrasada quando uma lágrima caiu no seu dedo. Não queria estar tão triste. – Não sei por que pensei isso. Nenhum cara prestou atenção em mim até o Michael aparecer, e não consegui ficar com ele.

– Ele que te perdeu. Não se culpe pelo erro dele.

– Obrigada. Só estou me sentindo ridícula. E foi tão bom deixar o Austin chocado. Mas me senti mal quase na mesma hora. Estou mal. É como se eu tivesse tirado a roupa e mostrado tudo pra ele, e sem que ele me desse nada em troca. Absolutamente nada. Eu arrisquei tudo. Arrisquei meu orgulho... que eu nem sabia que existia até então, e Austin pisou nele. O beijo não significou nada pra ele. Ele já beijou um milhão de mulheres.

– Você pediu a ele uma estimativa?

– Não. Mas eu sei. E ele é o segundo homem que eu beijo. E foi... foi uma coisa totalmente diferente.

– Quer que eu vá aí?

Ela olhou para o sótão.

– Não. Estou constrangida demais. Não consigo te encarar.

– Tudo bem. Que tal me encarar amanhã de manhã? Eu levo chai.

– Obrigada.

– Só tenta dormir um pouco. Você não fez nada errado. Essas coisas acontecem quando você sai e tenta...

– Não estou tentando nada. Eu só queria fazer algo selvagem. Na verdade, só queria beijar o Austin. Estou tão fora da minha zona de conforto. Não sei o que fazer quando tudo o que se quer é tocar um homem... e não namorá-lo.

– Normalmente, você vai lá e toca. Mas hoje não deu muito certo.

– Não mesmo.

– Não quer mesmo que eu vá? – ela insistiu.

– Não – Millie respondeu. – Preciso sair desse sótão e tomar um banho.

– É uma ótima ideia. Tudo fica melhor depois de um bom banho. Grita com ele debaixo da água. E me escreve depois. Pra eu saber que você está bem.

– Pode deixar.

Ela desligou o celular e ficou olhando em volta. Não sabia nem o que procurava ali – ou na vida.

Mudou as caixas de lugar. Abriu uma que continha a porcelana da avó. Talvez a levasse para a cozinha. Talvez a usasse todos os dias, só porque podia. Michael não gostava daquelas louças, então ela as guardara. Mas ela gostava. Então as tiraria de lá. Usaria em uma noite de meninas para comer coisinhas gostosas. Queijo e picles e o que mais quisesse.

Porque não precisava servir carne e uma refeição completa para alimentar um homem que exigia determinadas coisas na mesa. Um homem como o pai, como Michael. Havia mais de uma maneira de se sentir livre.

Millie tirou a caixa do caminho e encontrou uma caixinha espremida entre duas maiores. Uma velha caixa de sapatos com um elástico em volta.

Tirou o elástico e a abriu. Dentro havia uma pilha de papéis. Pareciam cartas. E um caderno fino.

Seu coração começou a bater forte. Ela nunca vira aquilo.

Ela virou uma das cartas e, do outro lado, viu uma caligrafia fina e elegante.

O remetente dizia: *Senhor Butch Hancock*.

O destinatário era o xerife Lee Talbot.

CAPÍTULO 14

Ainda nem exerci o direito de ser marido e vou ser pai. Não quero que meus filhos saibam quem sou, nem o que faço. Mas, se não continuar, não poderei construir uma vida pra eles.

– Diário de Austin Wilder, 26 de agosto de 1856

Austin estava enrolando para ir para a cama, porque não estava a fim de lidar com as fantasias que certamente o atazanariam quando tentasse deitar a cabeça no travesseiro. Então, seu celular tocou.

Ele viu o nome de Millie na tela e congelou.

– Merda – disse, atendendo o mais rápido possível. – Alô?

– Austin – ela falou. – Preciso de você.

Naquele momento, ele rezou para cada santo, cada pecador e cada divindade que conseguiu pensar. Porque precisaria ser perdoado. Não era forte o suficiente para dizer não. Não de novo. Ele não conseguia explicar a atração que sentia por ela. A vontade de tocá-la.

Ele tentara. Mas se ela dizia que precisava dele...

– Encontrei uma caixa.

– O quê?

Ele não estava entendendo.

– Encontrei uma caixa de cartas. Cartas e um diário, entre outras coisas. E acho que você tinha razão. Lee Talbot se mancomunou com Butch Hancock.

A emoção que percorreu seu corpo não era sexual, mas ele estava excitado mesmo assim. Tudo dentro dele virou uma bagunça, então não sabia exatamente o que estava sentindo.

– Está falando sério?

– Subi no sótão hoje... nem me pergunte por quê. Fui lá e mexi nas coisas, daí achei uma caixa de sapatos que não tinha visto antes. Estava espremida entre os pratos da minha avó e uns produtos agrícolas antigos. Enfim. Só dei uma mexidinha, mas preciso te mostrar uma coisa. E não posso fazer isso em público.

– Se está me chamando pra transar, saiba que essa desculpa é meio estranha.

Ele tinha que perguntar. Tinha que saber.

– Juro que não é isso – ela falou.

Mas havia uma tensão na voz dela, que se enrolou em torno dele feito um fio de bronze. Com força.

Feito um laço que o prendia bem firme.

– Chego em um minuto. Suponho que você queira que eu vá pra sua casa?

– Sim. Você sabe onde é?

– Você mora na casa do seu pai, né?

Ela fez uma pausa.

– Isso.

– Então sim, sei onde é.

Ele desligou o celular e se levantou. Ficou parado por um longo tempo. Então pegou a carteira na mesinha de cabeceira e ficou olhando para o móvel. Para a gaveta.

Se pegasse uma camisinha, seria um herói ou um fora da lei? Ele tinha falado para ela que não ia rolar. E tinha um monte de motivos justos para dizer não. Mas já estava abrindo a gaveta.

Porque seu pai podia não ter lhe ensinado muita coisa, mas pelo menos lhe ensinara a não ser burro.

Não dá pra contar com as suas melhores intenções pra superar momentos difíceis, garoto.

E essa fora basicamente toda a conversa que tiveram sobre sexo.

Esteja preparado. Sempre. Porque os neurônios somem quando o pau fica duro.

Ele tinha 35 anos. Sabia das coisas.

Então enfiou a camisinha na carteira. E mais uma.

Era quase um ato de cavalheirismo.

Guardou a carteira no bolso de trás, pegou as chaves e foi para a porta. Ainda bem que seus irmãos não moravam mais naquela casa. Não estava com paciência para lidar com eles naquele momento.

Ele dirigiu pela estrada de cascalho com a mente vazia, os faróis iluminando lebres que pulavam para os sulcos à sua frente e depois voltavam para a rua.

Criaturinhas sarnentas.

Teve que frear bruscamente para evitar atropelar um veado que saltou da encosta de uma colina e congelou diante dos faróis.

– Sai daí – ele grunhiu conforme o animal atravessava sem a menor pressa. – Senão da próxima vez vou passar em cima de você.

Estava ansioso para se inteirar das revelações históricas. Não pensava nas camisinhas na carteira.

Quando parou na frente da antiga casa vitoriana, a emoção proibida que o percorreu não foi nada bem-vinda.

Ele não estava ali para isso. Apesar dos preservativos.

Desligou o motor e saiu da caminhonete, ciente de que ela chamava atenção ali na entrada da garagem, extremamente visível para qualquer vizinho que olhasse entre as cortinas.

Foi até a porta. Estava prestes a bater quando ela se abriu.

E lá estava Millie com o mesmo vestidinho recatado de quando saíra da casa dele algumas horas atrás.

– Entre – ela disse, conduzindo-o para dentro depressa.

– Detesto ter que te dizer isso. Mas minha caminhonete está aí na frente, se destacando feito sei lá o quê.

– Nem todo mundo sabe que a caminhonete é sua.

– Ah, esse é o ponto. Todo mundo sabe.

– Como assim?

– Causamos certa confusão. Imagino que você saiba disso.

– Infelizmente.

A casa dela era aconchegante e acolhedora. Agradável. Os móveis eram antigos e... eram a cara dela. Cortinas de renda, tapete oval. Um portal para outra época.

Não era impecavelmente arrumada como a sua. Talvez porque ela não tivesse os problemas de controle que ele tinha. O lugar era normal.

– Vim pelas cartas – ele anunciou, ignorando a carteira queimando no bolso.

– Pensei que a gente podia dar uma olhada nas coisas juntos. Eu não... olhei nada.

– Então isso pode não dar em nada.

– Pode. Mas não acho que seja o caso. Essa foi a primeira coisa que encontrei.

Millie pegou a carta e a entregou para ele.

– Certo. – Ali estava, claro como o dia. Uma carta de Butch Hancock para Lee Talbot. Ele a abriu.

Xerife, estou disposto a lhe dar os nomes e a localização da gangue responsável por todos os roubos no território do Oregon. Com a condição de que eu seja libertado.

– Ah, puta merda – ele disse.

– Pois é. Não tenho a resposta de Lee, obviamente.

– Certo. Mas presumo que ele tenha aceitado.

– Acho que podemos presumir que ele aceitou. E não acho que queria apenas informações, mas uma parte do dinheiro. O que me faz pensar naquelas concessões de mineração. Tinha alguma coisa ali. E o fato dessas transações não estarem bem documentadas... Pelo menos, não é algo que foi passado pra mim...

– Bem, então você acha que seu antepassado estava envolvido em esquemas de suborno. Pra tudo. Conseguindo grana onde e quando podia, enquanto fingia ser o salvador da cidade.

– É o que acho. Quer dizer, não há nada de errado em tentar fazer dinheiro fora do trabalho. O fato de ele ter uma concessão de mineração não é um problema em si. Mas as outras implicações...

– Sei.

– Sente-se.

Ela o conduziu para a sala de jantar, e no meio da mesa de carvalho claro estava a caixa de sapatos. Havia um caderninho de couro vermelho também.

– Esse é o diário – ele adivinhou.

– Isso. Mas não sei se é como o diário de Austin Wilder. – Millie balançou a cabeça. – Agora estou achando estranho ele ter o seu nome.

– Imagine como me sinto.

– Por que seu pai te deu esse nome?

– Sei lá. Meu pai não era um homem terrível, Millie, apesar de ter causado um tanto de problemas. Apesar de não ser o pai mais responsável do mundo. Acho que ele se importava bastante com a gente. Com a nossa família.

– Acredito.

– Acho que ele queria sinalizar alguma coisa. Mas às vezes me pergunto… Às vezes, me pergunto se não é porque sou eu quem deveria consertar tudo. Que diabos, devo ter sobrevivido por algum motivo.

– Por que você viveu mais do que 35 anos?

– É. É meio que uma grande coisa. Ser o Wilder mais velho da linhagem.

– Sei.

Ela lhe entregou o caderno vermelho. Austin o abriu. Era basicamente um livro-razão para contabilidade. E estava escrito em um código perdido nas brumas do tempo. Abreviações e iniciais que ele só poderia imaginar o significado.

– Sim, definitivamente tem transações monetárias registradas aqui.

– Pois é, ele não estava escrevendo sobre a esposa e os filhos.

Seu tom era melancólico. Triste.

– Acho que Austin Wilder foi um caso bastante singular pra época. Ou talvez não. O que mais as pessoas tinham pra fazer naquele tempo além de escrever e ler pra documentar as coisas? Pra registrar tudo? Ele escrevia porque ninguém o conhecia de verdade. Gosto de pensar que ao menos a esposa o conhecia.

– Não sei se alguém conhecia bem Lee Talbot. Esse diário está codificado de um jeito que nem a gente vai conseguir decifrar. Acho que isso diz alguma coisa. Se um homem não quer ser conhecido, deve haver uma razão pra isso.

– Você acha?

– Acho. Devia ter um motivo pra que ele não quisesse que ninguém o conhecesse de verdade. E devia haver um motivo pra que o velho Austin Wilder quisesse que alguém o conhecesse um dia. Ele queria que a gente soubesse por que se tornou um fora da lei.

Ele assentiu devagar.

– Acho que sim. Acredito que ele queria registrar as próprias motivações, tanto as boas quanto as ruins. Porque sabia que havia o risco do seu legado se tornar o que é.

– E Lee Talbot não queria que ninguém soubesse que ele escondia algumas coisas. Porque a lenda é simplesmente a história que ele queria que fosse contada. Estou convencida disso agora.

– Bem, então vamos dar uma olhada.

Eles encontraram mais cartas. Ficaram debruçados sobre elas. Não só de Butch Hancock. Mas de pessoas que Lee extorquira. Ele ameaçou enforcá-las se não renunciassem a suas terras, concessões de mineração e dinheiro.

– Ele era tipo o mestre do crime.

– Caramba. Isso é... muito mais que eu esperava.

– Pois é. Pensei que talvez... você tivesse um pouco de razão, mas também não esperava por isso. – Ela pressionou a mão na testa. – Será que meu pai sabia? E meu avô? Por isso que enfiaram tudo nessa caixa e nunca doaram essas coisas para o museu, nunca expuseram nada. Eles sabiam. – O brilho nos seus olhos de repente ficou feroz. – Eles sabiam. Mas quiseram manter a velha narrativa. A baboseira que pintava a sua família de forma negativa e a minha de forma positiva. Que desnecessário. Existe espaço pra verdade. Existe.

– Sinto muito – ele disse. – Sério.

– Por quê? Isso te absolve. Absolve todos os Wilder. Prova que todo mundo estava errado. Esse tempo todo.

– Não muito. Lee Talbot pode ser péssimo, assim como Austin Wilder. Isso não é sobre absolvição e condenação.

– Bem, pra mim é. Porque passei a vida toda acreditando numa história simples. E não é que a história não seja o que sempre me contaram, é que as pessoas que a contaram sabiam que era tudo mentira. Porque isso significa que meu próprio pai embarcou nessa mentira. Nessa narrativa desonesta. Ele não era o homem que eu pensava.

– A menos que você encontre registros que indiquem que seu próprio pai se envolveu em atividades ilegais, não acho isso justo. Ele pode ter sido incumbido de proteger o legado da família, e assim fez. Família é complicado.

– Não a minha.

Ele a encarou e, de repente, sentiu uma pena infinita.

Quando se é o vilão, é fácil perceber que há mais por trás de uma história. Porque os vilões sabem que se tratam de seres humanos completos, com todas as suas contradições. Só que ela fora enganada. Fora alimentada com uma história que simplificava demais as pessoas ao seu redor, que simplificava tanto a sua família que ela passara a vida se sentindo a única estranha, acreditando que aquela história era a verdade. Simplesmente a verdade. E que monte de baboseira!

Ela sentia que não era suficiente. Que precisava alcançar um patamar inatingível, já que ninguém antes dela o atingira.

Ele jamais imaginara que um dia sentiria pena de Millie Talbot. Naquele momento, foi o que sentiu.

Por uma fração de segundo.

Até ler a próxima carta.

Se você me jurar que os viu cometendo assassinato e fornecer uma declaração por escrito, terei uma justificativa para enforcá-los. Você pode permanecer anônimo, ter uma vida decente. Você terá seu espólio, e eu, o meu.

Era isso. Essa era a prova do assassinato premeditado de Austin, Jesse e William. Bem ali, por escrito. Não se tratava de um registro vago ou uma transação codificada. O xerife Talbot pedira para Butch mentir. Para que tivessem provas para enforcar os Wilder sem questionamentos. Para que a execução de Austin fosse vista como um grande ato de bravura, e não um ato covarde de avareza.

– Foi assassinato – ele disse, pousando a carta na mesa. E, naquele momento, não se importou nem um pouco com Millie. Seu sangue ferveu enquanto olhava para aquela Talbot, pois, mesmo sem saber, ela fora encarregada de manter vivo aquele falso legado. – Sua família era formada por um bando de criminosos. Só criminosos. Sem honra nenhuma. Os fora da lei, pelo menos supostamente, seguiam o Código do Oeste. Não estou dizendo que minha família não fez coisas desprezíveis, mas foi para a própria sobrevivência.

– Não acho que roubassem bancos para sobreviver. Austin tinha uma casa linda na cidade e você sabe disso.

– Vai defender um assassino?

– Não. O que o xerife fez é indefensável. Mas Austin não virou um santo só porque Lee Talbot era um pecador.

– Não? Porque as coisas sempre foram assim pra minha família. Eram todos automaticamente ruins, já que a sua família era inocente. A cidade está dividida entre pecadores e salvadores. Por que você consegue se livrar desse código moral quando é conveniente?

– Porque eu nunca...

– Você acreditava nisso. Acreditava bastante. É por isso que você tem tanta dificuldade em acreditar que eu leio. Que eu escrevo. Mas você não tem dificuldade nenhuma em me beijar, né? Porque você é igual às outras garotas, Millie, apesar de fingir que não. Finge até pra si mesma. Você ainda quer sentar num *bad boy* só por uma noite pra ver no que vai dar.

Ela estava tremendo, com as bochechas vermelhas, e ele se sentiu culpado. Um lampejo de consciência lhe disse que talvez devesse parar. Que estava sendo injusto. Que estava a tratando mal, quando ela também era vítima.

Mas ele não queria pensar na natureza complexa da situação. Só queria saborear aquele momento de justiça. Ele tinha razão. Sempre acreditara que os Talbot não eram tão bons assim. Que o homem que o algemara sabia que Austin Wilder não era um assassino. Que Lee Talbot nunca fora um herói.

– Você só me quer quando te convém. Admita.

– Não – ela disse. – Não traga pra gente o ressentimento das nossas famílias.

– Como não? Você acha que isso não passou pela minha cabeça? Seria ótimo ficar com você sabendo o quanto seu pai odiaria isso.

Millie recuou como se ele tivesse batido nela.

– Não era por isso que eu te queria. Não é porque eu tenho fantasias com um fora da lei.

– Não? Que pena. Eu provavelmente te faria gozar.

– Por que está me tratando assim? Eu não fiz nada de errado.

– Decida-se. Ou sou horrível por natureza ou não sou.

– Eu nunca disse que você era. Nunca. Nunca fui sua inimiga.

– Não. Só o resto da sua família. E dessa cidade.

– Eu te contei a verdade. Assim que descobri, eu te contei a verdade.

– Bem, talvez a verdade não conserte nada. Talvez seja tarde demais para mim.

Austin a encarou do outro lado da mesa, e seu desejo foi crescendo.

Ele sabia muito bem por que tinha ido até lá. Não tinha nada a ver com documentos históricos. Não mesmo. Aquela raiva dentro dele… ele não sabia nem se tinha alguma coisa a ver com o passado.

Não conseguia identificar o que o motivava. Só que ela sempre estivera fora do seu alcance. Ele sabia que não deveria fazer nada porque ela era muito melhor do que ele.

Ele odiava pensar isso sobre si mesmo.

Era um pensamento que poderia matar um homem.

– Que confusão – ela falou, os olhos brilhando intensamente.

Era mesmo. Era uma confusão tão grande que não havia solução fácil. Eles teriam que apresentar suas descobertas e ajustar toda a história da cidade. Toda a composição do lugar. E as pessoas não iam querer isso. Elas se ressentiriam. Resistiriam.

E pessoalmente... ele tinha dito algumas coisas absolutamente imperdoáveis naquela noite. Mas ainda teriam que trabalhar juntos. Talvez.

Então ele decidiu que era hora de fazer o que queria.

Estendeu a mão para ela e a puxou para os seus braços.

– Vou te beijar – ele declarou.

– Ah, é?

– Claro que sim. Porque sou um fora da lei. E a gente faz o que quer.

CAPÍTULO 15

Eu nunca me preocupei em ser bom ou mau. Só me preocupei em sobreviver.

– Diário de Austin Wilder, 25 de maio de 1857

Millie não conseguia acreditar que aquilo estava acontecendo. Sério, ela não acreditava no que tinha acabado de acontecer.

Austin a beijava de novo. Só que, dessa vez, o beijo foi muito mais quente e perigoso que o da garagem dele.

Ela sabia que podia dizer não. Porque ele estava bravo e enlouquecido, e ela não estava muito melhor.

Só que Millie não queria negar. Tudo o que sabia da sua vida tinha acabado de ser totalmente desmantelado por uma única caixa de documentos.

Dali em diante, ela sempre desconfiaria de tudo o que a família escondera.

Pois a lenda da cidade fora calculada para manter os Wilder em seu devido lugar e elevar os Talbot.

Para manter a velha narrativa, em vez de abrir espaço para a verdade.

Então talvez não houvesse problema em beijá-lo. Talvez não houvesse problema em ceder à parte menos racional de si. Como ele mesmo disse, deixando-a furiosa: talvez não houvesse problema em querer saber como era sentar em um fora da lei.

Ela jamais admitiria isso. Mas era verdade. Principalmente porque Millie queria se conectar com a parte de si que fora ignorada por todos aqueles anos.

Ela queria sentir alguma coisa. Se não conseguia ser boa o suficiente, então queria se sentir excitada. Queria sentir… prazer. Desejo. Queria se sentir desejada.

Você não é feliz.

As palavras de Heather ecoaram dentro dela.

Ela tinha a impressão de que Heather estava certa.

Millie estava destruindo a própria vida porque não gostava dela.

E aquilo… seria um desastre. Nunca seria nada mais do que apenas uma noite. Depois eles teriam que lidar um com o outro durante todos os outros dias.

Mas ela já estava vivendo um desastre, e nada daquilo era culpa sua.

Também não era culpa dele.

Não mesmo.

Sim, eles tinham feito escolhas dentro do contexto que lhes fora dado, mas esse contexto estava tão… definido. Desde o começo.

Eles não tinham decidido nada.

E talvez ela quisesse cometer seu próprio erro.

Fazer algo imprudente.

Não era seu direito?

Porque não era inerentemente boa. E se não era inerentemente boa, talvez não precisasse se esforçar tanto.

Então ela o beijou. Deixou que ele a consumisse. Permitiu que seu desejo por ele a queimasse feito fogo.

O toque dele era firme, quase brutal. E havia um desespero meio curativo ali.

Nenhum homem jamais a tocara daquele jeito. A mão dele deslizou pelas costas de Millie, alcançando sua bunda, e ele a agarrou através do tecido fino do vestido, apertando-a com força.

– Oh – ela soltou.

– Você quer isso? – Ele a beijou profundamente, deixando-a tonta. Sua língua lambeu a dela devagar. Depois, ele a encarou com aqueles selvagens olhos azuis, e seu coração bateu acelerado.

– Quero – ela disse.

– Você precisa ter certeza. Porque não faço as coisas pela metade. Isso… pode acabar com a gente.

– Que bom – ela falou em um sussurro rouco. – Estou de saco cheio. De saco cheio de ser cuidadosa. Passei a vida toda sendo cuidadosa, e pra quê? Para nada. Não quero mais isso. Isso não me protegeu. Quero sentir alguma coisa.

– Espere aí, xerife. Porque tenho certeza absoluta de que vou fazer você sentir mais coisas do que já sentiu na vida.

Ele a levantou do chão como se ela não pesasse nada. Seu beijo era um fogo avassalador, e ele a carregou para fora da sala, subindo as escadas.

– Qual quarto?

– Eu ainda estou… ainda estou no meu antigo quarto.

Era meio bobo. Mas ela nunca se mudara para o quarto do pai. Parecia errado. Austin a levou até a cama e a pousou no colchão. Depois ficou olhando para ela. Ela não conseguia acreditar. Não conseguia acreditar que estava prestes a fazer aquilo. Mas queria. E não queria quebrar o feitiço. Não queria que ele parasse.

– Você transou com ele aqui?

As palavras a atravessaram, fazendo seu coração parar.

– Eu… o quê?

– Com o Michael. Você transou com ele nessa cama?

Ela desviou o olhar.

– Sim.

– Que bom. Porque vou apagar essa memória. Da próxima vez que eu te perguntar, você vai falar que não. Porque sexo com ele não é nada parecido com sexo comigo. Entendeu?

Aquilo era aterrorizante. Porque, naquele momento, ela soube que ele a arruinaria para todos os outros homens. Michael não fizera isso. Ela nunca se preocupara com essa questão. Mas agora estava apavorada. Porque sabia que Austin cumpriria a promessa. Ele lhe mostraria algo tão diferente do que ela já havia experimentado que mudaria seu mundo. Tudo nele era assim.

Ele a desafiava em todas as frentes. Por que seria diferente na cama?

– Você já transou na casa de alguma mulher? – Ela não sabia de onde tinha tirado coragem para lhe perguntar isso. Ela não sabia nem de onde tinha vindo aquela pergunta.

– Não – ele respondeu.

– Só em quartos de hotel?

– Isso.

– Então você nunca passou na frente da casa de uma mulher e ficou se perguntando se ela estava ali. Se tinha outro amante. Mas você vai fazer isso comigo. Talvez devesse se preocupar um pouco, pois esta noite também vai te mudar.

Austin se inclinou sobre Millie. E ela ficou ofegante. Que diabos, a alma quase abandonou o corpo dela. O cheiro dele era tão bom, tão inebriante e maravilhoso. Ela o queria. Nunca se sentira assim antes. Ela sentira necessidade de estar perto de alguém e se sentira lisonjeada com a atenção de Michael, mas nunca sentira aquele desespero antes.

– Não estou preocupado.

Ela não teve tempo de perguntar o que ele queria dizer com aquilo, porque ele já estava beijando-a de novo. Levando-a para outro lugar e outro tempo.

Ela teria acreditado que ele era um fora da lei. Que era perverso o suficiente para roubar um banco, um trem, uma carruagem. Ele parecia tão perigoso.

E se ela queria isso, o que ela era?

Definitivamente não era a mulher que passara a vida toda acreditando ser. Definitivamente não.

– Esses botões – ele rosnou. – Estou pensando nesses botões há tempo demais. – Ele começou a desabotoá-los, abrindo o tecido e olhando para ela de um jeito ousado e feroz.

Ela quase sempre transava com as luzes apagadas. Não sabia o que fazer com aquela franqueza. Mas era bobagem reclamar. Se queria as mãos dele sobre si, se queria a boca dele nela, se o queria dentro dela, como poderia impedir que a olhasse?

Ele tirou seu vestido, deixando-a apenas de calcinha e sutiã branco de algodão.

Depois encostou a testa na dela, respirando com dificuldade.

– O que houve?

– Estou tentando me recompor.

Então a valentia dele se dissipou. A certeza que ele tentava projetar de que ela não faria com ele o que ele estava fazendo com ela.

Algo naquela calcinha nada sexy o levou ao limite. Ela vira isso. E não podia voltar atrás.

Em seguida, ele estendeu a mão e abriu o sutiã, expondo os seios dela ao seu olhar faminto.

Eram pequenos. Não tinham nada de especial, mas, pelo jeito que os olhava, ele estava prestes a lhes dedicar um soneto.

Então agarrou o cós da calcinha e a puxou para baixo, até os tornozelos.

– Caramba – ele disse, olhando-a com ferocidade. – Você está... se escondendo nesses vestidos. Atrás daquele balcão da biblioteca.

– Na verdade, não estou *escondendo* nada atrás do balcão da biblioteca. Só estou trabalhando. As pessoas vivem supondo coisas sobre bibliotecárias...

– Pois é, parece que somos os reis e as rainhas das suposições por aqui.

– Eu quero... quero te ver.

– Só um minuto.

Ele beijou o pescoço dela e foi descendo até o mamilo, enfiando-o dentro da boca e arrancando um grito rouco dela. Depois, beijou seu corpo todo até parar nas coxas. Ele as abriu e enterrou o rosto ali, deixando-a atordoada com seus lábios e sua língua em um movimento tão seguro e ousado que tudo o que ela conseguiu fazer foi gemer.

– Austin...

Ele a segurou firme, agarrando seus quadris enquanto a engolia. Ela tinha... lido sobre aquilo. Naquele romance. Mas nunca experimentara nada parecido. Tinha até achado a cena constrangedora. Desagradável. De qualquer forma, Michael nunca fizera aquilo, e ela jamais pediria.

Mas Austin estava... deixando as descrições ilícitas daquelas páginas no chinelo. Cada movimento da sua língua foi uma espécie de revelação conforme ele a levava cada vez mais perto de algo que ela não conseguia alcançar.

– Isso – ele grunhiu, enfiando dois dedos no fundo sem parar de saboreá-la.

Ela arqueou os quadris, sendo tomada por um choque.

E, com duas dedadas profundas, ela se desfez completamente, gritando o nome dele. O orgasmo chegou tão fácil e tão rápido que ela nem percebeu.

Ela nunca... tinha entendido por que as pessoas perdiam a cabeça por causa daquilo, por que alguém destruiria um relacionamento por causa daquilo.

Ela achava que só acontecia com os homens. Homens que gozavam facilmente, que gostavam de variedade, que podiam se envolver naquele tipo de coisa sem sentir intimidade nenhuma.

Mas, de repente, foi como se as vendas tivessem sido arrancadas de seus olhos.

Eu não te dei um vibrador pra tirar com a sua cara...

Millie pensara que sim. Porque ela não... simplesmente não entendia. Não sabia direito se entendia agora. Mas estava... desfeita. Completa e absolutamente desfeita.

Então ele se afastou. Ela estava tremendo e se sacudindo. Ele tirou a camisa em um movimento fluido, deixando-a sem palavras.

Ele era puro músculo, exibindo uma pele bronzeada sobre seu torso atraente. Pelos escuros cobriam seu peito, descendo pela barriga em uma trilha que a deixou com a boca seca.

Ele tirou o cinto com uma mão, mostrando como era bom naquilo. Naquilo tudo. Ela talvez sentisse ciúmes alguma hora, mas não agora. Agora ela só estava grata por estar se beneficiando de toda a experiência dele. Do fato de ele saber dar um show. E ser generoso.

Seu corpo vibrava com os efeitos do orgasmo que ele acabara de lhe proporcionar.

Ela nunca experimentara nada parecido.

Ela já tivera orgasmos. Mas sempre foram difíceis. Ela lutara por eles de olhos fechados, assumindo o controle na cama.

Se estivesse por cima, se direcionasse os movimentos, poderia fazer acontecer. Ter alguém lhe arrancando o clímax quando ela nem sequer tentava ou esperava, bem... ela não sabia que isso era possível.

Millie se esqueceu de como era ser insegura. Se esqueceu de ficar se perguntando o que ele pensava dela.

Na primeira vez que transou, Millie se sentiu lisonjeada. Ficou grata por Michael a achar atraente o suficiente. Por querer assumir as dificuldades de estar com uma virgem de 24 anos.

Porque, honestamente, a maioria dos homens achava aquilo estranho. Não que fosse próxima o suficiente de alguém para saber o que achavam, mas era como se a virgindade pairasse sobre sua cabeça feito um grande sinal escarlate que a seguia e a tornava repelente para os homens. Eles simplesmente caíam fora.

Mas Michael dissera que gostava disso nela. Que ela tornara aquilo especial. Porque ela tinha esperado.

Millie nunca lhe disse que não tinha esperado de propósito.

Em vez disso, só entrou na onda. Adaptou-se à ideia que ele tinha dela. Talvez um pouco demais. Ela tinha dificuldade em ser ousada. Em expressar opiniões. Ela queria ser atraente para ele. E ele sugerira que achava os valores tradicionais dela atraentes.

Então, quando ele dormiu com outra pessoa, doeu de um jeito muito particular. Porque ela se sentiu incapaz de realizar a fantasia dele.

Ela não se importava com as fantasias de Austin.

Millie queria rir. Ela não se importava nem um pouco. Ele era a fantasia dela. E, por ora, era tudo o que bastava. Por ora, ela queria se deleitar.

Enquanto ele desabotoava a calça jeans, ela o secou descaradamente. Observou enquanto se despia. E mordeu o lábio ao olhar para o seu membro. Era grosso e comprido, o maior que ela já vira. Maior do que jamais imaginara possível.

Seus músculos se contraíram em antecipação. Ela já estava pulsando. Nunca havia desejado algo assim antes. Nunca desejara outra pessoa daquele jeito.

Ela nunca realizara uma fantasia.

Antes que pensasse demais, ficou de joelhos e foi até a beirada da cama. Quando esticou o braço e tocou o peito dele, um arrepio sensual percorreu seu corpo. Ela beijou seu queixo, e ele emitiu um som profundo e masculino que ressoou em seu peito.

Depois, beijou seu pescoço, peito e barriga.

O estômago dela se contraiu de pavor e expectativa.

Ela já havia feito aquilo antes. Mas era uma coisa estranha e desconfortável. Foi como se estivesse violando sua imagem virginal e se desviando demais para a imagem de prostituta. Não que ela achasse errado. Era só que...

Millie queria fazer aquilo por Austin. Porque ele era lindo. Era sobre ela, não sobre ele. E isso ajudou a eliminar a hesitação. Ela se inclinou e passou a língua sobre a cabeça larga da ereção dele. E estremeceu.

Ele tinha um gosto tão bom.

Austin rosnou e agarrou o cabelo dela.

Ele guiou sua cabeça para baixo e não deixou dúvidas se estava gostando ou não. Se queria ou não aquilo.

Ele não era nada sutil.

Ela descobriu que gostava daquilo.

E que também gostava do sabor dele preenchendo sua boca, da sensação dele.

Ficou irremediavelmente excitada com o que estava fazendo. Com a própria ousadia.

Não se sentiu uma mulher triste e insípida, que deveria agradecer a atenção de um homem. Sentiu-se empoderada.

Desejada. Melhor ainda: ela se sentia cheia de desejo.

Como se merecesse aquilo.

E demandaria o que merecia.

Ele se impulsionou mais fundo na sua garganta, e ela o acomodou feito um soldado valente.

Millie nunca pensou que aquilo pudesse ser excitante. Mas estava irremediavelmente excitada.

De repente, com a mesma firmeza com que a puxara para si, ele a afastou.

– Porra – ele disse. – Eu não quero gozar assim.

Ele se abaixou e pegou a carteira.

Ela o observou de olhos arregalados enquanto ele pegava uma camisinha e abria a embalagem. Ele tirou uma segunda camisinha e a jogou na mesinha de cabeceira. Em seguida, acomodou o látex sobre o membro longo e duro sem tirar os olhos dela.

Foi uma cena tão erótica que ela mal respirava.

E ela nunca imaginou que algo tão pragmático poderia ser tão sexy.

Só que aquilo não era nada pragmático. Não com ele. Não naquela hora.

– Está pronta pra mim?

Ela assentiu sem falar nada.

– Deite-se e abra as pernas.

Um calor percorreu seu rosto. Mas ela fez exatamente o que ele pediu. Porque não ia hesitar agora.

Ele era um fora da lei. E pegaria o que queria.

Ela era uma fora da lei. E teria o que queria.

E, naquela hora, o que ela queria era Austin. Preenchendo-a até o fundo. Metendo dentro dela.

Ela tremia de antecipação. Não havia espaço para nervosismo. Não havia espaço para nada além de desejo.

– Por favor – ela disse.

Ele foi até a cama com os intensos olhos azuis cravados nos dela conforme capturava sua boca, posicionando-se na entrada do seu corpo. Depois, colocou a mão na sua coxa e prendeu sua perna na parte inferior das costas. E entrou fundo.

Ela arfou.

Ele era tão grande. Tão bom. Ela deixou a cabeça cair no travesseiro, arqueando os quadris para ele. O corpo pedindo por mais enquanto ele metia.

Ela se deu conta de que a gratidão a colocava em uma posição passiva. Tudo o que ela podia fazer era ficar ali, grata pela atenção que recebia. Tentando não atrapalhar o prazer da outra pessoa.

Mas aquilo era sobre o seu próprio prazer.

Sua própria necessidade. E ela estava grata, mas não daquele jeito.

Não do jeito que a tornava um recipiente inerte para o prazer de outra pessoa.

Ela era selvagem.

Millie pressionou as unhas nos ombros dele e arranhou suas costas. Emitiu sons que nunca se imaginou capaz. Não teve tempo para ficar envergonhada, porque para isso teria que parar para pensar. E ela não faria isso.

As estocadas dele ficaram mais curtas, mais fortes, sua testa descansou na dela, seus olhos estavam em chamas. Ele declamou palavras obscenas contra seus lábios, e ela não sabia se conseguiria ler textos eróticos depois daquilo. Como superar aquelas palavras?

– Goza pra mim – ele pediu.

Um comando simples. Mas tão, tão eficaz.

Porque ele queria o prazer dela. O prazer dela importava.

Isso foi o suficiente para levá-la ao limite, para fazê-la cair no abismo.

Então ele congelou sobre ela, e sua própria liberação veio com um grito rouco.

E enquanto estavam ali, agarrados um ao outro, com as respirações se misturando, ela compreendeu algo que nunca compreendera antes.

As pessoas enlouqueciam quando estavam com tesão.

Ela nunca tinha entendido isso. Como uma pessoa podia se transformar quando o que realmente queria era ser tocada. Possuída.

Nunca entendera como algo que deixaria alguém perplexo poderia parecer completamente razoável quando se está em meio a uma névoa sexual. Porque ela estava ali. Com aquele homem que, de certa forma, conhecia a vida toda, e de outras formas, era um estranho.

Eles tinham acabado de ter uma discussão que acabou em sexo.

Ele estava extravasando a raiva, e ela se perdeu no momento.

Austin perguntou se ela tinha certeza. Ela disse que sim.

Porque a Millie Talbot que tanto desejara as mãos dele em seu corpo estava disposta a dizer qualquer coisa, mesmo sem ter certeza. Estava disposta a tentar tudo. A fazer tudo só para tê-lo.

E naquele momento ela se sentia... pequena e em carne viva. Sozinha, mesmo que ele ainda estivesse literalmente em cima dela. Ainda dentro dela.

Ela se sentia tola.

Era como se tivesse trilhado um caminho selvagem e destrutivo o dia todo. Mais que o dia todo.

Talvez Heather tivesse razão. Ela não era feliz.

E estava fazendo coisas para desestabilizar sua vida. Para mudá-la, consertá-la.

Ainda estava segurando os ombros dele.

Era um momento terrível. A espera do que aconteceria depois. Mas foi pior quando ele realmente se moveu. Quando ele se afastou.

– O banheiro é no fim do corredor? – ele perguntou.

– É – ela disse, com uma voz rouca.

Millie ficou deitada na cama feito uma estrela-do-mar quando ele saiu do quarto. Então se enfiou debaixo das cobertas com o coração batendo forte.

Ela se sentia frágil.

Não sabia bem o que fazer.

Não tinha ideia do que ele faria.

Era estranho e terrível se sentir tão à flor da pele daquele jeito. Era maravilhoso também, e bizarro. Ela tinha feito as coisas na ordem correta. Já estivera em um relacionamento sério antes de se deixar levar pelo sexo. Aquela noite era o resultado de se entregar para um homem que ela não conhecia muito bem.

Talvez ele estivesse atravessando a porta agora. Pelado.

Ela ficou olhando para um ponto no teto e engoliu em seco. Então ouviu passos.

Não olhou.

Continuou olhando para o teto.

– Millie?

– Sim?

– Não vai olhar pra mim?

Ela olhou. E se arrependeu. Porque ele continuava lindo, e estava completamente pelado. Com seus ombros largos, seu peito musculoso, sua cintura esguia, suas coxas grossas.

Foi demais. Ele fazia o coração dela disparar. Provocava uma pulsação no meio das coxas dela. Havia mais um preservativo na mesinha de cabeceira.

– Está ficando tarde – ela disse.

– Pois é.

– A sua caminhonete está aí na frente.

– Pois é.

– As pessoas vão falar.

– Elas já estão falando.

– Eu sei. Mas até hoje elas estavam erradas.

O canto da boca dele se ergueu.

– Estavam?

– Bem, eu… acho que não.

Ele só cruzou os braços sobre aquele peito largo, e ela teve a terrível impressão de que só estava ali porque queria ser legal. Porque achava que ela era mole demais para lidar com o que ele normalmente faria. Que seria abandoná-la.

– Não preciso que você fique.

Eles olharam para a segunda camisinha.

– Quero dizer…

– Sei. – Ele respirou fundo e começou a pegar as roupas. – Sei que não. – Ele vestiu a calça e depois a camisa. – A gente precisa ver o resto dos documentos – ele acrescentou, impassível.

Ela se sentia desconectada daquela papelada. Que importância tinha o passado quando o presente era assim?

Grandioso demais, confuso demais.

Espetacular e horrível, tudo ao mesmo tempo.

– Bem, agora não – ela disse.

Ele abotoou a calça jeans e se sentou na cama. Provavelmente para calçar as botas.

– Vem aqui.

– Hã?

– A não ser que você esteja desesperada pra que eu vá embora porque não quer que as pessoas vejam minha caminhonete.

– Eu… – Aquela discussão parecia invencível. Porque ela não queria que as pessoas vissem a caminhonete. Não por causa dele, mas por causa dela. Porque ela não queria explicar aos outros a insanidade que acabara de dominá-la, quando não conseguia nem explicar para si mesma.

Ela não entendia o que estava acontecendo.

– Eu durmo em cima das cobertas. Mas não quero te deixar. Não me parece certo.

Ele parecia estar se sentindo no dever de ficar com ela.

Mas se ela o mandasse embora, ia parecer que tinha vergonha dele.

E ela não tinha.

Não mesmo. Só queria se esconder dele. E de si mesma.

– Não precisa se preocupar com essa camisinha – ele disse. – Não vou te pedir nada.

Millie também não sabia o que pensar daquilo.

– Eu achava que os homens não gostavam de conversar depois de transar – ela finalmente falou.

– Eu geralmente gosto de estar no carro a caminho de casa depois de transar – ele disse. – Talvez parar em alguma lanchonete antes.

– Isso… não está ajudando.

Ele limpou a garganta.

– Desculpe.

Ela não gostou de pensar nele com outras mulheres. Mas claro que havia um monte delas. Ele era mulherengo e estava ali só porque sentia pena. Ela estava com um pouco de pena de si, então não queria expulsá-lo. Mesmo que devesse.

– Bem, o Michael é o único homem com quem eu já fiquei, então…

– Certo – ele disse. – Você não é ruim só porque queria transar.

– A gente transou por um péssimo motivo – ela falou.

– Eu estava com raiva. E sinto muito. Sinto muito por ter começado desse jeito. E por ter deixado continuar desse jeito. Não tenho justificativa nenhuma. Mas eu te queria, não se engane. É só que a raiva fez tudo parecer certo.

– Não entendo – ela disse.

– Nem um pouquinho? Eu só devia estar pensando com um pouco menos de clareza.

– Isso não é nada lisonjeiro.

– Isso não é sobre você. É sobre mim.

– Ah.

– Não quero te magoar – ele falou.

– Então não me magoe.

A voz dela saiu baixinha e teimosa, e até ela percebeu que aquilo era ridículo.

Porque estava sofrendo. E quem sabia o que mais poderia ser feito dela? Em nome do sexo? Em nome da mudança? Da autoexploração? Da exploração de um caubói gostoso?

– Sabe, minha irmã viu você me beijando.

– Ah.

– E ficou brava comigo. Porque pensou que você era uma boa garota e que não sou um cara legal. Ela não está errada, Millie. Nunca estive em um relacionamento. Nunca nem quis. Até recentemente. Comecei a pensar em me casar, ter filhos, deixar um legado. Mas mesmo assim… não é…

Ela não precisava que ele explicasse mais. Ele estava falando sobre legado, não sobre romance. Não sobre paixão. Ela odiava aquilo. Que o objetivo dele estivesse mais próximo da sua jornada do que ela gostaria de admitir. E definitivamente era um objetivo com o qual ela nunca mais se comprometeria.

– Faça um favor a si mesmo – ela falou, olhando para o teto. – Não se case por legado nenhum. Fiquei noiva por isso. Me convenci de que era amor, porque ninguém quer acreditar que está fazendo as coisas pelo motivo errado. Mas estava. Eu não amava o Michael. Queria amar. Queria ser boa. Queria dar continuidade ao legado dos Talbot. E queria fazer isso enquanto meu pai estivesse vivo. Queria tanto que estava disposta a permanecer no relacionamento errado. A ignorar todos os problemas.

– Eu não precisaria acreditar que estou apaixonado.

A forma como ele falou lhe comunicou tudo o que ela precisava saber sobre as diferenças entre eles.

Era uma dura constatação. Um pouco dolorosa.

Millie estava começando a ficar com sono.

– Vá dormir – ele falou.

– Pra você ir embora assim que eu fechar os olhos?

– Não. Eu não vou embora.

Ela poderia pedir que ele fosse, e ele iria. Só que ela não queria que ele fosse. Não queria nem pensar no quanto queria que ele ficasse.

CAPÍTULO 16

Agora estou preocupado. Quero que meu filho seja bom. Não sabia que ligava pra isso até pensar que talvez eu tenha que ensinar outra pessoa a viver.

– Diário de Austin Wilder, 25 de maio de 1857

Austin acordou com frio. Estava sem camiseta, só de jeans, em cima das cobertas.

Merda.

Ele dormira lá.

Tinha dito que dormiria lá. Ainda assim, a assustadora ideia de que não só havia corrompido Millie Talbot, como também deixado a caminhonete na frente da casa dela a noite toda o dominou por completo depois que a névoa do orgasmo finalmente se dissipou, permitindo que ele voltasse a pensar.

Saiu da cama e cobriu o rosto com as mãos. Ela ainda estava dormindo.

Era cedo.

Austin mandou uma mensagem para Carson avisando que não faria as tarefas da manhã no rancho. E se preparou para o intenso interrogatório que certamente viria a seguir.

Carson
Você passou a noite fora?

Austin
Claramente.

Carson
Com alguém?

Austin
Não, estava em um retiro de autocuidado.

Carson
Caralho.

Austin
Não foi nada de mais.

Carson
Está fora da cidade?

Austin
Não é da sua conta.

Ele deixou por isso mesmo. E ignorou as mensagens que começaram a chegar sem parar. Vestiu a camiseta e desceu as escadas, pensando que tinha que dançar conforme a música e preparar um café para os dois.

Ficou parado na cozinha olhando para a caminhonete, que mais parecia um farol ali na entrada da garagem. Ele podia ir embora. Antes que os vizinhos acordassem. Antes que Millie e ele criassem confusão.

Só que ele não queria abandoná-la desse jeito. Não quis fazer isso na noite anterior e continuava não querendo aquela manhã. E não era apenas por causa dos documentos na mesa. Era porque...

O jeito como agira...

Fora igualzinho ao babaca do seu antepassado.

Pegara algo que não era seu. Algo a que não tinha direito. Algo que não tinha a habilidade de cuidar.

Austin viu com clareza. Um homem podia até se apaixonar por uma boa mulher, mas se não soubesse se comportar, não adiantava nada.

Austin Wilder deixara Katherine Wilder com dois filhos pequenos e uma vida de sofrimento.

Falava-se muito sobre os homens Wilder e como eles morriam jovens.

As mulheres Wilder, porém, realmente acabaram pagando o pato.

No fim, os homens Wilder se safavam com facilidade de tudo. Caíam fora e seguiam para qualquer que fosse a vida após a morte que os aguardava.

Ele não queria fazer isso com Millie. Ela merecia mais.

Ouviu passos suaves e hesitantes na escada.

– Ainda estou aqui – ele disse.

Os passos pararam.

– Millie? – ele chamou.

Nem mesmo um pio.

– Está se escondendo de mim?

– Não – ela respondeu com uma voz abafada.

– O que está fazendo?

– Examinando uma teia de aranha na escada.

– Acho que você está mentindo.

– Que grosseria – ela disse, fungando audivelmente.

– Eu sou grosso.

Ela desceu o resto dos degraus toda amarrotada. Sua camisola ia do pescoço até os dedos dos pés.

– Não me comportei feito um cavalheiro a noite toda? – ele perguntou.

Ela fingiu pensar por um momento.

– Depois do sexo.

Ele deu risada.

– Sim. Depois do sexo. Fui um cavalheiro.

– Foi.

– Então não fique aí parecendo uma puritana com medo de que eu vá te desgraçar.

Ela entrou na cozinha com movimentos nervosos.

– Estou fazendo café.

– Ah. Bem... Legal. Obrigada. Pelo café.

– Você ainda nem provou. Não precisa me agradecer pelo café que você ainda nem tomou.

As palavras que trocavam eram cuidadosas, e Austin não gostou disso. Ele nunca tinha vivenciado a tal manhã seguinte.

– Me desculpe – ele disse. – Sou um caos. E sinto que te arrastei pra isso.

Ela riu.

– *Você* está me pedindo desculpas? Eu sou um caos. Meu casamento acabou de ser cancelado. E eu não... não devia ter me envolvido com alguém desse jeito. Não posso ir a lugar algum.

– Não. – Ele franziu o cenho. – Bem, que bom.

– Mas tem uma espécie de... poesia nisso – ela falou devagar. – Tipo, não era bem assim que eu imaginava acabar com a rivalidade das nossas famílias...

Ele bufou.

– Não. Não mesmo. Mas nem seu pai, nem o meu resolveriam os problemas entre as famílias desse jeito.

As sobrancelhas dela se ergueram tanto que desapareceram debaixo do cabelo.

– Com certeza não.

– A gente ainda vai trabalhar junto no festival.

– Pois é – ela disse.

– Preciso escrever meu livro. Preciso dar um jeito nas minhas merdas.

– Já entendi que você não quer um relacionamento comigo.

– Bem, não fale assim. – Só que era verdade. E um detalhe importante da condição deles. Porque não ia funcionar. Porque ela era errada para ele. Bem, ela era ela mesma. Ele era o errado.

– Não sei como falar.

– Isso é sobre mim – ele disse.

– Bem, talvez devesse ser sobre mim também. – Ela ergueu o queixo. Que coisinha teimosa. Ela era muito mais teimosa do que ele imaginava.

– Certo, querida, então pode ser sobre você.

– Não fale assim. Não me chame de querida como se eu fosse uma das mulheres com quem você costuma dormir. Você está na minha casa.

– Eu não chamo ninguém de querida. – Era verdade. Ele não sabia por que a chamara assim.

Ela fungou.

– Ah. Bem. Certo. E aí, e agora?

– Queria que fosse sobre você. Então me diz.

Millie balançou a cabeça.

– Como se você não tivesse uma opinião.

Austin Wilder podia ser muitas coisas, mas não era covarde. Se ela queria se fingir de sonsa até ele decidir tomar uma atitude... então ele tomaria uma atitude.

– Eu quero mais.

– Ah.

– Precisamos resolver esse lance do Festival da Corrida do Ouro. Os papéis em cima da mesa têm que ser analisados. Simplesmente não é realista pensar que não vamos nos encontrar de novo.

– Você acha? – Com os ombros tensos, ela passou por ele e foi até a cozinha, em direção à cafeteira.

– Acho – ele falou, observando os ombros dela se endireitarem ainda mais. – Eu acho. Porque foi uma baita transa. Acho que nenhum de nós vai conseguir se olhar sem pensar nisso.

– Talvez eu seja indiferente – ela disse, esticando o braço para pegar uma caneca no armário. Seus movimentos eram precisos e, de certo modo, formais. Ele estaria mentindo se dissesse que não gostou. Ela era completamente diferente de qualquer pessoa com quem ele estava acostumado.

Aquela noite...

Austin tinha feito o possível para não pensar muito. Ele ficou deitado sobre as cobertas como um verdadeiro cavalheiro enquanto a camisinha brilhava intensamente na mesinha de cabeceira. Mas aquela noite fora uma revelação.

Ele sabia que para ela também.

Sabia muito bem que a deixara alucinada. Assim como ela o deixara alucinado.

E não feria seu orgulho que ela soubesse disso. Agir como um covarde, como se aquilo não tivesse sido alucinante, isso sim seria vergonhoso.

– A noite foi incrível e você sabe.

Ela se virou para ele segurando a caneca com ambas as mãos, os dedos parecendo garras.

– Foi... legal.

– Millie – ele disse, em um tom de aviso. Então se aproximou e ela colocou a caneca no balcão às pressas. Seus olhos arregalados se fixaram nos dele, e Austin a empurrou contra o balcão. Queria pressionar o corpo no dela para deixar claro o quanto ela o queria, mas não a tocou. Só a encarou. – Seu noivo te fez acreditar que você precisava se proteger, que não podia mostrar suas cartas. Você tem medo de me dizer que foi bom porque não quer que eu use isso contra você. Ou tem medo de que eu possa sentir menos que você. Então vamos deixar uma coisa clara. Você só ficou com um homem. E não sei com quantas mulheres já fiquei. Nunca contei. Nunca me importei. A noite foi tão incrível pra mim quanto foi pra você. O que significa que é sobre nós. Não é uma questão de experiência. Não é nada além dessa química que existe entre a gente.

– Talvez seja porque nossos antepassados são inimigos.

– Talvez. E que diabos há de errado nisso?

– Eu não... não sei.

– Talvez seja a atração do proibido. Deus sabe que pouca coisa ainda é proibida neste mundo. Isso tira a graça das coisas.

– Eu... eu...

– Eu quero te beijar – ele declarou.

Ela assentiu sem dizer nada, e ele capturou sua boca, saboreando-a completa e profundamente.

– Vá pegar o seu café – ele falou, afastando-se.

Ele notou que a mão dela estava tremendo ao pegar a jarra para despejar o café na caneca.

– Estou com medo – ela confessou.

– Sou tão intimidante assim?

– É. Acho que posso acabar ficando viciada em você.

– Bem, é possível se curar do vício.

Ela abafou uma risada.

– Você se acha, né?

– Em determinadas áreas.

Ela franziu o nariz.

– Isso é bem improvável.

– Concordo. Mas te avisei que não daria certo, então não sei por que diabos você está assim agora. – Então, ele entendeu. – Cuidado com o que deseja... é isso?

Ela olhou para baixo.

– Eu não sabia.

– Não sabia o quê?

– Que sexo podia ser assim.

– Licença. Vou pegar um café também.

Escolheu a maior caneca que tinha e despejou o resto da bebida nela.

– Vamos – ele falou, gesticulando para a sala de jantar. Sentou-se à cabeceira da mesa, pousou a xícara de café à sua frente e olhou para ela com expectativa. Millie se acomodou a duas cadeiras de distância.

– Certo – ela disse. – Está convocando uma reunião?

– Não. Não estou convocando reunião nenhuma. Quero que você me explique o que quis dizer.

– Sexo nunca foi tão intenso assim antes. Nunca foi tão bom. Eu... é uma besteira. E constrangedor.

– Millie, eu botei a cara no meio das suas pernas. Não precisa ter vergonha.

As bochechas dela ficaram vermelhas feito um pimentão.

– Isso é outra coisa. Nunca tinha feito isso.

– Meu Deus – ele disse. – Quando eu achava que não podia desrespeitar mais aquele canalha... Não tenho paciência com homens que querem comer mulheres, mas sentem nojo delas. Que querem que as mulheres os sirvam, mas não sentem prazer nenhum com elas, no jeito que elas falam... Que bom que ele já se retirou e abriu espaço pra gente.

Ela se voltou para ele, arregalando os olhos. Ele falou com paixão. Era um cara que curtia sexo casual, o que significava que fazia parte daquele meio. Ele via vários homens desrespeitando as mulheres com quem dormiam. Que as julgavam fáceis por terem encontros casuais, mas nunca se julgavam. Austin odiava aquilo, o que dava a entender que Michael era exatamente esse tipo de cara. Porque Millie sabia fazer oral. Então estava claro que já tinha feito isso antes. E aquele babaca nunca tinha feito nela? Isso o deixava furioso.

– Tem um monte de caras assim por aí, não me entenda mal. Mas não devia ser desse jeito. Ele era simplesmente um inútil. O problema não era você. Ele é um arquétipo.

– Você ainda tem empatia por ele? Ainda quer saber a história dele?

– Eu nunca disse que tinha empatia por ele. Mas todo mundo tem suas razões. E o que é ainda mais insidioso: todo mundo conta uma história pra si mesmo. Por exemplo, ele deve se achar melhor que todo mundo, melhor que as pessoas dessa cidade, melhor que as regras. Melhor que a mulher com quem estava comprometido. Se eu não desprezasse tanto Danielle, talvez sentisse pena dela. Porque ela se deu mal.

– Talvez ele seja melhor com ela – Millie falou. – Talvez eu e ele não combinássemos.

– Não. Ele não foi punido pelo que fez. Logo, continuará fazendo. Danielle não ganhou nada melhor do que você conheceu. O triste é que talvez ela não queira algo melhor.

– Eu não queria algo melhor. Não sabia que queria algo melhor. Estava tão grata por ele... – Millie olhou para a caneca. – Por ele me querer.

Que inferno. Ele chegou mais perto e segurou o queixo dela entre o polegar e o indicador, olhando-a diretamente nos olhos.

– Millie, quero que você me escute. Sou muito grato por você ter me deixado ir pra sua cama ontem à noite. Eu é que deveria me ajoelhar e agradecer.

– E é por isso que você me assusta.

– Não se preocupe. Eu também me assusto comigo de vez em quando.

Austin se afastou e voltou para a cadeira. Seu coração estava batendo forte demais. Sentiu uma onda percorrendo suas veias. Talvez estivesse furioso por causa da política daquela maldita cidade, mas se fosse isso, deveria estar muito mais irado do que realmente estava. Fora exatamente essa raiva que o levara para a cama de Millie na noite anterior. Mas, na verdade, a raiva fora só uma desculpa. Ele só a usou como justificativa porque nublara seu bom senso. E ele precisava daquilo para poder fazer o que queria. E agora tinha que lidar com as consequências.

– Então você está propondo que a gente continue dormindo juntos?

– Acho que é inevitável – ele disse. – Eu não disse que a gente *devia* continuar dormindo juntos ou que era uma boa ideia. Na verdade, é uma péssima ideia. Só acho que é tarde demais.

Felizmente, ela não pareceu ofendida. Em vez disso, deu um gole no café, pensativa.

– Posso concordar com isso. Talvez não tenha sido a decisão mais sábia, mas... agora já foi.

– Não adianta chorar pelo leite derramado.

– Por assim dizer – ela falou, erguendo as sobrancelhas.

– Por assim dizer – ele repetiu.

– Tenho que ir pra biblioteca daqui a pouco.

Ele assentiu.

– Se importa se eu levar essa papelada pra olhar tudo com calma?

– Não – ela respondeu, fitando as próprias mãos. – Acho que você devia mesmo levar. Porque, se vamos dormir juntos, temos que ser úteis um para o outro.

– Eu sou muito útil na cama.

O rosto dela ficou vermelho de novo.

– Eu sei.

Ele deu risada.

– Você precisa parar de ser tão fofa.

– Por que você acha isso fofo?

– Sei lá. É só que... você é diferente de todo mundo com quem já fiquei.

– Bem, digo o mesmo.

– Espero que sim.

– Você tem alguma roupa de fora da lei?

Então foi a vez dele se mostrar um pouco chocado.

– Você quer se fantasiar na cama?

– Não! Eu só queria saber... é que a gente vai precisar de fantasias. Para o passeio. Talvez eu me vista de xerife. Ou de professora do Velho Oeste. Isso seria mais adequado para o contexto.

– Bem, você que sabe. Como é uma fantasia de fora da lei?

– Não sei direito. Preto, acho. Tenho umas caixas na biblioteca.

– Certo.

– Vamos nos ver mais tarde.

– Estou contando com isso.

Millie saiu correndo da cozinha para se arrumar e ele ficou ali sentado, olhando fixamente para a xícara de café, pensando em como sua vida tinha virado de cabeça para baixo e por que ele não estava mais chateado com isso.

CAPÍTULO 17

Quando peguei meu filho nos braços pela primeira vez, meu mundo se transformou. Estou dividido entre o desejo de mudar e o de garantir que ele tenha tudo de que precisa. Meu próprio caminho traiçoeiro foi pavimentado pela necessidade. Não quero que ele passe fome.

– Diário de Austin Wilder, 5 de julho de 1857

Millie estava se sentindo dolorida e exposta ao entrar sorrateiramente na biblioteca e acender as luzes.

Estava um pouco adiantada, mas sabia que Heather já estaria na rua e passaria por lá. E, infelizmente, tinha muito o que conversar com a amiga. Parte dela queria manter a noite em segredo. Mas não haveria como esconder algo assim de Heather e, além disso, ela precisava de conselhos. Suas entranhas estavam completamente bagunçadas. Destroçadas.

Seu corpo ainda estava eletrizado, e ela estava... não envergonhada, não de verdade. Era só que Austin era tão franco. Sobre tudo. Ela queria minimizar a intensidade da sua resposta; não queria que ele soubesse que a abalara completamente. Que a arruinara. Que mostrara a ela um prazer que Millie não acreditava que existisse.

Só que ele não tinha vergonha de nada daquilo. Sua reação a tranquilizou e a deixou nervosa ao mesmo tempo.

Heather avisou que estava perto, e Millie deixou a porta destrancada. Pouco depois, lá estava a amiga lhe entregando um copo de chai. Dessa vez, ela nem verificou que animais havia ali.

– Ai, céus – Heather disse, olhando para ela. – Você está bem?

– Eu... – Millie olhou para a parede do fundo, tentando ler alguns títulos ou apenas adivinhar quais seriam os livros. Deveria saber todos de cor.

– O que aconteceu?

– Bem, eu subi no sótão.

Heather a encarou com firmeza.

– Eu *sei*.

– Achei uma coisa lá.

– Certo.

Ela respirou fundo.

– Algo sobre Lee Talbot. Algo que mostra que ele não foi um cara muito legal.

Heather assentiu.

– Então o velho branco e poderoso não era tão legal assim. Que surpresa.

Millie soltou o ar que tinha inspirado de uma só vez.

– Eu sei. Eu sei. Mas você também sabe o peso do meu sobrenome, da tradição e da...

– Foi mal – Heather falou, pousando a mão sobre o braço de Millie. – Entendo que isso seja pessoal pra você, não uma verdade genérica e previsível sobre a humanidade.

– É que é a história da minha família.

– Eu sei.

– Então, liguei para o Austin e disse que ele precisava ver os documentos que eu tinha encontrado.

Os olhos de Heather se estreitaram.

– Ah, quer dizer que você ligou para o Austin.

– Isso.

– Pra pedir que fosse até a sua casa?

– Isso.

– Você não está chateada com o que descobriu sobre o Lee Talbot.

– Estou um pouco chateada, sim.

– Você dormiu com o Austin, né?

Millie suspirou.

– Sim.

Heather encarou a amiga por um longo tempo.

– Como está se sentindo?

– Sei lá. Tipo, realmente não sei.

– Não foi bom?

– Você não está passando no teste de Bechdel, Heather.

Ela deu um suspiro exasperado.

– Qual é a maior coisa que está rolando na sua vida agora, Millie Talbot?

– Eu...

– Pois eu acho que é o envolvimento com esse homem... independentemente do mistério histórico. Se evitássemos essa conversa de propósito só pra passar num teste que se aplica a *personagens fictícios*, estaríamos sendo hipócritas, não acha?

Millie bufou.

– Eu *quero* falar disso. Só não sei como.

– Justo. – Mas Heather ficou olhando para ela cheia de expectativa.

– Nunca fiz nada assim antes.

– Estou ciente.

– E não planejei fazer nada assim. Mas descobri aquilo e ele ficou com raiva. Nossa, ele ficou com muita raiva. Daí ele me beijou.

– Foi selvagem?

– Foi.

– Não sabia que você curtia isso.

– Pelo visto, eu curto. Me sinto uma pessoa diferente. Acho que estou enlouquecendo.

– Bem, o que você vai fazer agora?

– Repetir a dose?

Heather deu um gole na bebida, pensativa.

– Estou um pouco preocupada com você.

– Eu também estou um pouco preocupada comigo.

– Bem, isso me deixa bem menos preocupada. Porque pelo menos você ainda está pensando com clareza suficiente pra saber que talvez precise se manter alerta. Pra ter um pouco de autoconsciência sobre o que está fazendo.

– Eu tenho. Não é como foi com o Michael. Acho que não preciso estar apaixonada pra ficar bem. Não sinto que devo agradecê-lo. Mesmo que, na verdade, queira agradecer. Porque aquilo foi...

– Millie, claro que você não precisa agradecer nada. O cara não está te fazendo um favor por ficar com você. Às vezes, odeio essa cidade. Porque depois que decidem quem você é, você nunca mais abandona esse papel. Você não consegue enxergar quem poderia ter sido ao lado de pessoas que não te conhecem desde criança. – Ela balançou a cabeça. – Você não consegue enxergar quem poderia ter sido se as pessoas não te vissem como a filha do xerife Talbot ou a bibliotecária. Simplesmente não acho justo.

– Eu não queria abandonar meu papel – ela disse.

– Eu sei que não. E entendo seus motivos. Entendo por que sua vida virou o que virou. Mas fico puta porque... você é uma das melhores pessoas que já conheci. Você se importa com essa cidade. Com a justiça. É doce, mas é mais engraçada do que as pessoas pensam. Você é leal. E aquele panaca te fez acreditar que tinha algo de errado com você. Te fez achar que era um favor transar com você, estar com você, e isso... Queria poder fazer algo pra te mostrar o quanto você é importante. Não por causa do seu sobrenome, nem pelo que você faz pela cidade. Só por ser quem você é. Você é bem melhor do que dez mil homens medíocres.

As lágrimas arderam nos olhos de Millie. Lágrimas que nem tinha percebido se acumulando.

– Heather, eu... – Millie sabia que a amiga gostava dela. Claro que sim. Elas eram amigas havia muito tempo. Heather a incluía em tudo, e Millie sempre achava que não tinha o que oferecer em troca. Ela sempre... temeu que a amiga tivesse pena dela. E se sentiu culpada por isso, porque Heather nunca fizera nada para que ela pensasse dessa forma. E agora que Heather fizera a declaração mais linda, Millie não sabia o que responder. – Eu só nunca me sinto suficiente – ela disse.

– Eu sei. Mas você é. É mais do que suficiente. Se existe algo que queira muito e só dependa do seu esforço, você vai lá e faz. Tipo se tornar bibliotecária. Tem alguma ideia de como isso é impressionante? – Eu sei, mas ninguém acha impressionante ter o mesmo trabalho que a mãe.

– Só porque são um bando de idiotas. Desculpa, mas é verdade. Se você estiver fazendo o que quer, seu trabalho não precisa ser renomado. Não precisa ser impressionante. O que adianta ser impressionante se, no final das contas, você for a Danielle? Ela é a prefeita e isso não me impressiona nem um pouco. Porque ela não faz nada, ou melhor, só faz coisas em benefício próprio. Tipo, exceto pelo Michael. Ele não é nada. Duvido que esteja se beneficiando tanto assim com ele.

Millie se surpreendeu.

– Bem, agora posso dizer com confiança que, comparado ao Austin, ele não é nada mesmo.

Uma expressão de surpresa e satisfação tomou o rosto de Heather.

– Que bom pra você.

Millie se mexeu, ignorando o calor que a dominou e a pulsação entre as coxas.

– Pois é.

– Sabe, me desculpe por ter demonstrado tanta preocupação. Você é mais do que capaz de fazer as próprias escolhas. Porque é forte, não é a bonequinha de ninguém e não é tão obediente assim. Na verdade, é muito audaciosa. Sempre defendeu as pessoas à sua volta quando era importante. Merecia mais reconhecimento. Mas as pessoas não valorizam o que você defende. Elas acham que, por não andar por aí se exibindo, você não é ousada. Mas você é. Você é uma das mulheres mais ousadas que conheço.

– As pessoas acham isso irritante. E me chamam de pudica. Rígida.

– São só artifícios pra não admitir que você, na verdade, é uma mulher que tem coragem de defender suas convicções. Pena que ninguém chame isso de força. Ou de confiança. Ou de saber o que quer.

– Talvez a gente passe no teste de Bechdel agora.

– Não ligo. O importante é você entender o seu valor. E entender que Austin é um homem de sorte por poder dormir com você. Independentemente de quanto tempo esse lance dure.

– Certo – Millie disse.

– E você também tem algum controle sobre quanto tempo isso vai durar. Lembre-se disso.

Millie ficou pensativa.

Elas conversaram por mais um tempo sobre o que estava acontecendo no trabalho de Heather e a festa de 2 anos da filha dela, que seria em breve e que Millie não perderia, claro. Mais tarde, Millie ficou repassando a conversa sem parar enquanto cuidava das tarefas.

Alice foi à biblioteca perto da hora de fechar para pegar mais romances, e Millie reprimiu a vontade de comentar que não os achava mais irreais.

Quando a porta se abriu e Austin entrou todo de preto, do chapéu de caubói às botas nos pés, ela não foi a única que congelou.

Millie ficou boquiaberta, secando-o abertamente.

Alice a cutucou.

– *Ele* poderia ser um herói de romance.

E, antes que Millie pudesse responder, a senhora deu um passo para o lado.

Millie o encarou, tentando se lembrar do que Heather dissera. Que ela era corajosa. Que tinha controle sobre o que aconteceria. Que ele não estava lhe fazendo favor nenhum.

– Oi – ela disse.

– Olá, senhorita.

Meu Deus. Ela teve que contrair as coxas para não cair.

– Você veio.

– Sim. Quero discutir umas coisas. Você quer organizar um passeio. Vamos conversar sobre isso.

Ótimo. Ele estava armado com novas informações históricas. O que o deixava ainda mais sexy, sinceramente. Ele era uma das poucas pessoas que levava a história tão a sério quanto ela. Era mais um aspecto em que eles eram parecidos, e não tão diferentes quanto ela imaginara.

– Preciso registrar os livros da Alice – ela disse.

Millie pegou a pilha de livros e foi para o balcão. Vários dos títulos tinham caubóis na capa, e um deles mostrava um homem sem camisa, com os braços cobertos de tatuagens, olhando para o leitor.

Ela se virou para Alice.

– Tenho uma imaginação fértil – a mulher comentou. – Por que viver apenas uma vida quando podemos viver quantas quisermos?

Bem, ela sempre pensara que essa era a magia dos livros. Só que Alice claramente levava essa crença para um lugar muito mais prazeroso que Millie.

Depois que ela foi embora, Millie trancou a porta.

Austin ergueu a sobrancelha.

– Estamos a sós?

– Sim. A sós.

– Lee Talbot estava desesperado pra pegar os irmãos Wilder. Ele suspeitava que Austin fosse um fora da lei. Com base na quantia de dinheiro que meu antepassado havia depositado no banco, Talbot estava de olho nele. Ele sabia que aquele negócio de importação era só fachada.

Ela assentiu.

– Eu sei.

– Só que ele não queria apenas prender Austin. Queria acabar com a gangue Wilder. Ele pegou Butch Hancock roubando o armazém geral, e Butch abriu o bico. Ele estava bêbado, mas aquela informação era valiosa. Pelo que entendi, Lee disse que, quando ficasse sóbrio, conversariam. E foi a partir daí que passaram a trocar cartas. Mas o que Lee realmente queria era forjar acusações. Ele queria executá-los.

– Não havia provas do assassinato?

– Não. Acho que nunca houve. Só tinham o depoimento de Butch dizendo que testemunhara os irmãos Wilder matando um cocheiro.

– E foi tudo de que Lee Talbot precisou?

– Foi tudo de que precisou. Eles invadiram a casa de Austin. Eles… Olha, li tudo isso nas entrelinhas, mas parece que ele acreditava que a vida de Katherine estava em perigo. Acho que foi por isso que arranjou a arma. Sério, mesmo sem ameaça explícita, invadiram a casa dele.

– Pois é. – Ela assentiu. – Claro que ele faria tudo o que estava ao seu alcance pra proteger a esposa e os filhos.

– Foi aí que… as coisas foram parar na rua e os dois sacaram as armas. Acredito que Austin teria mesmo matado o xerife. Acredito que teria feito qualquer coisa pra escapar. Pra proteger a família.

– Mas Austin estava lutando pela família – ela comentou, com o coração apertado. – Lee Talbot só queria saber da própria reputação. Proteger o próprio umbigo. Entendo que é complicado. Entendo que Austin era um fora da lei. Que roubava dinheiro das pessoas. Entendo isso. Os Wilder aterrorizavam os outros pra poder realizar os roubos. Mas… no fim das contas, o que ele fez…

– Foi pela família. Sempre. Desde o começo. Ele começou a roubar para que os irmãos não passassem fome, para poder ter uma esposa. Para poder construir uma casa pra ela. Muita gente esforçada nunca roubou porcaria nenhuma, Millie. Ele era um fora da lei. Não vou negar isso.

– Não. Claro que não. Mas também não havia heróis.

– Acontece que todos eram fora da lei. Esse tempo todo.

Ela levou um longo momento para absorver a conclusão dele, e Austin pareceu satisfeito com o silêncio.

– Temos que levar isso para o conselho da cidade. Porque essa informação muda tudo. Temos que providenciar uma placa nova.

Ele riu baixinho.

– Adoro que você esteja preocupada com a placa.

– Eu me preocupo. Precisamos atualizar muitas placas, aliás. Eu amo a história dessa cidade. Amar história significa aceitar tudo. Ou seja, as profundas imperfeições das pessoas que fundaram Rustler Mountain.

Não é bom pra ninguém transformar homens em ícones. Eram apenas pessoas. No fim das contas, todos tinham defeitos, alguns mais do que outros, com certeza. Mas como podemos aprender algo se nos apegarmos a uma mitologia ultrapassada? As coisas são como são. Isso é *mitologia*. Não é história. E precisa ser corrigido.

– É isso que vamos fazer com o festival. Vamos corrigir a história. Vamos fazer passeios honestos. Até atualizarmos as placas.

– Isso não vai devolver a sua vida.

Ele deu de ombros.

– Os Wilder ficaram aqui por um motivo.

– Você estava lutando pelo que lhe era devido. Eu entendo.

– Fico feliz que você entenda. Porque às vezes sinto que ninguém em sã consciência entenderia.

Ela riu.

– Não estou convencida da minha sã consciência, Austin Wilder. Porque aqui estou eu, descobrindo a verdade sobre a minha família com o homem que recebeu o nome do cara que meu antepassado assassinou a sangue frio no meio da rua, e... já te vi pelado.

Ele deu risada. E o sorriso que surgiu no rosto dele era quase lindo demais.

– Que bom que você está achando graça.

– Estou achando muita graça.

– Você está parecendo um fora da lei.

– Você queria saber se eu tinha uma fantasia de fora da lei, então me vesti como tal.

– Tem um vestido de camponesa naquela caixa ali.

– Bem, agora você vai ter que me mostrar.

– É mesmo?

– Se não me mostrar, vou te amarrar nos trilhos do trem.

Um pequeno arrepio erótico a percorreu, porque ela sabia que era brincadeira, mas ouviu uma insinuação um pouco mais safada do que talvez ele pretendesse. Ou talvez ele realmente tivesse essa intenção.

Millie foi até a caixa de fantasias e escolheu um vestido azul com flores cor-de-rosa, depois entrou no banheiro. Com as mãos trêmulas, pôs o vestido. Eles provavelmente deveriam refletir um pouco mais sobre a verdade daquelas revelações antes de começarem a brincar de se fantasiar. Só que...

havia algo intenso brilhando nos olhos dele, e ela queria seguir aquela faísca. Para onde quer que os levasse.

O vestido era justo e afinava sua cintura. A saia esvoaçava ao redor dela. Millie soltou o cabelo, passou os dedos pelos fios, olhou para o próprio reflexo no espelho e percebeu que não reconhecia aquela mulher. Porque, naquele vestido recatado, ela não era a obediente Millie Talbot. Naquele momento, ela definitivamente estava parecendo uma fora da lei.

Ela saiu do banheiro e fechou a porta com firmeza. E lá estava ele, parado entre as estantes de livros. O espaço entre eles lembrava a Main Street. E aquilo lembrava outra vez um confronto.

A questão era qual deles puxaria o gatilho primeiro.

Porque um deles faria isso. Não havia dúvida.

– Bem… – ele disse. – Você realmente está cumprindo o seu papel.

O coração dela bateu forte.

– Você também.

Ela foi até a caixa de fantasias de novo e a vasculhou até encontrar o colete preto em que estivera pensando quando conversaram sobre fantasias naquela manhã.

Ela o ergueu e Austin arqueou a sobrancelha sem se mover.

Millie o estendeu para ele.

– Quer completar o visual?

– Claro.

O jeito que ele a olhava a fazia se sentir elétrica, muito mais ousada e energizada do que realmente era. Seu coração batia forte. Ela se perguntou se foi assim que a esposa de Austin Wilder se sentiu ao ver aquele homem perigoso olhando para ela pela primeira vez. Era difícil entender o que ele enxergava nela. Achava que era apenas porque ele era homem. E homens gostavam de sexo. Fosse qual fosse a forma.

Mas, entre eles, não era assim. Ele não fora embora na noite anterior. Ele ficara.

E agora estava ali, quando não precisava estar.

Aos olhos dele, a história que compartilhavam os tornava uma unidade, em vez de jogá-los um contra o outro. Ele a puxava para o seu lado. Mas não tinha que fazer isso.

Então talvez ele sentisse as mesmas coisas que ela.

A conexão. A ligação.

Ou talvez não.

Mas parecia… possível.

Austin começou a se aproximar.

Millie foi andando na direção dele, os dois obscurecidos pelas estantes altas. Ninguém que passasse pelas janelas veria nada.

Ela esticou o braço e lhe ofereceu o colete, e ele o vestiu. Serviu perfeitamente.

Então ele voltou a atenção para ela e chegou mais perto.

– Essa é uma fantasia que eu tenho.

– Com certeza, não comigo.

– Não sei, não.

Ele segurou o rosto dela, se inclinou e a beijou devagar, deliberadamente.

Ela perdeu o fôlego.

Ser beijada na biblioteca era o equivalente a ser beijada na igreja.

Era um espaço sagrado.

Reverenciado.

Mas aquilo não parecia um sacrilégio.

Parecia um acerto de contas.

Millie e Austin entre as estantes, ela de vestido de camponesa, ele de fora da lei.

Ela nunca imaginara que a rixa seria resolvida assim.

Quem é que imaginaria?

Passou a mão no peito dele. Era firme e quente, musculoso.

E imagens da noite passada a bombardearam.

Aquela noite foi tudo.

Foi perfeita. Foi linda.

E aquilo era…

Tudo.

Era indulgente, luxuriante. Ele moveu a língua contra a dela, e Millie quase desmaiou. Quando ele segurou sua cabeça, ela se perdeu.

Ele era tão forte. Perfeito.

Austin roçou o nariz no pescoço dela e foi beijando sua pele até chegar na clavícula, onde a parte de cima do vestido encontrava a pele.

– Eu não sabia que tinha fantasia com professoras. Acho que só estava esperando o momento para se manifestar.

– Não sei o que achar disso.

– Sinta-se lisonjeada – ele disse. – Estou brincando. Não se sinta lisonjeada. Só aproveite. Eu estou aproveitando.

– Eu não sabia que tinha fantasia com *bad boys*.

– Você não tinha. Você mesma disse que falava mal de mim pra todo mundo.

Ela fez cara feia.

– Eu só falava pra tomarem cuidado.

– Ah, você não queria que eu colocasse minhas mãos ásperas de fora da lei nas suas amigas, né?

A pergunta a fez estremecer.

– Não. Porque eu não entendia o benefício de mãos ásperas naquela época. Eu não entendia o benefício de nenhuma mão, aliás.

– Ah, Millie. Nem mesmo das suas?

Ela franziu o nariz.

– Isso sempre me pareceu trabalhoso demais.

– Por quê? Por que algo que faz você se sentir bem é trabalhoso?

Millie não tinha resposta para aquela pergunta. Era uma boa pergunta. Ela não sabia por que achava que não valia a pena se dar prazer. Mas, pensando bem, vivia em um ciclo interminável de achar que não era produtiva e depois sentir que não podia descansar no final do dia, porque precisava fazer um pouquinho mais. Então, envolvia-se um pouco com a comunidade, atualizava os registros históricos do condado. Inventava alguma coisa. Qualquer coisa.

Só para se sentir útil. Para se sentir… àquela altura, ela já nem sabia mais. Ela tinha se esforçado tanto… para quê?

Então talvez aquilo fosse profundo. As antigas fantasias predestinadas a serem realizadas. O enterro de velhas mágoas. Ou talvez fosse apenas Austin realizando fantasias.

Ou talvez fosse apenas Millie realizando as dela.

Ela não descartava essa possibilidade. Talvez, naquele momento, fossem os únicos que importavam. Então ela o beijou como se não houvesse nada além das estantes entre eles. Como se não houvesse outra história além da deles.

Ele rosnou e a fez dar dois passos para trás, pressionando-a contra a parede. Ela ofegou.

Estava ardendo de expectativa pelo que estava por vir.

Pelo que poderia acontecer em seguida. Ela o queria. Precisava dele. De uma forma que não conseguia nem descrever. Porque o prazer, seu próprio prazer, para o qual ela nunca ligara, agora era tudo. E ele poderia ser tudo.

O que era ridículo. Aquilo não podia estar certo. Eles tinham tido uma discussão bastante razoável sobre aquele assunto na noite anterior e de manhã.

Mas...

Pelo menos uma vez, não pense.

Felizmente, ela esvaziou a mente e se concentrou na boca quente contra a sua pele. Nas mãos se movendo sobre suas curvas. Na biblioteca.

Eles não podiam transar na biblioteca.

Só que ela percebeu as mãos se movendo por vontade própria, indo para os botões da camisa dele, puxando o tecido ferozmente. Ela não deveria despi-lo. Deveria deixá-lo fazer isso para poder alegar que foi levada à tentação. Mas não. Ela estava alegremente conduzindo a situação.

Seguindo direto para a tentação, direto para a indulgência.

O grunhido de satisfação que ele soltou a atravessou. Ele ergueu as saias dela, amassando o tecido na mão enquanto o segurava em torno dos quadris. Depois, tocou-lhe as coxas nuas com a outra mão, e então no meio das pernas.

Austin descobriu que Millie estava molhada e pronta para ele, e ela não se sentia nem um pouco envergonhada

– Esse é o problema – ele falou na boca dela.

O coração de Millie disparou.

– É?

– Millie... – ele disse com uma voz baixa e clemente.

Em seguida, enfiou um dedo dentro dela, depois outro, e ficou tirando e colocando até levá-la à loucura.

Ela contraiu os dedos dos pés dentro dos sapatos e conteve um gemido.

– Não faz isso – ele pediu, beijando seu pescoço. – Se solta.

Ele tinha razão. Ninguém a ouviria.

Não havia motivo para se conter. Ela mesma estava se contendo.

Millie se impusera tanta negação.

Decidira aceitar tão pouco. Mas agora teria tudo. Deixou o gemido subir pela garganta, escapar dos lábios. Agarrou-se aos ombros dele e rebolou naquela mão enquanto ele a conduzia a um clímax estridente ali mesmo.

– Espere aí – ele disse.

Ele levou a mão ao bolso de trás, pegou a carteira e sacou uma camisinha. Então abriu o jeans e ela ficou observando, extasiada, enquanto Austin desenrolava o preservativo em si mesmo.

Ele a ergueu do chão e a posicionou de um jeito que as pernas dela envolvessem o quadril dele enquanto a penetrava profundamente, usando a parede como apoio.

– Bem… – ela disse. – Estou mais convencida do que nunca de que tamanho importa sim.

– Tenho comentários a fazer sobre isso quando a gente terminar – ele falou, beijando-a, reivindicando-a. Ela nunca… em toda a sua vida.

Millie ficou olhando para as lombadas dos livros, para aquele chapéu preto de caubói, para a camisa preta que ele ainda usava e para a própria mão pálida contra o tecido. Precisou até fechar os olhos, pois não conseguiu fazer nada além de sentir aquela onda de prazer.

Então tudo começou a se despedaçar.

Millie não conseguia acreditar que estava prestes a gozar de novo. Não depois de já ter…

Daí ela se despedaçou, cravou as unhas nele e seu grito ecoou nos corredores sagrados e silenciosos.

E ele rugiu a própria completude logo depois, pulsando dentro dela e se entregando ao desejo latente.

Austin a pousou no chão lentamente, mas as pernas dela cederam, e Millie simplesmente deslizou pela parede, desabando com os pés esticados à sua frente.

– Oh! – ela exclamou.

– Você está bem? – ele perguntou.

– Estou. Só preciso de um minuto pra me recuperar.

Ou duas semanas de repouso.

– Já volto.

Ele se afastou e ela pensou que ele ia ao banheiro para jogar a camisinha fora. Ele voltou um momento depois, com olhos azuis afiados e perscrutadores demais para o seu gosto.

– O que você quis dizer com o lance do tamanho?

Ela fingiu tossir.

– Millie.

– Você me repreende bastante.

– Você é bastante safada.

Ela se sentiu ridiculamente satisfeita com essa caracterização.

– Eu só quis dizer que ontem me ocorreu que talvez tenha sido tão bom porque as dimensões da coisa aumentaram a sensação.

– Continue.

– Também pensei que talvez eu tenha me impressionado com o seu nível de habilidade. Que talvez não seja justo simplesmente atribuir a diferença a...

– Ao meu pau?

As bochechas dela ficaram vermelhas.

– Isso. Mas, depois disso, estou apenas dizendo que... no geral... se você fosse mais baixinho ou menos musculoso, não poderia ter me prensado tão eficazmente à parede e...

– Te comido até te deixar inconsciente?

– Sim – ela disse, com o rosto ardendo.

– A biblioteca... – ele comentou, olhando ao redor. – Parece que estou completando o ciclo.

– É definitivamente uma fantasia bibliófila bem estranha.

– Eu curti – ele falou.

– A gente realmente precisa dar atenção ao evento que devíamos estar planejando.

– O evento não é isso?

Ela deu risada.

– Não. Não é. Não sabia que você era engraçado.

– Você não sabe nada de mim.

Ela ficou triste. Não era nada mais que a verdade.

– Eu quero te conhecer – ela declarou.

Ela sabia que as palavras eram pesadas. Que eram potencialmente imprudentes.

– Na verdade, não é difícil me conhecer.

– É difícil o suficiente.

– E você? Você é mesmo tão fácil?

– Não tem nada pra saber. Você já sabe tudo.

Ela percebeu que ainda estava sentada no chão, com as pernas abertas feito uma boneca de pano depravada.

Então ajeitou a saia.

– Eu nasci aqui. Assim como você. Tive poucos amigos na infância.

– Mais uma coisa que temos em comum – ele disse.

– As pessoas achavam que sabiam quem eu era por causa do meu sobrenome.

– Claro.

– Você me fascinava – ela continuou. – Mas eu disse pra mim mesma que não estava a fim de você. E falei mal de você pra todo mundo. Mas realmente sei os livros que pegou na biblioteca. Porque sempre te achei fascinante e queria saber mais, como o motivo de você ler o que lia, o que aprendia com essas leituras. Porque... bem, eu sei por que amo ler. É porque às vezes não é fácil me conectar com as pessoas. E as imagens na minha cabeça, as pessoas na minha cabeça, as histórias que posso adentrar... fazem com que eu me sinta mais segura. Sim, adoro ler livros de história. Mas também adoro ser carregada pra dentro de uma narrativa em que posso me imaginar sendo corajosa. Em que posso me identificar com a heroína. É isso que eu amo.

– Sabe, eu não queria ficar aqui quando era pequeno – ele disse, se aproximando dela e deslizando pela parede para se sentar ao seu lado. – Mas meu pai estava sempre aprontando alguma coisa. Com alguma mulher que tinha conhecido, algum jogo de pôquer que ia participar. A injustiça de ter nascido um Wilder... Eu achava mais fácil ignorá-lo se estivesse em outro lugar. E ele não entendia de livros. Não conseguia entender por que eu queria fazer algo tão idiota quanto ler quando tínhamos uma TV. E quando eu era adolescente, ele vivia me perguntando se eu não deveria estar transando. – Ela olhou para ele. – Garanto que descobri como fazer as duas coisas. Hoje mesmo li uns capítulos do Jack Reacher, por exemplo.

Ela deu risada.

– Ora, que alívio.

– Eu gostava dos livros porque me ofereciam um mundo secreto que ninguém mais conhecia. Meu pai não sabia que as coisas que eu lia eram interessantes. Que continham tanto sexo e caos quanto qualquer outra coisa na TV. Era o meu segredo. O que eu mais gostava era de poder ler sobre pessoas que pensavam como eu. E sobre pessoas que pensavam diferente de mim. Os livros me ensinaram muito sobre o mundo lá fora, do outro lado daquela montanha. Até que não tive mais vontade de ir embora. Porque percebi que a história da nossa vida era interessante demais. E se eu realmente quisesse saber a história toda, teria que escrevê-la.

– E é o que você está fazendo.

– Estou tentando.

– Então você tinha mesmo que comparecer àquela reunião do conselho municipal. Porque se não tivesse ido... – Ela deu uma piscadinha. – Até o nosso beijo tinha que acontecer. Foi o que me fez subir no sótão.

– Eu acreditaria no destino se ele não fosse tão escroto. Na minha experiência.

– Justo – ela disse. – Mas não sei se o destino é tão escroto assim. As pessoas no poder é que sempre foram canalhas.

Austin olhou para ela como se estivesse considerando a verdade daquela frase.

– Bem, esse é um bom ponto.

– Lee Talbot não era um herói – ela falou.

– Ele provavelmente *pensava* que era. Quer dizer, olha... Toda essa coisa da grana foi autoindulgência. Não vou passar pano pra isso. Mas decidir acabar com os irmãos Wilder... Bem, talvez ele achasse que estava protegendo a cidade.

Ela balançou a cabeça.

– Não posso aceitar esse assassinato.

– Concordo com você na maior parte do tempo. Mas, assim como acho que Austin decidiu que não tinha problema roubar das pessoas porque precisava, consigo entender por que Lee Talbot pensou que tinha justificativas pra matar um homem que ele acreditava ser um perigo pra comunidade.

– Alguém já te disse que você é empático?

Ele a encarou como se ela tivesse lhe dado um soco na cabeça.

– Não. Ninguém jamais me disse isso.

– Nunca conheci alguém que pensasse tanto nos sentimentos dos outros.

– Bem, descobri que a vida não é tão divertida quando ninguém pensa em você. Então tentei ser diferente.

– Muitas pessoas nem tentariam ser melhores.

– Acho que não. Mas de que adianta ser pior?

Ele estendeu o braço sobre o chão e entrelaçou a mão na dela.

– Certo – ela disse. – Agora sinto que te conheço.

– Espero que sim.

– Que tal apresentarmos nossa nova versão da história da cidade juntos? Vamos trabalhar nela. Vamos escrevê-la. Vamos levá-la ao conselho municipal. Vou fundar o novo museu. E vamos planejar o Festival da Corrida do Ouro. Pra realizar o evento com ou sem placas. Com ou sem permissão. Sabemos a verdade.

– Me parece ótimo.

Eles ficaram assim por mais tempo que o necessário.

– Preciso dormir em casa hoje – ele disse.

– Certo. Tudo bem. Totalmente compreensível.

– Depois que você definir a programação, quer jantar lá e ver se a Cassidy vai dirigir a carroça?

– Eu adoraria. Espero ter tudo finalizado amanhã.

– Perfeito. Te vejo amanhã à noite.

Então agora ele estava transando com ela e indo embora em seguida. Estava se despedindo com um beijo. E ela ficou arrasada. Mas não iria atrás dele. Não seria ridícula.

Ela se negava.

Millie esperou até ouvir a porta se fechar. E continuou sentada, com as mãos cerradas. Ela podia senti-lo. A impressão do corpo dele em todo o seu corpo.

Ela podia senti-lo.

E pior de tudo, sentia falta dele. Mesmo que tivesse acabado de sair de dentro dela.

CAPÍTULO 18

Eu torcia pra que o amor de uma boa mulher me mudasse. Sinceramente, foi o que aconteceu. Ele me tornou feroz e protetor. Mas não me tornou bom.

– Diário de Austin Wilder, 18 de agosto de 1857

Austin passou a maior parte do dia trocando mensagens com Millie, e se Carson e Flynn notaram, decidiram guardar os comentários para si mesmos. Que bom.

Os irmãos estavam cavalgando, verificando a cerca e se certificando de que tudo estava em ordem. Tinham uma produção bastante respeitável de carne orgânica, que vendiam para mercados locais e em diferentes feiras livres. O sobrenome deles podia até ser meio queimado em Rustler Mountain, mas, fora de lá, a carne Wilder era considerada um negócio bem lucrativo.

Encaixaram-se perfeitamente no nicho e estavam prosperando.

Tinham conquistado algo que o pai jamais conseguira. Aliás, nenhum Wilder antes deles jamais conseguira. Não tentavam enganar ninguém. Estavam se dedicando honestamente ao trabalho.

Isso fez a diferença.

Millie
Consegui que todo o distrito escolar vá ao Festival da Corrida do Ouro. Três distritos, na verdade.

Austin
Que incrível.

Foi então que ele ouviu os irmãos. Estavam resmungando de um jeito que, na verdade, era para chamar sua atenção.

Austin ergueu a cabeça.

– Estão querendo me falar alguma coisa?

– Não – Carson respondeu. – Nada.

– Mentiroso. Fala logo.

– Eu não sabia que você tinha o costume de ficar grudado no celular que nem um adolescente – Flynn comentou.

– Estou planejando uma coisa.

– O que exatamente?

– Millie vem jantar.

– Ah! – Carson exclamou.

– O que foi? – ele perguntou.

– Acho que vocês estão melosos demais – Flynn respondeu.

O jeito que o irmão falou o fez pensar em doces. O que não tinha nada a ver com o que estava rolando entre ele e Millie – algo bem mais quente do que doce.

– Bem, e eu acho que você é um babaca.

– Então vai me dizer que não tem nada entre vocês?

Austin olhou feio para ele.

– A Cassidy abriu o bico?

Carson e Flynn se entreolharam. Como se tivessem acabado de ganhar na loteria.

– Bem, eu não esperava estar correto – Flynn quase cantarolou.

– Eu vou *acabar com você* – Austin falou entredentes.

– Por que está resistindo tanto? – Carson perguntou.

– Você. Logo *você* me perguntando isso.

– Certo. E eu sei bem do que estou falando.

– E?

– Você não é que nem a gente – Flynn disse. – Nunca foi. Você pensa. Você não age como o G.I. Joe aqui, que se alistou sem nem pensar duas vezes. E você não é… isso aqui. – Ele gesticulou para si mesmo.

Austin cruzou os braços e encarou os dois.

– O que eu sou, então?

– O caubói pensante – disse Carson.

Austin bufou.

– Que besteira.

– Você está escrevendo um livro – Flynn comentou.

– Bem, eu *estaria*, se não ficasse até tarde na biblioteca com tanta frequência – Austin disse.

– Ficar até tarde na biblioteca deveria te ajudar a escrever um livro, não? A menos que você não esteja lendo nada lá... – Flynn comentou, cheio de malícia.

– Isso não é da sua conta.

– Que seja. Estou intrigado... com o desenvolvimento do personagem.

– Deixem meu personagem e o desenvolvimento dele fora disso. Millie vem jantar e ver a Cassidy conduzir a carroça. Ela chega em trinta minutos. Vocês precisam se comportar. E talvez devessem jogar uma água nas axilas.

– Tão charmoso – Carson disse.

– Um cavalheiro – Flynn acrescentou.

– Eu nunca disse que era um cavalheiro. Parece que estão achando que me transformei em outra pessoa.

– Seria tão ruim assim?

– Seria inútil. E que diferença faria?

– Talvez você pudesse ser feliz. Talvez viver mais que 35 anos não seja o propósito supremo da vida – Flynn falou.

– Vá fazer uma faxina na sua própria casa, seu cara de fuinha. – O irmão, na verdade, não era nem pequeno, nem feio. Era uns três centímetros mais alto que Austin e todo musculoso.

– Cara, você é um filho da mãe rabugento.

Ele chutou Carson de brincadeira, depois os irmãos montaram nos cavalos e foram até a casa. Austin seguiu o próprio conselho e se limpou o melhor que pôde antes de Millie chegar. Cassidy estava quase vibrando de empolgação.

– Os dois sacaram tudo – ele falou para a irmã enquanto Millie descia do carro e caminhava até a porta da frente. – Então não preciso mais da sua discrição.

– Estou livre! – Cassidy fez um gesto dramático em volta da cabeça.

– O que está fazendo?

– Tirando a focinheira. Agora posso falar o que eu quiser.

– Por favor, seja civilizada.

– Qual a graça disso?

– *Cass.*

– Estou brincando. Vou me comportar. Quero conduzir essa carroça.

Cassidy praticamente disparou pela porta e cumprimentou Millie antes que ele tivesse chance.

– Isso vai ser divertido – ela disse. – Posso dirigir pela cidade?

– Pode. Vamos bloquear algumas ruas pra delimitar uma rota pra você. – Os olhos de Millie encontraram os de Austin e ele sorriu. Ela sorriu de volta.

Ela mordeu o lábio e o gesto ressoou fundo dentro dele.

Cassidy ainda estava tagarelando, mas ele não estava prestando muita atenção.

– Claro que não vamos encher a carroça de balas e grãos – a irmã estava falando –, então podemos usar uma parelha de cavalos. E temos os velhos meninos de tração.

– Meninos de tração? – Millie perguntou.

– Sim, um par de Clydesdales. São bem velhos, mas ainda dão conta do trabalho. Eles costumavam participar de desfiles e coisas do tipo. Iam ser abatidos, mas Austin os salvou.

Millie olhou para ele, e Austin sentiu uma pontada de desconforto quando os olhos dela percorreram seu corpo.

– Você fez isso?

Ele tentou manter a expressão impassível.

– Depois que descobri, não podia deixar isso acontecer. Eram belos cavalos.

– Pra que você precisa de cavalos de tração? – Millie perguntou.

– Pra *isso*, aparentemente.

– Venha até o celeiro. Podemos prepará-los.

A carroça já estava do lado de fora, pronta para ser atrelada aos animais.

– Isso provavelmente vai decepcionar as crianças – Cassidy disse. – Já que toda criança sabe que uma verdadeira parelha é formada por bois. Quer dizer, todas as crianças já brincaram de *Oregon Trail*.

– Elas deveriam é agradecer por não precisarem atravessar o poderoso Columbia – Austin falou.

Cassidy ficou confusa.

– Não se atravessa o Columbia de jangada. Você tem que fazer *rafting*, senão todas as merdas escapam rio abaixo.

Millie sorriu.

– É verdade.

Aquela proximidade entre a irmã e sua... o que quer que ela fosse estava deixando Austin ansioso. Esse era o problema. Ele queria manter a conexão que tinha com Millie em segredo. Para começar, não sabia como chamar aquilo. Mas havia coisas demais os unindo para que não se envolvessem. Ele tinha falado a verdade quando disse que era melhor ficarem juntos. Então eles ficaram... na biblioteca. Na *biblioteca*. Era vergonhoso. Incrível, mas vergonhoso.

O que também provava seu ponto. Se havia alguma resistência, nenhum dos dois parecia ser capaz de acessá-la naquele momento.

Seus olhares se encontraram e permaneceram fixos um no outro.

Como aquilo acontecera?

Austin diria que... ele e Millie nunca poderiam ficar juntos.

Mas pensava nela. Nos breves encontros que tiveram durante todos aqueles anos na biblioteca. Ela sempre se destacou. Porque não conseguia deixar de se perguntar como era ter todo o privilégio Talbot desde o começo da vida.

E talvez também se perguntasse como era ser uma boa pessoa. Nascer bom em vez de mau.

Claro, o pai dela fora seu inimigo. Era complicado.

Sim. Complicado.

Ele pensou em tudo o que tinha descoberto nos últimos dias.

Tudo estava mudando e se transformando.

Austin precisava escrever o livro. E não ficar se preocupando com passeios pelas ruas da cidade ou onde poderiam transar da próxima vez.

Mas estava pensando nas duas coisas.

Que inferno.

Seguiu Cassidy e Millie a certa distância enquanto elas entravam no celeiro. Cassidy correu para as baias.

– Loco e Moco – ela disse. Depois abriu as baias, pegou as enormes rédeas dos cavalos e entrou.

– Não faça isso sozinha – ele falou.

Eles eram animais dóceis. Mesmo assim, eram enormes, e ele não gostou nem um pouco de ver a irmã desaparecendo dentro da baia.

Ele passou por Millie, que ficou parada na porta, observando os irmãos equiparem os cavalos.

– Que lindos – Millie comentou. – São gêmeos?

– Quase – ele disse.

– Não acredito que esses animais tão lindos iam ser abatidos.

– É a natureza humana – ele falou. – Quando as pessoas não conseguem usar algo do jeito que querem, preferem descartar.

– Não esperava que os cavalos fossem uma metáfora.

– Sou escritor. Tudo é uma maldita metáfora.

Cassidy deu risada.

– Você é tão resmungão. Parece até que acha que a criatividade te torna menos másculo.

Austin olhou feio para a irmã.

– Não estou preocupado com a minha masculinidade, obrigado.

Não estava mesmo. Nem pensava nisso. Apenas caras inseguros se preocupavam com essa questão. Ele só se sentia exposto com seu desejo de escrever. Mas Millie já sabia que ele pensava demais em tudo. Que estava tentando descobrir a história por trás de tudo e de todos.

Era a sua bênção e sua maldição.

Austin ajudou Cassidy a atrelar os cavalos à carroça. Era uma visão magnífica. As rédeas, os freios e antolhos pretos e rígidos dos cavalos cor de bronze, os sinos tilintando alegremente para sinalizar sua chegada. A carroça com sua grande lona branca estendida em arco. Dentro, havia bancos para as crianças se sentarem. Eram melhores que os que os colonos teriam em uma caravana, pois naquela época os passageiros viajavam espremidos entre suprimentos.

– Incrível – Millie disse. – Quero dar uma volta.

– Certo. Cassidy, quer fazer um *test-drive* com a gente?

– Com certeza.

Ele deu a volta por trás da carroça e apoiou o pé no degrau. Depois, estendeu a mão para ela.

– Madame.

Ela corou ao aceitar a mão dele. Austin a ajudou a embarcar e subiu logo depois. Assim que se sentaram lá dentro, ele se virou e gritou para Cassidy:

– Pode ir!

Ele ouviu o estalar das rédeas e os sinos começaram a tilintar. Então a carroça saiu deslizando pela estrada de terra esburacada.

Eles balançaram e se sacudiram na traseira, e Millie agarrou o antebraço dele. O toque foi eletrizante. Seu olhar encontrou o dela, e ele sorriu.

– Sabe, Austin escreveu um pouco sobre o Oregon Trail no diário.

– Quando eles fizeram a travessia?

– De 1848 a 1849. Depois que o pai faleceu, eles ficaram por conta própria. Pouco antes de chegarem ao Oregon. Daí decidiram vir pra cá porque havia boatos de que tinha ouro por aqui. Estava rolando a Corrida do Ouro na Califórnia. E eles estavam morrendo de fome.

– Que triste. E a mãe deles já tinha morrido?

– Ela morreu ao dar à luz. Antes de partirem pro Oeste. Austin ficou cuidando dos irmãos. Acho que essa pode ser a única parte boa da história, sabe? – Ele ficou um pouco emocionado só de pensar. Talvez porque tivesse cuidado dos próprios irmãos. Talvez porque soubesse como era carregar essa responsabilidade. – Austin não sabia que Jesse e William tinham sido enforcados. Acho que isso teria sido o maior golpe pra ele. Depois de tudo o que fez pra protegê-los. A esposa e os filhos ficaram bem depois que ele morreu. A viúva nunca se casou de novo. Acho que ela continuou de luto. Mas estavam bem. Acho que se Austin soubesse o destino dos irmãos, porém... tudo pareceria sem sentido.

– Isso é terrivelmente triste.

– É sim. – Ele limpou a garganta. O barulho das rodas e o tilintar dos sinos, combinados com o pocotó dos cascos dos cavalos, impediam Cassidy de ouvir a conversa. – E eu entendo. Sei como é querer proteger os irmãos mais do que qualquer coisa. E sei como é saber que não é possível protegê-los da vida. De como ela pode ser difícil. Do jeito que todo mundo te trata. Acho uma bênção Flynn e Cassidy serem imunes aos falatórios da cidade. Eles acham tudo engraçado. Mas às vezes me preocupo que, com Cassidy, seja só bravata. Que droga. Me preocupo com Flynn. Ele parece estar apegado ao ressentimento. Pelo menos, é o que deixa transparecer. Mas não sei se acredito nisso. Enfim, não há nada que eu possa fazer. Porque eles são adultos. É uma coisa e tanto. Desejar que sua família possa, de alguma forma, ser melhor do que você, quando nem sabe o que fazer consigo mesmo. Como posso ensiná-los alguma coisa se não sei de nada?

– Acho que você sabe o suficiente. Vocês parecem bem felizes. Fiquei impressionada com isso naquela noite na Taberna do Poço D'água. Não sei o que esperava encontrar naquele bar, mas não era... aquilo. Foi legal. E foi... bom, do jeito de vocês. Sempre me disseram que isso não podia ser verdade. Que as coisas só podiam ser de um jeito. Estou de saco cheio de achar que as aparências são a coisa mais importante do mundo.

Ela continuou:

– Porque, no fim das contas, esse é o legado da minha família. Homens que não se importavam em realmente serem bons. *Realmente* ter honra.

Eles só ostentavam valores roubados, de certa forma. Usavam o distintivo de xerife pra encobrir o fato de que deveriam estar algemados. – Ela olhou para ele. – Quero que você me diga a verdade. Como meu pai era?

Seus olhos eram penetrantes, e ela o encarou com tanta intensidade que o peito dele doeu.

– Ele era *seu* pai.

– Mas eu não o conhecia. Não como você. Você sabe disso. Eu não sabia quem ele era de verdade. Ele te prendeu. Ele…

– Me desprezava?

– Sim – ela disse.

– Ele não era ruim, Millie – ele falou, olhando para as próprias mãos. – Não era cruel. Também não era *amigável*. Ele definitivamente parecia um pouco cansado de ter que lidar com os Wilder. E sabe, até acho justo. Meu pai era o esteio dos bêbados. Ele *mereceu* aquilo. E, naquela época, também mereci o que recebi. Fiz questão disso.

– Você recebeu muita coisa que não merecia.

– Mas não dele – Austin disse. – Acho importante que você saiba disso. Seu pai não me hostilizou. Não me atacou. Fiz o que fiz e paguei o preço. Ele seguiu a lei à risca.

– Que padrão baixo estabelecemos para os nossos heróis – ela falou baixinho.

– Mas as pessoas comuns não sabem disso, né? – Austin olhou para Millie. Estava se referindo a ela.

– Não. Eu achava que não conseguia fazer jus aos Talbot. Mas…

– Seu pai era um homem decente. Não confunda Lee Talbot com seu pai. Assim como você não deveria ser confundida com seu pai, e eu com Austin. Somos nós mesmos.

– Verdade. Obrigada.

– Vocês estão se pegando aí atrás?

Ele esticou o braço e bateu na traseira do banco de Cassidy.

– Se você está pensando isso, acabou de nos interromper.

– Sou sua irmã mais nova. Esse é o meu trabalho.

– Controle-se, fuinha.

Ele olhou para Millie, e ela estava sorrindo. O que o fez sorrir também.

Quando Cassidy se cansou de conduzir a carroça, desceu do assento e foi até Millie e Austin.

– Austin, já mostrou pra Millie como você é bom de tiro?

Millie se virou para ele de olhos arregalados.

– Bom de tiro?

Ele fez careta, dominado pela irritação.

– Não me venha com essa de tiro. Não podemos fazer isso no festival.

– Quem é que liga? É legal.

– É bobagem. Parece coisa do Hancock. Dar um showzinho.

– Bem... – Millie disse. – Por que você pratica, então?

– Meu pai achou que valeria a pena treinar pra ser rápido na pontaria. Mas não estamos no Velho Oeste. De qualquer forma, somos muito bons. Desde pequenos acertávamos cartas de baralho no ar.

Millie estava determinada.

– Quero ver.

– Cassidy, você me paga...

– Você me ama – a irmã falou.

– Só um pouco.

Millie estava com um brilho tão interessante nos olhos que ele quis impressioná-la. Saber mais. Ver mais. Era como se estivesse de novo na escola, tentando impressionar uma garota.

Como aquilo acontecera?

Ele não precisava impressioná-la. Austin tinha comido Millie até ela ficar inconsciente na biblioteca.

Só de pensar, seu corpo se contraiu.

Ela era um verdadeiro foguete. Aquela ratinha.

Que droga.

– Então vamos – ele disse. – Vamos lá dar uns tiros de precisão.

CAPÍTULO 19

Como é que ela pode amar um fora da lei? Me pergunto isso pelo menos uma vez por ano. Vivi uma vida que não tem espaço para o medo. Mas tenho medo de fazer essa pergunta para ela.

– Diário de Austin Wilder, 9 de janeiro de 1859

Millie se viu espremida com Austin na parte de trás de uma picape que Cassidy dirigia, com Flynn no carona. Austin sorria, e o coração dela batia descontroladamente. Ela nunca fizera nenhum tipo de travessura adolescente. Algo perigoso e especial. Como sair com o namorado e…

Não que ele fosse seu *namorado*.

A palavra *namorado* jamais se aplicaria a Austin. Soava juvenil e suave de um jeito que ele jamais poderia ser. Ele era homem demais para receber um rótulo como esse.

Quando disseram tiro de precisão, não estavam brincando. Eles tinham coldres e pistolas antigos.

– Essa é a pistola que acabou com a vida de Austin Wilder – Flynn disse teatralmente. – Bem, pelo menos é do mesmo modelo.

– Pois é. Nosso pai achou que era melhor aprendermos a atirar, já que tínhamos um histórico com tiroteios – Austin disse.

Ela pensou por um momento.

– Mas existem armas mais modernas.

– Nosso pai não era nada *prático* – Flynn falou. – Ele era *dramático*.

Millie não conseguiu deixar de pensar que Flynn parecia ter herdado um pouco daquele talento para o drama. Era muito bonito e tinha um ar volátil que Austin simplesmente não possuía. As mulheres o adoravam, e dava para entender o porquê, apesar de, para ela, Austin ser definitivamente o prêmio.

Naquele momento, ela entendeu como o pai deles conseguia fisgar tantas mulheres. Havia algo inebriante nos homens Wilder.

– Oh! – ela exclamou.

O campo de tiro ficava em uma parte distante da propriedade e contava com uma grande pilha de cascalho atrás dos alvos, com montanhas ao fundo.

– Queremos garantir que as balas não vão se perder se errarmos o alvo. Não seria legal elas saírem voando por aí.

Millie assentiu. Ela conhecia os princípios básicos de segurança com armas de fogo, apesar de nunca ter disparado.

O lugar era surpreendente. Havia alvos de cores vibrantes em diferentes formatos. Parecia um fliperama. Alguns alvos eram clássicos, pintados de vermelho e branco, outros mostravam a silhueta de um xerife furioso ou grandes ursos pardos.

Ela riu.

– Isso é… incrível.

– Cassidy e eu que construímos – Flynn falou. – Austin obviamente acha tudo uma bobagem.

Austin bufou.

– É, mas atiro melhor que todos vocês.

Cassidy estacionou, eles desceram e foram em direção aos alvos.

– Quem ensinou Cassidy a atirar? – Millie perguntou.

– Eu – Austin respondeu.

– Mas você disse que era bobagem.

Austin deu de ombros.

– Mas se a gente sabia atirar, ela também tinha que saber.

Millie não podia contestar essa lógica.

Austin os organizou lado a lado, em linha reta.

– Certo – ele disse. – Peguem seus protetores auriculares. – Cassidy abriu a caixa que carregava, repleta de protetores auriculares. Ela entregou um para Millie, e os demais também protegeram as orelhas.

– Fica atrás da gente – Austin instruiu.

Ela foi para trás, para a caçamba da caminhonete.

– Não se preocupe.

Ele riu baixinho.

– Não estou preocupado.

Então se dirigiu aos irmãos:

– Certo. Saquem rápido e disparem. Dez tiros. Pontos pra quem descarregar mais rápido, e pontos pra precisão. Quando eu acabar com vocês, não chorem.

Millie sentou-se, extasiada.

Austin se virou para ela e tirou o chapéu preto de caubói. Ela quase desmaiou. Ou melhor, quase teve um orgasmo.

– Minha nossa – ela falou.

Então ele se concentrou nos alvos.

Ela observou todos sacarem as armas rapidamente dos coldres, estenderem os braços e atirarem. Engatilharam de novo e atiraram. Os movimentos de Austin eram rápidos. Precisos. Ele disparava tiros em sucessão, flexionando os músculos.

Millie mordeu o lábio, sem saber quando esse tipo de exibição tinha se tornado sexy. Quem se importava? Ela simplesmente achou sexy.

Acabou antes que ela percebesse. Austin terminou primeiro.

– Mais rápido – ele declarou quando o som dos tiros cessou.

Ela tirou o protetor auricular, que puxou o cabelo para o seu rosto. Ela se ajeitou enquanto defendia Austin.

– Você foi mesmo.

Flynn olhou para ela.

– Você só está falando isso porque ele é seu namorado.

Seu rosto ficou quente, e ela esperou Austin corrigir o irmão. Mas ele não disse nada.

Só lançou um olhar fulminante para ele.

– Ele foi o mais rápido mesmo – Cassidy falou, assentindo. – Sou mulher o bastante pra admitir.

Millie os seguiu quando foram examinar os alvos. As balas de Austin tinham acertado exatamente o centro.

– Você é praticamente um atirador de elite – ela comentou.

– Pois é. Não sou ruim.

– Ah, pelo amor de Deus – Flynn disse. – Arrumem um quarto.

– Não posso apreciar uma boa pontaria sem que isso seja entendido como lascívia? – ela perguntou, usando sua melhor voz de bibliotecária.

Flynn endireitou os ombros.

– Desculpe.

Millie disfarçou um sorrisinho, olhando para Austin.

Ela *era* lasciva. Ela sabia. Estava confortável com isso.

– Quer tentar?

– Ah, não posso – ela disse.

– Pode sim.

Austin abriu o tambor da pistola e a recarregou. Ela o observou inserindo as balas prateadas lá dentro. Em seguida, botou o tambor no lugar.

– É fácil. E não vou deixar você se machucar.

Ela botou o protetor auricular de volta.

– Nunca mire em nada que não queira acertar.

– Eu sei – ela disse.

– Bem, saber e fazer são coisas diferentes. Como eu acho que você sabe bem.

Ela se mexeu.

Austin se aproximou e se posicionou atrás dela, envolvendo-a com seu calor e sua força enquanto posicionava a arma em sua mão e mostrava como segurá-la. Depois, fez com que Millie erguesse os braços e mirasse diretamente no alvo.

– Quando estiver pronta, aperte o gatilho. Não se assuste com o coice. Você viu a potência quando eu atirei.

Ela assentiu.

– Está vendo aquele alvo ali? Pronto. Agora.

Millie respirou fundo, apertou o gatilho e deu um passo para trás ao disparar. Austin a amparou com o corpo enquanto o riso ressoava em seu peito.

– Que belo coice.

– Nossa – ela disse.

– Vá em frente. Dê mais uns tiros.

– Não sei, não.

– Uma fora da lei tentaria de novo, Millie Talbot.

Foi o que bastou. Ela ergueu os braços novamente, engatilhou a arma e atirou.

Desta vez, o coice não a surpreendeu tanto. Ela quase não se mexeu.

– Vá em frente – ele disse.

Então Millie fez o que ele disse. Atirou de novo. E depois de novo. O poder corria pelas suas veias. Uma espécie de calor travesso. Ela nunca tinha feito aquilo antes. Como teria sido sua vida se ela soubesse que os antepassados não eram tão perfeitos assim?

E se ela pudesse ser alguém um pouco mais selvagem?

Um pouco mais *livre*? E se não tivesse passado tanto tempo tentando ser boa ou estar segura?

Millie atirou sem parar, vagamente consciente de que Austin não estava mais atrás dela. Não a segurava mais.

Ela se perdeu na euforia do momento.

E quando terminou, virou-se para ele.

– Obrigada. Eu... precisava disso.

Ela não soube nem como articular o que acabara de receber. Aquele homem... era alguém que ela conhecia a vida toda, mas não de verdade.

– Está com fome? – Austin perguntou.

– Um pouco.

Ela se perguntou por um instante se seria uma pergunta de duplo sentido, mas se fosse, a resposta ainda seria sim.

– Bem, vamos voltar pra casa pra jantar. Perry e Carson estão preparando a comida.

Eles atravessaram o rancho na velha picape, com o vento balançando os cabelos de Millie.

Austin pôs o chapéu preto de caubói na cabeça dela. Ela sorriu.

– Sua fora da lei – ele disse.

E ela deixou aquela bênção aquecê-la todinha, até os dedos dos pés.

Desta vez, quando entrou para jantar, não sabia se estava se sentindo mais ou menos confortável do que na outra noite. Transara com Austin duas vezes. E, até onde sabia, isso a tornava a recordista mundial de transas com Austin. Ele era muito mais experiente que ela, em termos gerais. Mas ela também era a primeira vez dele. E resolveu se agarrar a isso. Cassidy e Flynn claramente sabiam o que estava rolando entre eles, e foram...

Foram tão gentis.

Mas também havia Carson. E Perry, e até Dalton, que parecia fazer parte do pacote Wilder. Era importante que a aprovassem.

Durante o jantar, ela ficou mais uma vez encantada com o jeito como se comportavam.

Perry parecia uma espécie de suporte emocional para Carson. Millie ainda não havia presenciado nenhuma crise, mas pela forma como as pessoas falavam dele, pela forma como pisavam em ovos ao seu redor, imaginava que houvesse muito sofrimento ali.

Sua própria família fora estruturada de um jeito completamente diferente. Mas o que a impressionava naquela turma era a forma que cuidavam uns dos outros. Ela se perguntou se era uma espécie de efeito colateral por estarem à margem da sociedade.

Como não podiam contar com a ajuda de ninguém, acabaram se unindo.

O que criou um sentimento de união que ela nunca experimentara com a família.

Não que sua família não tivesse sido amorosa. Mas... não fora assim.

– O passeio de carroça foi um sucesso estrondoso – Cassidy disse. – Vai ser bem divertido levar um monte de crianças por aí.

– Os pais das crianças vão ter que assinar alguma autorização? – Dalton perguntou. – Porque eu definitivamente ia querer saber quem está levando meus filhos pra passear.

– Você teria que saber quem são os seus filhos primeiro, Dalton.

– Ei – ele disse –, eu não tenho filhos.

Cassidy o encarou com um olhar significativo.

– Que você saiba.

– Sou um homem que leva a segurança muito a sério.

– Claro – ela falou. – Porque acidentes nunca acontecem.

– Quer parar? – Flynn disse. – Esse tipo de conversa me deixa nervoso.

Carson riu baixinho.

– O que foi? – Flynn perguntou.

– Ah, vocês... Como se um filho fosse algo tão terrível assim. Eu esqueço como vocês são jovens. – Ele balançou a cabeça e deu uma mordida no pãozinho.

– Sinta-se à vontade pra sair e fazer um uns filhos, Carson.

– Só estou falando. Crescer e lidar com a vida não seria a pior coisa pra nenhum de vocês.

– Acho que o Carson acabou de me aconselhar a sair por aí engravidando – Cassidy falou, olhando diretamente para Austin.

– Se foi o que você entendeu, não tenho o que fazer. Não é problema meu.

Millie sorria de leve enquanto ouvia a conversa.

Ela planejara ter um filho no ano seguinte ou pouco depois disso. Era parte do motivo dela e Michael finalmente terem decidido se casar.

Ela não poderia lamentar a perda de um futuro marido infiel. Mas, aos 30 anos, seu relógio biológico estava na contagem regressiva, e a ideia de ter que começar tudo de novo... Millie não queria esperar até ter dificuldade para engravidar. Olhou para Austin do outro lado da mesa e se sentiu desconfortável. Não devia ter feito isso. Não se estava pensando em bebês. Então mudou a conversa para assuntos menos delicados.

– Austin já contou pra vocês das nossas descobertas históricas? – ela perguntou.

Os irmãos trocaram um olhar.

– Sim – Flynn respondeu. – Mas a verdade é que ele é o maior interessado nisso. É literalmente o nome dele que vai ser limpo.

– Não vai ser limpo – Austin retrucou. – Só... é bom saber que nosso antepassado não era tão ruim quanto dizem.

– Com certeza não.

– Austin já te mostrou o diário? – Cassidy perguntou.

– Não.

Ele lançou um olhar rápido para ela.

– Eu te mostro depois do jantar.

Eles ficaram conversando sobre Rustler Mountain e sua história, seus mocinhos e vilões. No topo da lista de vilões estava Butch Hancock, o Traidor.

– Quer dizer, a questão é que... – Flynn disse. – Os Wilder nunca esperaram nada dos Talbot. Nunca foram nossos amigos. Sem ofensa. Butch Hancock foi quem instigou os Wilder a roubar. E depois os entregou. Como se não fosse o líder da gangue.

– Se não há honra entre os ladrões, onde haveria? – Cassidy perguntou.

– Em muitos lugares – Carson disse. – Tenho certeza.

– Você entendeu o que estou querendo dizer – Cassidy falou. – Eles eram uma família, e Butch deveria protegê-los. Mas, em vez disso, enfiou um punhal nas costas deles. A gente sabia. Sabia. É por isso que sempre atravesso a rua quando vejo Jessie Jane Hancock. E me recuso a comprar qualquer ferradura feita por ela.

– Vocês compram ferraduras em outro lugar? – Millie perguntou.

– Sim – responderam todos ao redor da mesa, ao mesmo tempo.

– É isso que eu acho fascinante – Millie comentou. – Todos vocês tomam parte na rixa. Mesmo dizendo que não é justo quando fazem isso com vocês.

– Não se trata de justiça – Flynn falou.

– Ninguém nunca te disse que a vida não é justa? – Dalton perguntou.

– Sim. Mas estou querendo torná-la mais justa, se possível.

– Acho que depende da natureza do crime – Austin falou. – Podemos aceitar uma Talbot na nossa mesa antes de recebermos um Hancock aqui.

– Nunca receberemos um Hancock aqui – Flynn disse. – De jeito nenhum.

– Bem, eu acho a Jessie Jane interessante – Millie declarou.

– Eu também – Perry falou. – Ela tem estilo.

– Ela é uma ameaça – Flynn opinou.

E então deixou por isso mesmo. Mas não havia necessidade de explicar. Jessie era uma diabinha que gostava de beber e de atirar de facas, além de ser uma ferreira competitiva – uma personagem típica de faroeste. A família explorava e monetizava as conexões que tinham com os fora da lei. O Show do Velho Oeste do Butch Hancock acontecia durante todo o verão, com eventos especiais também na época do Natal. Definitivamente era uma versão sensacionalista da história local.

Em uma excursão escolar pela Costa Leste, Millie foi a Salem, Massachusetts. Lá, ela aprendeu muito rapidamente que as atrações da cidade estavam divididas em dois grupos: os passeios sensacionalistas e os passeios históricos. Um retratava bruxas e magia e a histeria que tomara conta da cidade como se aquilo fosse real. Já o outro apresentava fatos. Ela acreditava que era essa a diferença entre o que os Hancock e ela tentavam fazer. Tinha a impressão de que a verdade não atenuaria a versão dos Hancock. Apenas lhes daria mais um vilão. E o povo adorava um vilão.

Eles terminaram o jantar e saborearam mais uma das deliciosas sobremesas de Perry antes de todos se despedirem de Austin. Ela ficou grata por ele ter se oferecido para lhe mostrar o diário depois. Assim, não precisou questionar se ele queria ou não que ela fosse embora com os outros.

Ainda assim, ela sentiu uma tensão crescente na barriga ao perceber que estavam sozinhos.

– Vamos. Vou te mostrar o diário.

Ela assentiu e o seguiu até o escritório cuidadosamente organizado.

Tudo estava impecável, o que não a surpreendeu nem um pouco. Porque Austin era assim.

Havia um computador e um bloco de notas sobre uma mesa completamente limpa. E havia estantes cheias de livros. De todos os tipos.

– Eu não sabia que você também comprava livros.

– Pois é. Compro qualquer coisa de que eu possa precisar como referência. Ou meus favoritos. Você sabe como é.

Ela foi até a prateleira e tocou as lombadas de *Hatchet*, *Caddie Woodlawn*, *O senhor dos anéis* e *O mistério dos escavadores*.

– Eu gostava desse quando era criança – ele falou, gesticulando para *O mistério dos escavadores*. – Tem algo no tratamento que dão às crianças consideradas delinquentes que é tão... literal. Condená-las a cavar um buraco todos os dias e alegar que isso constrói caráter... Usá-las pra atingir um objetivo secreto enquanto fingem que o trabalho que estão fazendo não importa... Não sei. Essa história me tocou.

– Nunca li.

– Pois devia. É bom.

– *A lenda de Jimmy Spoon* – ela disse. – Esse eu li. E *Jimmy Spoon e o Pony Express*.

– Meus favoritos.

– É a biblioteca que qualquer criança gostaria de ter...

Ela o encarou e seus olhares se encontraram, mas logo depois desviou o olhar.

– É uma prateleira cheia de boas lembranças.

– É. Quer dizer, é ótimo, não é? Quando você lê, pode criar lembranças em qualquer lugar. Mesmo que meu pai estivesse tropeçando de bêbado na cozinha, eu estava partindo pra uma aventura no Velho Oeste. Isso construiu lembranças que eu não teria de outra forma na minha infância. – Ele fez uma longa pausa. – Sua mãe foi muito importante pra mim. Só pra você saber.

– Obrigada. – Ela não esperava se emocionar. Mas sentiu a tristeza apertando seu peito. – Ela era uma pessoa realmente maravilhosa. Ela me fez ser quem sou, mais do que qualquer outra pessoa. Até mais do que a história.

– Sim. Acho que isso era parte do meu problema. Não havia nada além de um grande buraco no lugar que minha mãe deveria ocupar. Então tive que preenchê-lo com alguma coisa. O desprezo pela cidade. Foi mais ou menos isso que acabou indo parar lá.

– Por que sua mãe foi embora?

– É a pergunta de milhões. Ou não. Acho que a situação toda foi demais... demais pra ela. Por que ela ficaria? Quem quer viver assim?

– Vocês todos escolheram ficar.

– Sim. Mas estamos comprometidos a fazer algo melhor da vida, e não sei o quanto você se lembra do meu pai, mas ele simplesmente não estava. De certa forma, acho que era mais difícil conviver com ele do que com alguém realmente cruel. Ele só nunca pensava em nada, nem em ninguém, além de si mesmo. Só queria se sentir bem e se divertir. Ele podia ser engraçado, na verdade. Até você perceber que não dava pra confiar nele. Porque ele não fazia o que precisava pra nos manter seguros. Não cuidava da gente. Não mesmo. E acabei internalizando tudo isso até que nada mais me parecia seguro. Tive que me esforçar pra tornar este lugar habitável. Pra todos nós.

– É por isso que você é tão organizado e limpo.

– Sim, senhora. Acabei virando um maníaco por controle.

– Não posso te julgar.

– Não.

Ele pegou um caderninho de couro na prateleira e o estendeu para ela.

– Aqui.

– Ah.

Ela se esquecera do motivo de estarem ali. Tinha se esquecido do passado. Estava muito mais interessada nele.

Abriu o caderno e ficou observando a letra elegante que não esperava para um fora da lei.

Os textos eram longos. Falavam de eventos, sentimentos. Medos.

Seu coração parou quando abriu em uma página que falava sobre a primeira vez que Austin viu Katherine, quando ainda não sabia o nome dela. A descrição era vívida. Dos próprios sentimentos. De como o mundo parou. De como pensou que não era digno dela.

Millie olhou para Austin.

– Que lindo.

– Pois é. Foi o que me fez achar que talvez eu pudesse escrever. Porque ele escrevia. E se as coisas tivessem sido diferentes… quem sabe o que ele poderia ter escrito.

Não pela primeira vez, ela ficou desesperadamente triste com o desperdício de uma vida. De um homem.

Era fácil enxergar as pessoas do passado como fatos e retratos de rostos severos em tons sépia. Mas aquelas anotações eram engraçadas, tristes, safadas.

Eram um retrato em 3D de um homem que ela jamais conheceria.

– Mas você não está só compilando esses textos no seu livro.

Ele balançou a cabeça.

– Não. Estou transformando tudo num romance. É um faroeste, acho. Se eu tiver que escolher um gênero.

– Não pode ser um romance – ela disse suavemente. – Porque o protagonista morre no final.

– Todo mundo morre em algum momento. Eles terminam juntos. Só não pelo tempo que queriam.

– Verdade, mas acho que se você inserir essa morte no livro, ele não vai ser considerado um romance.

– Sim, talvez você tenha razão.

– Posso ler um trecho do seu livro?

Ele a encarou como se ela tivesse lhe dado um tapa.

– Ué, você quer publicar o livro. Então quer que as pessoas leiam. Você até já conversou com uma agente literária.

– Sim – ele falou devagar –, mas ainda não terminei de escrever.

– Por favor.

Ele hesitou, mas então se sentou na frente do computador. Minimizou uma janela e abriu outra. Depois, foi até o primeiro capítulo.

– Você não vai gostar – ele avisou e se levantou para ceder o lugar a ela.

– Você sente prazer em diminuir as próprias realizações? – ela perguntou enquanto se sentava.

– Não, é que você já conhece a história e também lê bastante, então vai achar minha prosa meio austera.

Ela riu e girou na cadeira.

– Ah, não, prosa austera. Como é que eu vou lidar com isso?

Seus olhares se encontraram e ela notou o instante em que ele pensou em se inclinar para beijá-la. Mas não fez isso. Ela quis que ele tivesse feito.

Austin endireitou a postura.

– Bem, vá em frente, se quiser se entediar.

Ela bateu nele e se virou para o computador, inclinando o tronco para frente.

Sem perceber, foi transportada para uma época bem diferente. Para o século XIX, quando um jovem chamado Austin Wilder se viu órfão, com dois irmãos mais novos para cuidar. O romance a transportou para a história de como escolheu se tornar um fora da lei, para a culpa que sentia por se deleitar com a vitória após um roubo particularmente difícil. E para o conflito ao se questionar se era ou não alguém de quem o pai se orgulharia. Se era bom ou não.

Austin saiu da sala e voltou pelo menos três vezes, mas ela estava completamente absorta com aquelas palavras. Com a forma que ele descrevia sentimentos tão complexos em frases tão secas.

Ela via toda sua dedicação para entender cada personagem da narrativa.

O que era a cara dele. Era o que ele pensava sobre as pessoas.

Ela leu cada palavra com avidez, não só porque a história era boa – e era mesmo –, mas porque aquela era uma janela para a essência de Austin que não teria se aberto para ela de outra forma.

E, de algum jeito, enquanto as palavras a atravessavam, Millie percebeu que o conhecia melhor do que jamais conhecera Michael. Não apenas pelas conversas que tiveram, embora fossem conversas profundas e francas, mas por causa da escrita dele. E por causa da intimidade física que havia entre eles. Foi uma descoberta verdadeiramente incrível.

Ele voltou para a sala e ela o encarou.

– Isso é incrível, Austin. Está lindamente escrito. Sinto que te entendo mais profundamente agora e… é tão triste. Mas ao mesmo tempo é lindo, porque você capturou o que a nossa releitura da história deixou passar. A complexidade desse personagem. Você tem razão, ele não era um cara legal por completo. Nem um herói. Mas quem pensa que talvez não acabaria na mesma situação não está sendo honesto consigo mesmo.

– Sabe, eu também queria saber mais sobre Lee Talbot. Queria saber o que ele pensava. Se ele se achava um herói no começo. Se depois que começou a ganhar dinheiro aqui e ali a coisa ficou tão atraente que ele só continuou fazendo coisas das quais não se orgulhava porque não conseguia parar. Fico me perguntando isso.

– Sim. Mas você fez um trabalho realmente lindo mostrando como Austin era complexo. Além disso, o livro é muito bom.

Naquele momento, ele pareceu tão satisfeito que foi quase melhor do que sexo. Quase.

– Bem, agradeço.

– Não estou falando à toa.

– Eu sei. Aposto que você nunca fala nada à toa.

– Você tem razão. Não mesmo.

Ela ficou orgulhosa por ele entendê-la. De um jeito que ninguém jamais tentara entender.

Ele se aproximou e se abaixou para beijá-la. Ela sentiu o beijo percorrer todo o seu corpo.

Peça para que eu fique.

Ela não levara nada, então aquilo seria impraticável.

– Obrigada – ela disse. – Por mais cedo.

Ele assentiu.

– Pelo jantar?

– Não. Pela sessão de tiros. Por… sei lá, me dar a oportunidade de ser selvagem.

– Estranho, porque você me deixa mais calmo.

Eles ficaram ali se entreolhando, e ela teve a sensação de que haviam cruzado uma linha invisível. Ela não sabia se algum dia poderiam voltar.

Peça para que eu fique.

– Por que você não passa a noite aqui?

Todo o fôlego abandonou seu corpo.

– Ah. Quer dizer… eu… tudo bem.

Ela deveria protestar. Mesmo querendo ficar. Deveria dizer que não levara nada e que aquela não era a melhor ideia. Mas ela queria ficar.

– A sua família provavelmente vai ver meu carro na garagem – ela disse. Estava correndo o mesmo risco que ele assumira ao passar a noite na casa dela.

– Eles já sabem mesmo.

Millie não ficou com vergonha. Só se sentiu… especial. Feliz. Como se talvez fosse importante. Ele deixara que ela lesse o livro.

Ela devia significar alguma coisa para ele.

Ela queria ficar. Queria estar com ele. Então permitiu que a tomasse nos braços e pressionasse os lábios nos seus, em um beijo devastador. Deixou o calor explodir. E se deleitou com isso. Com o modo que se sentia diferente e, ao mesmo tempo, tão fiel à sua natureza.

Foi isso que a atingiu com força no peito quando Austin a ergueu e a aninhou contra si. Quando a carregou pelo corredor até o quarto sem parar de beijá-la. Até o quarto!

Aquilo parecia muito real. Mais real do que qualquer coisa que ela já tinha feito. Era algo dela.

Millie se sentia mais autêntica. Não estava atuando. Não tentava ganhar elogios. Só queria sentir aquilo tudo.

E estava no quarto dele.

Nunca imaginara que um dia ela acabaria ali. Dentre todas as suas amigas. Dentre todas que já conhecera. Fora ela quem as alertara contra tal armadilha. Mas ela fora uma idiota. Porque nada em Austin Wilder era uma armadilha.

Ele a revigorava. Curava feridas antigas que ela nem sabia que existiam. Ele consertava tanta coisa nela. De tantas maneiras.

Mesmo tendo desconstruído a narrativa da sua família, ele a libertava.

E não importava se ninguém mais entendesse.

Não importava se fazia sentido. Ela sabia. Sentia.

Millie agora estava livre para ser ela mesma, para ter o que quisesse.

E ficaria mais forte do que antes, mesmo que só de pensar no fim de sua conexão com Austin seu coração se partisse.

Ela se sentiria melhor por tê-lo amado.

Nem analisaria esse pensamento. Não diria a si mesma que não havia como se apaixonar por ele tão cedo, tão rápido.

Ela passara seis anos achando que estava apaixonada por Michael.

Sendo que nunca o conhecera de verdade. E ele nunca a conhecera. Mas como poderia? Ela nem se conhecia.

Só agora Millie era capaz de criar uma versão de si, refazendo-se em um novo design.

Austin estava lhe mostrando como ser selvagem. Mais importante: como ser ela mesma.

Ele a colocou aos pés da cama.

– Você gosta mesmo de me provocar – ela disse.

– Você é muito provocante.

– O que quer dizer com isso?

– Você consegue descobrir, tem jeito com as palavras.

– Você também. Mas não sei se a gente precisa delas.

Millie não estava preocupada se era boa o suficiente. Se ele gostava dela. Naquele momento, não havia barreiras entre eles. Não havia rótulos. Ela era apenas Millie. E ele era apenas Austin. Era como se ela o tivesse lido ao ler aquele manuscrito. Como se as palavras estivessem escritas no coração e na alma dele.

Ela estava totalmente confortável em chamar aquilo de amor.

Pois era mais do que já tivera com qualquer outro homem. Mais do que jamais desejara. Mas não era estúpida para acreditar que tudo mudara de repente para ele, só porque mudara para ela.

Ela não precisava. Naquele momento, ela só estava feliz. Por amar alguém de uma forma que não era patética.

Por não se preocupar em ser boa o suficiente.

Por simplesmente sentir algo glorioso por outra pessoa.

Por vê-lo. Por ser vista por ele.

Ela não entendia que isso podia ser maravilhoso.

Talvez porque não se entendia de verdade antes, muito menos o que realmente queria. De qualquer coisa.

Em algum lugar dentro de si, Millie decidiu que precisava deixar os pais orgulhosos acima de qualquer outra coisa. E isso seria demonstrado de determinada maneira. Especialmente depois que sua mãe se fora.

Talvez fosse uma tentativa de lidar com a própria tristeza.

Talvez tivesse assumido aquele cargo na biblioteca em parte porque sentia tanta falta da mãe e estava desesperada para preencher o vazio dentro de si. Virara bibliotecária pensando que, de alguma forma, poderia funcionar.

Esse pensamento confuso a levara a um beco sem saída, onde ela não era nada feliz. Onde não sabia quem era ou o que queria. Austin a libertara disso. Desafiando tudo o que ela achava que sabia sobre si mesma. Perceber que a Millie do ensino médio ficaria chocada e decepcionada ao vê-la no quarto de Austin a fez se sentir bem.

Porque a Millie do ensino médio só estava com medo. Com medo de fazer a coisa errada. Com medo de decepcionar as pessoas. Naquela noite, não sentia medo de nada.

Então, tomou a inciativa de beijá-lo. Deixou que tirasse suas roupas com as luzes acesas. Permitiu que a olhasse como se fosse uma guloseima.

Ela o beijou e tirou as roupas dele, deleitando-se com sua força masculina. Com sua beleza.

Passou os dedos pelo peitoral e o abdômen de tanquinho.

– Você é… – Ela cerrou os dentes por um instante, reunindo coragem. – Você é o cara mais sexy que eu já vi.

Um sorriso lento se espalhou pelo rosto dele.

– Você faz coisas comigo. Não entendo o quê. Mágica, talvez. Passei o dia todo batendo cabeça. Tentando descobrir por que diabos não consigo parar de pensar em você. Porque não sou assim. Não me apego a ninguém. Não é só com mulheres. Não tenho muitas conexões. Tenho minha família. E é isso. Só que hoje... pensei em você. O dia todo. E eu... você tem razão. Levo jeito com as palavras. A maioria das pessoas não sabe. Mas levo jeito. Tenho um bom vocabulário, e não consigo encontrar uma palavra pra descrever isso. Você é linda, sim. Não me canso de dizer isso. É sexy. Estou atraído por você. Mas é algo mais profundo do que isso.

Não era uma declaração de amor. Mas por que deveria ser? Era especial mesmo assim. Algo que a fazia se sentir renovada, gloriosa e especial.

Austin deixara claro que não queria nada sério. Ela poderia lidar com isso. Contanto que fosse importante.

Contanto que o tempo juntos o mudasse tanto quanto a mudara.

Ela nunca acreditara de fato que sexo pudesse ser transformador. Talvez porque o que experimentara antes não fosse nada daquilo. De jeito nenhum.

Mas com Austin... era diferente. Eles eram diferentes.

Quando não tinham palavras, eles encontravam uma maneira de se comunicar com os corpos. Era eletrizante.

Ela se movia.

Para novos lugares, novas alturas.

Não era apenas o êxtase, mas a intimidade.

E era diferente quando os dois realmente se conheciam.

E ela realmente conhecia aquele homem.

Austin a puxou para os seus braços e a beijou. Sua pele estava quente e seu beijo foi profundo.

Ela arqueou o corpo, deleitando-se com o quanto se sentia bonita.

Millie sempre se sentira uma espécie de prêmio de consolação. Como se Michael estivesse lhe fazendo um favor. Como se ele fosse o mais bonito do casal. Ela dizia a si mesma que sua personalidade compensava a falta de beleza.

Mas Austin a fazia se sentir bonita. Ele acendeu uma faísca brilhante e quente no centro do seu peito. E mudou a forma como ela se sentia em relação a si mesma e ao mundo.

Com seu toque. Com suas palavras.

Com tudo o que ele era.

Ele a deitou na cama e fez mágica em seu corpo. Ela se pressionou nele, e ele a beijou. Em todos os lugares.

Ele a fez ver estrelas.

Ela se agarrou nele enquanto ele criava uma tempestade. Entregou-se. Os dois atingiram o ápice ao mesmo tempo, abraçados, tremendo até o fim.

– Fique aqui – ele pediu.

Ela ficou.

Ele se virou para ela durante a noite. Havia algo tão perfeito naquilo. Algo tão cru e honesto.

E Millie se sentiu despida e exposta da melhor maneira possível.

Estava quentinha e aninhada na cama dele e não tinha a menor vontade de ir embora.

Eu te amo foi subindo pela sua garganta, mas ela não disse nada.

– Quer acordar cedo comigo pra fazer umas tarefas no rancho? – ele perguntou, sussurrando na escuridão.

Já era cedo. Eles mal tinham dormido.

– Eu adoraria.

Porque, sem poder dizer *eu te amo*, isso teria que bastar.

CAPÍTULO 20

Agora tenho três bocas para alimentar. E é um fardo, sem dúvida. Mas para que sobrevivi todo esse tempo se não foi para isso? Pelo menos agora tenho eles.

– Diário de Austin Wilder, 10 de agosto de 1862

Millie passou a noite na casa de Austin, e ele não se preocupou se os irmãos veriam o carro dela lá. Nem quando ela se sentou à mesa para tomar café com as mesmas roupas da noite anterior.

Era domingo e a biblioteca não abriria, o que significava que poderiam ficar juntos o dia todo, se quisessem.

– Quer me acompanhar enquanto eu faço minhas coisas? – ele perguntou.

– Claro.

O rancho era um casulo. Ele não era tolo para imaginar o contrário. Havia um elemento de fantasia naquilo. Ali não haveria consequências se eles saíssem desfilando juntos, como aconteceria na cidade.

Juntos. Era isso mesmo que estava acontecendo?

Ele a levou para passear de caminhonete e dirigiu pela propriedade. Eventualmente, encontrou os irmãos, que tentaram mostrar como consertar a cerca.

Austin sorriu com a determinação dela.

Ele não sabia dizer se simplesmente não a enxergara direito antes ou se ela mudara nos últimos dias.

Talvez fosse um pouco dos dois.

Talvez ele pudesse levar um pouco do crédito por aquele brilho.

Então pensou melhor.

Desde quando ele fazia algo positivo por outra pessoa?

Cassidy. Carson. Flynn. Você vai mesmo alegar que não fez nada pelos seus irmãos?

Era estranho. Aquela voz interior insistia para que ele assumisse o crédito por algo que qualquer um faria.

Como seria possível ignorar uma família que precisava de você?

Nem seu pai fizera aquilo. Ele tentara. Mas simplesmente era péssimo.

O homem não os botara na rua para que se virassem sozinhos. Não os abandonara de cara como a mãe, que viu tão pouco neles que simplesmente... desistiu.

Millie estava com o chapéu de Carson na cabeça, puxando um prego teimoso cravado profundamente em um poste da cerca. Fez tanta força que, quando o prego cedeu, ela cambaleou para trás e caiu de bunda. Austin já estava se movendo antes mesmo de perceber, levantando-a.

– Cuidado – ele disse, olhando para ela.

Agora ele entendia como um fora da lei podia se apaixonar por uma coisinha tão doce.

Ele se viu querendo se reorganizar, reorganizar sua vida para dar espaço àquele... sopro de esperança. Aquele sopro enchia seus pulmões.

O que Austin queria entender era como uma mulher como Millie podia se apaixonar por um fora da lei.

Não importava que ele tivesse feito coisas boas da vida. Estava tentando. Estava vivo. E, caramba, isso era bem mais do que a maioria da família conseguira. Mas não mudava o que sentia, e era isso que ele não sabia como consertar. Como lidar.

– Por que não vamos tocar o gado?

Os olhos dela brilharam.

– Isso está me parecendo a cara do Velho Oeste.

– Boa.

O dia passou rápido e, quando terminaram, estavam todos com calor e cobertos de poeira, incluindo Millie.

Cassidy lhe ofereceu algumas roupas, e foi assim que ela acabou de banho tomado, vestindo uma camiseta branca e jeans, provocando coisas no coração de Austin que ele não sabia serem possíveis.

– Precisamos dar um pulo no bar – Cassidy disse. – Pra comemorar o primeiro dia de *cowgirl* da Millie.

– Não sei se passei no teste – Millie falou, tão satisfeita que ficou na cara que ela queria ir.

– Claro que passou – Austin declarou, levantando-a e puxando-a para si. – Então vamos.

Ele sabia o que estava sugerindo: levar aquele relacionamento para a cidade. Não fazia ideia de onde aquilo acabaria, nem achava inteligente, francamente. Na verdade, parecia uma péssima ideia.

Mas ele queria aquilo.

Ele queria aquilo com uma ferocidade que o surpreendeu. Não se lembrava de já ter desejado algo tanto assim, e, caramba, havia tanta teimosia em seu sangue que não sabia como resistir àquela vontade.

– Certo – ela disse. – Eu adoraria.

Seus irmãos foram em um carro, ele foi na caminhonete e Millie foi no carro dela. Depois de deixar o carro em casa, ela entrou na caminhonete e eles foram até o bar.

Quando chegaram, o lugar já estava lotado.

Havia música ao vivo, pessoas dançando e jogando dardos animadamente. Não havia muita iluminação para disfarçar a sujeira do espaço, e, como sempre, havia um toque de perigo no ar, algo que diferenciava aquele bar do concorrente. O outro ficava na mesma rua e os turistas se sentiam bem-vindos lá.

Jessie Jane Hancock estava no final do balcão, apontando para as pessoas e preenchendo folhas de papel. Flynn se irritou.

– Ah, que ótimo. A coisa podre está aqui.

– Somos todos podres – Carson disse.

– Ei, irmãos Wilder – Jessie falou. – Estou aceitando apostas.

– Gus! – Austin gritou. – Desde quando ela pode apostar aqui?

– Como se eu estivesse em posição de bancar a polícia da moralidade – Gus respondeu.

– Em quem você vai apostar nessa luta? – Jessie perguntou.

– Que luta? – Millie sussurrou para Austin.

– Ei, bibliotecária – Jessie disse. – Quer apostar?

– Ah. – Millie balançou a cabeça. – Não, obrigada.

Austin passou o braço em volta dela e a guiou com determinação pelo bar. As sobrancelhas de Jessie Jane se ergueram.

– Escolha interessante, Wilder.

– Desde quando você pode comentar as escolhas dos outros? – Flynn falou ao passar por Jessie.

– Um grande foda-se pra você também, Flynn – ela disse. – Posso comentar o que eu quiser. Até eu posso ter opiniões.

– Guarde-as pra você – Flynn falou.

Os outros irmãos ignoraram as brincadeiras.

– Estou meio surpresa por ela ter me reconhecido – Millie comentou.

– Você não fica tão diferente assim de jeans – Austin disse.

– Bem, não é como se ela frequentasse a biblioteca.

Flynn bufou.

– Que surpresa. Acho que ela só aprendeu a ler pra poder enganar as pessoas.

– Cuidado – Carson avisou. – Parece que você está implicando demais com ela, irmãozinho.

– Por favor – ele falou. – Tem um monte de mulheres bonitas aqui. Não preciso me envolver com uma que carrega o nome Hancock. Ou com esse tipo de comportamento, francamente.

– Certo – Carson disse.

Então se distraiu no celular.

– Vai de uma vez pra casa da Perry – Austin falou.

– Até mais tarde – Carson disse, levantando-se e saindo do bar.

– Eles estão... ele está...? – Millie começou.

– Não – Cassidy respondeu. – Não é assim.

– Quando a esposa dele morreu, ele... mudou – Flynn explicou. – Ele nunca foi um cara muito relaxado. É um militar. De corpo e alma. Ele pode até falar que se alistou pra tentar mudar a percepção dos outros, mas foi mais do que isso. Quando Carson conheceu a esposa, finalmente conseguiu enxergar um caminho pra outro tipo de vida. Ela não estava envolvida nessa história de fora da lei. Não nos conhecia. Ele a trouxe pra cá e estava determinado a ter um final feliz. Daí ela morreu.

– Como foi?

– Aneurisma cerebral. Rápido e inesperado. Ela não fazia ideia de que tinha algum problema.

Millie olhou para baixo.

– Sinto muito.

– Todos nós sentimos – Austin disse. Ele não tinha sido exatamente próximo da cunhada, mas ela fizera Carson feliz, de alguma forma. Dera ao irmão a vida que ele queria. Era o que Austin precisava saber.

– Isso quase o destruiu – Cassidy comentou.

Seus olhos estavam cheios de lágrimas. E Austin sabia exatamente o motivo. Eles sabiam como era ruim. Pois entendiam quão sombria fora essa fase.

– Será que ele não conseguiria amar outra pessoa?

Austin balançou a cabeça lentamente.

– Não acho que seja o ponto. Acho que ele não vai conseguir. Ele interpretou a morte dela como o sinal definitivo de que não era pra ser, pra começo de conversa.

Ele entendia profundamente aquele desespero. A ideia de que, de alguma forma, ao se saírem bem na vida, estariam enganando o destino. E que o destino acabaria cobrando seu preço.

– Bem, que bom que ele tem a Perry.

– Sim, todos ficamos felizes com isso.

Às vezes ele queria ter um pouco mais de Carson. O irmão podia estar ali, mas Austin achava que ele não estava totalmente presente.

Flynn foi até o balcão com Cassidy. Retornaram com uma rodada de cervejas para a mesa.

Millie olhou para o copo com desconfiança.

– Eu dirijo – Austin declarou.

Ela franziu o nariz.

– Não estou preocupada com a embriaguez.

– Você não gosta de cerveja?

– Acho que não.

– Você nunca tomou uma cerveja? – Cassidy perguntou, de olhos arregalados.

– Não – Millie respondeu. – Não acho o cheiro muito bom.

– O cheiro não é bom mesmo! – Cassidy deu risada. – Parece xixi de cavalo. Mas é pra beber, não cheirar.

– Não entendo.

– A gente aprende a gostar.

Millie continuou sem ver sentido naquilo.

– Mas por que eu faria isso?

– Dê um golinho – Austin a encorajou. – Se não gostar, eu termino.

– *Você* vai dirigir – ela disse.

– Duas cervejas não vão me derrubar – ele falou.

Ela pegou devagar a garrafa, levando-a hesitantemente até os lábios e inclinando-a um pouco.

Então, empalideceu e pousou a garrafa de volta na mesa.

Flynn riu ruidosamente.

– Espere aí, vou pegar um refrigerante pra você.

Ele foi até o balcão e voltou um minuto depois com um copo comprido e um canudinho.

– Obrigada – Millie disse.

A banda que estava tocando, a mesma da última vez, começou a tocar "Friends in Low Places". Ele se lembrou de quando dançou com aquela ruiva. Mas não se lembrava mais do nome dela.

Na verdade, não se lembrava por que diabos tinha dançado com alguém que não fosse Millie.

– Quer dançar?

Ela olhou para ele com uma expressão que Austin não se julgou merecedor.

– Eu adoraria.

Ele estendeu a mão e a conduziu para a pista de dança. Era fácil dar um show com ela. Ninguém a julgaria ali.

As pessoas poderiam até ficar curiosas, como Jessie Jane, mas eram pessoas como ele.

Millie era a forasteira. Como seria se ele entrasse em uma daquelas lojas chiques da cidade com ela? Ou se tomasse café em uma das mesas cor-de-rosa da Cafeteria Scallywag? Pois é. Essa era a questão.

Mas Austin decidiu não ficar pensando nisso enquanto se moviam juntos pela pista. Porque aquilo lhe parecia certo. Era bom. Quando terminaram de dançar, ele a puxou para si.

– Tudo bem se eu passar a noite na sua casa hoje?

Ele sabia o que estava perguntando.

Estava lhe pedindo para deixar a caminhonete na garagem dela de novo.

Estava forçando a barra.

Depois de ter lhe dito que aquilo não seria para sempre.

Mas uma parte dele estava se questionando... Uma parte que... queria assumir o relacionamento, apesar de Austin não saber se seria bom para ela.

Millie baixou o olhar, e ele viu que ela estava refletindo.

– Sim – ela respondeu, erguendo a cabeça com certeza nos olhos. – Quero que você vá dormir na minha casa.

– Que ótimo – ele disse.

Eles ficaram mais um pouco no bar por educação. Depois, despediram-se de Flynn e Cassidy.

– Vou levar a Millie pra casa.

– Você volta hoje? – Flynn perguntou.

– Não – ele respondeu. – Vou dormir na cidade.

Com isso, levou Millie para fora e saiu andando com ela.

E, debaixo da placa néon, ele a beijou. Porque lhe pareceu a coisa certa a fazer.

CAPÍTULO 21

É sempre só mais um trabalho. Depois mais outro. Sou a nuvem escura sobre a minha família, e não sei ser diferente.

– Diário de Austin Wilder, 15 de dezembro de 1865

Millie passou as semanas seguintes flutuando em nuvens cor-de-rosa. Planejava as coisas para o evento, fazia o necessário para realizar o Festival da Corrida do Ouro. Decidiu criar uma diretoria com antigos membros da associação histórica, incluindo Heather e seu irmão Jonathan, juntamente com sua amiga Alana e seu pai Martin, um historiador renomado do povo Takelma. Não queria repetir os mesmos erros que a cidade cometera por mais de cento e cinquenta anos. Não queria mitologia. Queria a verdade.

E tinha certeza de uma coisa: não era possível conhecer a verdade com apenas uma perspectiva da história.

Todos trabalharam juntos escrevendo programas e placas informativas para usar em instalações permanentes na cidade.

Também discutiram exibições para o futuro museu.

Era definitivamente a época mais empolgante da sua vida.

Millie nunca se sentira tão completa.

As coisas estavam indo bem na biblioteca, na cidade… e havia Austin.

Claro, os boatos circulavam.

Não havia como esconder. Vez ou outra, o carro dele estava na casa dela.

Até que ela começou a receber olhares de canto das pessoas na biblioteca.

Certo dia, depois que Alice a encarara por uma hora, Millie resolveu pedir a ela que recomendasse alguns romances. Ela imaginou que não acharia as cenas tão irreais agora.

Alice se iluminou como um farol e indicou uma pilha de livros, que Millie passou a ler na cama ao lado de Austin. Enquanto ele lia sobre explosões, ela lia sobre um tipo diferente de fogos de artifício. Geralmente depois de terem soltado seus próprios fogos.

Depois, detonavam ainda mais fogos.

Ela jamais imaginou que um dia encontraria alguém tão compatível... nele.

Quando Austin não estava trabalhando no rancho ou passando tempo com ela, escrevia seu livro. E vasculhava todas as informações que haviam descoberto sobre Lee Talbot.

Foi então que ela recebeu o maior privilégio de todos: vê-lo usando seus óculos de leitura.

– Só preciso usar à noite – ele grunhiu. – E quando a letra é pequena e cursiva.

Ela não conseguia tirar as mãos dele. Aquela era a reunião de clichês mais quente que poderia conceber.

Millie pediu para que ele ficasse com os óculos enquanto tirava todo o resto.

Arriscaria dizer que não se conhecia mais. Mas não era verdade.

Aquela era quem sempre quis ser. Ela se sentia mais confiante a cada passo. Em todas as áreas da vida.

Não era mais apenas a filha do xerife. Não se sentia apenas uma Talbot. Ela era Millie.

E aquilo era uma vitória.

Certa manhã, estava cantarolando enquanto Austin a levava para casa. Tinha que abrir a biblioteca antes das dez horas, embora parte dela desejasse ficar no rancho.

– Quer pegar um café?

Um choque de eletricidade desceu pela sua coluna.

– Sim, eu adoraria. Temos tempo.

– Temos.

Ele não parecia achar aquilo nada de mais. Mas essa era a questão. Eles passavam todas as noites juntos, sem nunca falar sobre seus sentimentos, o futuro nem nada do tipo.

Nunca ficavam sem assunto. Conversavam sobre história, o rancho, livros. Preocupavam-se com Carson. Austin se preocupava bastante com Cassidy.

Conversavam sobre o livro que ele estava escrevendo.

Ele tinha determinado um prazo para si mesmo, e ela o ajudava a se manter na linha.

Embora às vezes acabassem se perdendo em jogos sexuais.

Ela não podia reclamar.

Ainda assim, o futuro pairava sobre eles feito uma nuvem escura e densa. Será que poderiam continuar daquele jeito para sempre?

Ela queria. Queria congelar o tempo. Queria que tudo ficasse bem.

Estava apaixonada. Não estava nem um pouco confusa.

Ela sabia como era estar com alguém por quem não estava apaixonada.

Com Michael, imaginara uma vida genérica. O final feliz das comédias românticas. Com uma casa e filhos genéricos. Com Austin, não era assim. Ele era único.

Millie nunca conhecera ninguém como ele. Era seu amigo. Alguém com quem adorava conversar. Ele se importava com as mesmas coisas que ela. E com muitas outras com as quais ela nunca se importara antes. Ele a apresentara a novos pensamentos. E ela gostava de pensar que fizera o mesmo por ele.

Eles haviam se transformado em pessoas maiores e mais expansivas que antes.

A guarda dele estava baixa. Talvez ele sempre tivesse sido assim com a família, mas tinha se aberto para ela também. Ainda era Austin Wilder. Ainda tinha aquele ar de perigo.

Mas não era perigoso para ela.

E estavam indo para a cafeteria juntos.

Austin estacionou a caminhonete no meio-fio e os dois saíram, entrando no adorável predinho com adesivo de guaxinim na janela. O lugar ficava no final da rua. E lá dentro havia o melhor café e os melhores doces que a cidade tinha a oferecer – na opinião de Millie.

– Eu produzo o meu próprio café – ele disse, enquanto se aproximavam da porta.

– Mas eles têm docinhos – ela falou.

Ele deu tapinhas na barriga dura feito pedra.

– Não sou muito fã de docinhos.

– Bem, essa é a primeira coisa que você diz que me faz pensar que talvez a gente não dê muito certo.

Ela se arrependeu das palavras assim que saíram da sua boca. O sorriso dele vacilou por um segundo e então voltou firmemente para o lugar.

– Se essa é a primeira coisa, devo estar me comportando bem demais para o meu gosto.

Ela deu uma risada nervosa.

– Acho que você está ótimo.

Ele pegou a mão dela. Então, entraram no café de mãos dadas.

O lugar estava lotado. Todos os rostos ali dentro eram conhecidos.

E todos aqueles rostos conhecidos se viraram para os dois.

Os olhares logo se desviaram – as pessoas claramente estavam tentando ser discretas. Mas não conseguiam.

Ela ergueu o queixo e entrou na fila ainda de mãos dadas com Austin. Bem atrás de Danielle.

Ela percebeu tarde demais que aquele rabo de cavalo loiro e elegante pertencia à inimiga.

Segurou a mão dele com mais força.

Ele olhou para ela com preocupação.

Era estranho. Millie não tinha inveja de Danielle. Nem um pouco. A traição não tinha mais o poder de afetá-la. Ela não se sentia mais a mesma pessoa.

Mas não queria trombar com a pessoa mais irritante da cidade quando tudo que desejava era pegar um café.

Austin se mexeu, soltou sua mão e a abraçou pela cintura.

Millie se entregou. Estavam parecendo exatamente o que eram: amantes.

Ficou empolgada, sentindo-se até um pouco perigosa ao exibir a conexão deles desse jeito. Naquele espaço iluminado e limpo que era o seu elemento. A taberna era o elemento dele. Eles dançaram lá. Ele levara Millie para o seu mundo e lhe mostrara que era bem-vinda. Ela estava determinada a fazer o mesmo por ele.

O adolescente atrás do balcão ergueu o rosto, reconheceu Austin e arregalou os olhos. Em resposta, Danielle se virou.

– Ah – ela disse como se tivesse visto uma barata no canto. – Que estranho. Meio fora de lugar.

Millie não soube dizer a quem o comentário estava sendo direcionado.

– Pra alguma coisa estar fora de lugar, é preciso entender o lugar dela. E acho que você não nos conhece tão bem assim – Millie retorquiu. Como ela ousava?

– Calma, Millie. É que algumas pessoas têm o bom senso de não expor seus brutamontes em público.

Seus brutamontes? Seus *brutamontes*. Ela falou como se ele fosse apenas um... pênis aleatório ou algo assim. Não um ser humano. Como se Danielle fosse uma dama indignada da Era Dourada, e não uma mulher moderna agindo feito uma aristocrata indignada.

O problema não era que Danielle fosse hipócrita por julgar o caso de Millie, sendo que ela mesma tivera um relacionamento sórdido com Michael. Era que ela ousava julgar seu parceiro sexual, sendo que Millie sabia muito bem que Michael era medíocre, na melhor das hipóteses.

Danielle não podia olhar para ela presunçosamente daquele jeito, como se Millie escondesse um segredo. Não havia segredos ali.

– O que é que você sabe sobre brutamontes? – Millie perguntou, dando um passo à frente. Austin a observou sem falar nada enquanto ela encarava Danielle. – Sei exatamente o que você tem, Danielle. E vou te dizer que sinto pena de você. Pode até bancar a superior pra cima de mim. Deve ter sido divertido roubar o meu noivo. Mas agora que você está com ele, está presa a um sexo medíocre e um pau minúsculo. Mas pior que isso é a personalidade que vem junto com as habilidades e a anatomia. Eu devia te agradecer. Porque a grama do vizinho é sempre mais verde, né?

– Você é nojenta – Danielle disse. – E parece ter se esquecido de como se comportar.

– Talvez. Já você nunca soube como se comportar. Todos vocês que fingem ser bonzinhos, enquanto pintam os Wilder de malvados, fazem coisas horríveis com as pessoas com quem deveriam se importar. Não preciso ficar falando quem é bom e quem não é, porque eu sei. Sei muito bem.

Millie não foi embora. Simplesmente ficou ali ao lado de Austin, que continuava em silêncio. Fez Danielle engolir aquilo tudo. Fez a mulher sair da fila e abandonar o café espumando de raiva.

– O que diabos foi isso? – Austin perguntou.

– Ninguém pode falar de você assim. Ninguém.

– Millie, passei a vida toda aturando esse tipo de merda. Ser chamado de brutamontes por aquela mulher não me incomoda nem um pouco.

– Pois me incomodou. Porque alguém devia falar alguma coisa, Austin. A cidade toda foi conivente quando você era só um menininho sendo expulso dos lugares, sendo tratado feito um cidadão de segunda classe. E ninguém fez nada.

– A sua mãe fez.

De repente, algo a preencheu. Uma certeza, um brilho. A sensação mais incrível que já experimentara.

Ela era filha da sua mãe. Não só porque ocupava o balcão da biblioteca.

Ela era filha da sua mãe.

A mulher mais gentil que Austin conhecera. Aquilo não era uma fraqueza, mas uma força. A gentileza tinha o poder de transformar vidas. Ao oferecer um cartão da biblioteca para aquele menininho, ela moldou quem ele se tornou, deu-lhe um lugar seguro para viver. A gentileza dela o transformou no homem que ele era hoje.

E ela faria o mesmo. Não era pequena, nem insignificante. Porque a gentileza podia ser tudo.

A gentileza da mãe a trouxera até aquele momento. Trouxera-lhe aquele homem.

A gentileza era poderosa.

O pai era visto como herói. A mãe, como figura secundária. Millie absorveu esse julgamento e o aplicou a si mesma. Mas não era verdade.

– O que você quer beber? – ela perguntou, contendo as lágrimas. Não queria chorar ali.

– Só um café – ele respondeu.

Ela pediu o café, um chai para si e uns docinhos.

E, como forma de desafio, eles se sentaram em uma mesa cor-de-rosa bem na janela.

– Não precisava fazer tudo isso – ele disse.

– Você não aguenta ser o centro das atenções?

Ele riu.

– Não é pela atenção.

– Eu sei. Eu… só não suporto isso. Estou de saco cheio. De todas essas pessoas se vangloriando de boas ações que não fizeram. Enquanto ignoram as coisas ruins que aconteceram. Porque o Michael nunca vai assumir a responsabilidade pelo fato de o pai ter cobrado juros extras de não-brancos que eram clientes do banco. Eles nunca vão pensar que devem suas terras aos povos originários. Eles se beneficiam dessa ideia de reputação. Mas ninguém pode fingir ser bom enquanto faz coisas terríveis a todos ao seu redor.

Ela respirou fundo e tomou um gole de chai.

– Concordo com tudo isso. Mas eles não se importam. Porque, no fim das contas, não ligam se são pessoas genuinamente boas. Na verdade, essa é a história de Lee Talbot, Millie. Ele queria que as pessoas o achassem bom. Mas não se importava em ser mesmo bom. Sei que isso não faz sentido pra você, que genuinamente se importa em fazer a coisa certa. Em ajudar as pessoas. Em corrigir os registros. Você se importa com a honestidade e a verdade, e não porque isso te beneficia. Você simplesmente se importa. Existem outras pessoas como você. Só se preocupe com elas. Danielle nunca vai enxergar o erro das próprias escolhas. Ela acha que merece as coisas boas que tem e acredita que as coisas ruins são injustas. Ela precisa acreditar que sou ruim pra poder acreditar que é boa.

– Eu simplesmente não consigo entender.

– Eu sei. É por isso que você não tinha amigos na escola.

– Ei – ela disse, erguendo a cabeça para ele. – Eu tinha a Heather.

– Eu sei. Mas tipo… as pessoas estavam preocupadas com aparências. Já você queria que o interior combinasse com o exterior das pessoas. Mesmo quando não era minha fã… nunca foi desagradável.

– Não é que não fosse sua fã. Acho que tinha medo porque era fascinada por você. Até poderiam dizer que eu era a fim de você.

Depois que ela botou isso para fora, a verdade pareceu se encaixar como uma chave girando na fechadura. Millie respirou fundo.

– Acho que passei esse tempo todo com medo de mim mesma. Porque você tem razão. Não sou obediente. Eu só estava desesperada pra me adequar. Mas, ao mesmo tempo, também precisava honrar minhas convicções. E tenho muitas.

– Eu gosto disso em você – ele disse.

Ele não poderia ter dito nada melhor. Não poderia ter dito nada mais maravilhoso.

– Obrigada.

– Não preciso que você me defenda, mas é fofo que você tenha feito isso.

– Eu sei que não precisa. Esse é o ponto. Agora que conheci você e os Wilder, sei que é forte de um jeito que a maioria das pessoas nem imagina. Parte de mim fica triste por você ter que ser assim. Queria que você tivesse recebido mais ajuda, mais cuidado. Queria tantas coisas e não posso consertar nada. Mas queria te apoiar e te defender porque você merece e vale a pena.

– Você sempre vai fazer isso, né, Millie Mouse?

– Sim – ela respondeu, sentindo a mudança no próprio nome. Sentindo a mudança dentro de si. – Sempre.

– Que Deus ajude qualquer um que se coloque no seu caminho.

– Eu sou formidável.

Ela sorriu, porque estava brincando.

Mas ele a encarou longa e firmemente.

– Você é mesmo. É, sim.

CAPÍTULO 22

Quando eu morrer, se alguém se lembrar de mim, espero que seja pela forma como amei Katherine. Foi a única coisa boa que fiz.

– Diário de Austin Wilder, 12 de outubro de 1866

Finalmente chegou o dia da abertura do Festival da Corrida do Ouro.

Austin tinha passado a noite na casa de Millie, e ela zanzava com um vestido de professora do Velho Oeste, de costas abertas. Ele tentava não encarar o pedaço de pele à mostra. Mas não se esforçava muito.

Estava completamente obcecado por ela. Por tocá-la, beijá-la, olhá-la. Por conversar com ela.

Aquele dia na Scallywag mexera com ele. O jeito que ela o defendera foi a coisa mais fofa.

Mas ele tinha a sensação de que... a contaminara. Por associação. Mesmo que ela não se sentisse assim. Mesmo que ele não devesse se sentir assim.

Austin achava que o problema era que todos moravam naquela cidade havia tempo demais.

Millie teria problemas com Danielle de qualquer maneira.

Mas sua presença atiçara o fogo, e ele se sentia mal por isso.

Ainda assim, estava vestido de fora da lei, oferecendo passeios no local exato onde o primeiro Austin fora baleado e morto. Mas ele contaria a história real para resolver o mistério do que ocorrera de fato entre Lee Talbot, Butch Hancock e a gangue Wilder.

Até então, eles não haviam conseguido que a prefeitura trocasse as placas.

Várias pessoas que apoiaram a retomada do Festival da Corrida do Ouro não estavam necessariamente de acordo com as informações que vieram à tona. Elas se preocupavam com o impacto da nova narrativa nos negócios. Ou com a degradação das famílias. Austin estava certo do que dissera a Millie. As pessoas nem sempre se importavam em ser boas, só em serem vistas como tal. E estava claro que muitas temiam que, se começassem a revirar pedras demais, encontrariam verdades inconvenientes sobre os próprios antepassados.

Millie estava indignada, o que ele achava uma graça. Austin, por outro lado, tinha uma visão muito mais cínica das pessoas, então não sentia raiva.

– Você devia escrever um artigo para o jornal – ela disse.

– Certo. Até parece que a *Gazeta de Rustler Mountain* vai publicar algo escrito por Austin Wilder.

– Pois deveria.

Ele andava pensando nisso desde que ela mencionara a ideia. Na verdade, até começara a rascunhar um texto. Estava quase terminando o livro. Faltava só... escrever o final. Sobre a morte prematura de Austin Wilder. Ele sentia que estava faltando algo. Talvez a inspiração para escrever a cena. Talvez estivesse resistindo justamente por esse motivo. Ele detestava essa ideia.

Mas ali estava, todo vestido de preto. Millie finalmente reunira tudo – anotações, pastas, folhetos e folhas de inscrição – para poderem ir até o antigo prédio da prefeitura, que serviria de palco para o evento.

Eles visitaram o prédio da família dela na semana anterior e ficaram surpresos com a quantidade de artefatos que encontraram. O lugar parecia um antiquário, e ele queria passar mais tempo explorando os itens, mas estavam ocupados demais planejando o festival enquanto conciliavam as demandas do evento com seus trabalhos. Millie deixara as chaves com ele dizendo que poderia voltar para investigar mais quando tivesse tempo. Pegaram algumas peças antigas de equipamentos de mineração para uma exposição do festival.

Todas as estações estavam montadas, e ele precisava admitir que o evento estava admiravelmente bem-organizado. O festival aconteceria durante a semana para crianças em excursões escolares e, nos quatro fins de semana seguintes, seria aberto para o público.

O número de voluntários que trabalhariam no evento era impressionante, mas, por mais que ele reclamasse da disposição da cidade em mudar a versão que conheciam da história, Austin não tinha nada para falar do trabalho que as pessoas haviam dedicado.

No final, até Danielle e Michael resolveram participar. Mas ele tinha a impressão de que era só porque os dois sabiam que o festival os beneficiaria.

Ele deixou Cassidy levá-lo de carroça, e foi surreal descer bem ali na Main Street, onde o Austin original encontrara seu fim.

– É bizarro, cara – Cassidy disse, tirando o chapéu de *cowgirl* enquanto guiava a carroça pela rua bloqueada. Alguns carros se aproximaram dos cones amarelos e buzinaram, indignados, como se a notícia do desvio não tivesse sido publicada no jornal, no grupo do Facebook e divulgada por toda a cidade.

Mas as pessoas eram assim.

Elas sempre davam um jeito de reclamar.

Austin tinha um cronograma indicando quando cada grupo de crianças chegaria.

Estava com um pouco de medo, porque crianças em idade escolar não eram a sua praia.

Então pensou na irmã. Em como fizera tudo o que pode para cuidar dela.

Em como construíra um relacionamento com ela, mesmo que fosse apenas uma garotinha e ele não tivesse absolutamente nenhuma experiência com meninas.

Talvez conseguisse fazer aquilo.

Quando o primeiro grupo chegou, ele levou um tempo para entender os pontos fracos do seu discurso, para se acostumar com as interrupções constantes.

Crianças não eram ouvintes muito atentas.

Mais tarde, chegaram algumas crianças mais velhas. Mesmo que os meninos estivessem mais preocupados em enterrar as laranjas do lanche nas latas de lixo próximas, Austin descobriu que tinha alguns membros cativos na plateia, incluindo uma garota com cabelo verde néon que o interrompia frequentemente para comentar sobre alguns erros judiciais.

– Concordo totalmente com você – ele disse.

– Que bom. Você pode ser um bom aliado.

– Pois é – ele falou, achando graça daquela empolgação.

Eram as pessoas com aquela empolgação ardente que realizavam coisas no mundo.

O dia estava quase acabando quando Michael e Danielle se aproximaram da esquina onde ele estava. Ele conteve a vontade de comprimir os lábios.

– Posso ajudar?

– Temos que discutir a apresentação que você está fazendo pras crianças – Danielle disse.

– Por quê?

– Não verificamos os fatos que você está mencionando.

Ele não conseguiu se segurar e deu risada.

– Me desculpe. Vocês acham que conhecem os fatos melhor do que eu? Porque estou obtendo minhas informações de fontes primárias, não de folhetos que recebi no quarto ano da escola, combinados com meu conhecimento rudimentar do videogame *Oregon Trail*.

Ele tinha muito mais do que um conhecimento rudimentar do videogame *Oregon Trail*, mas esse não era o ponto.

– É que você enviou uma petição pra mudar as placas da cidade... – Danielle começou.

– Eu não enviei nada. Um comitê inteiro de revisão histórica enviou. Com base na minha pesquisa e na de várias outras pessoas. O que enviamos pra vocês é fato. Vocês só não gostaram desse fato.

– Não acho relevante expor que o banco se envolveu em práticas desleais. Essas políticas eram um produto da época – Michael disse.

– Bem, eram tempos ruins, e não sei bem por que fingir o contrário. Não é preciso romantizar o passado pra torná-lo interessante.

– Só estou falando... – Danielle continuou. – Essas mudanças parecem se alinhar a seu favor, e não podemos confiar que Millie esteja sendo... me parece que ela está sendo influenciada por você. Pobrezinha.

Foi o que bastou.

– Se você conhecesse Millie, saberia que não foi influenciada por ninguém. Ela é dona de si. E não tem problema nenhum em falar o que pensa. Só porque vocês decidiram que ela é obediente pois não conseguem reconhecer a força dela, não quer dizer que ela seja.

Millie foi vindo por trás de Michael e Danielle, ajeitando a saia do vestido com uma expressão preocupada.

– O que está acontecendo?

– Deixa comigo – ele disse.

– Austin...

– Estou decepcionado com você – Michael falou, se virando para Millie. – Não entendo. Você era tão... você era uma garota tão boa quando estávamos juntos. E agora está *pecando* abertamente com ele?

– Como você ousa falar comigo sobre pecado? – Millie perguntou. – Não fui uma *boa garota* com você. Eu estava *entediada*. Você confundiu as coisas.

Austin não pôde acrescentar nada, porque aquela era uma das coisas mais mordazes que já ouvira na vida.

– Espere aí – Michael disse. – Seu pai teria vergonha de você. Ele queria que tivesse uma boa vida, uma boa reputação. Queria que fosse respeitável.

– Você algum dia quis que eu fosse feliz, Michael? Porque eu não era feliz com você. E agora sou.

Austin estava com dificuldade de absorver as palavras dela, porque estava começando a ficar com raiva. Muita raiva. Uma névoa vermelha cobriu sua visão de um jeito que não acontecia desde os tempos da escola. Uma espécie de raiva espantosa, maligna e pura que ele associava à falta de células cerebrais nos adolescentes.

Por conta da injustiça daquilo tudo. Dos anos de injustiça. Das décadas de injustiça. Dos séculos de injustiça. Por um merdinha feito Michael estar ali de cabeça erguida, bancando o bom moço, quando na verdade representava tudo o que havia de errado com o mundo.

– Nunca mais fale com ela – Austin interveio, medindo Michael bem ali no meio da Main Street. Não havia tráfego; a rua ainda estava bloqueada. Danielle deu um passo para o lado, e os dois ficaram ali, encarando-se em uma espécie de confronto à moda antiga. Bem, se ele tivesse que morrer naquela maldita rua, estava perfeitamente tranquilo que fosse por causa daquilo.

– Você não é bom pra ela.

– Talvez não. Eu me arriscaria a dizer que você tem razão. Mas você é um merda de ser humano. Não entende o que significa assumir um pingo de responsabilidade por nada. Não tem o direito de dizer o que é bom pra ela, não tem o direito de dizer o que ela quer, o que o pai dela queria, nada disso. Você não tem o direito de ficar aí falando quem ela é, sendo que você nem sabe quem é. Você é um fraco. Nunca seria capaz de abrir um banco no Velho Oeste. Teria morrido de disenteria no meio do caminho.

Michael grunhiu e avançou um passo, e sem pensar, Austin ergueu o punho e deu um soco bem no queixo dele.

Michael caiu e Danielle gritou.

E, tarde demais, ele percebeu que havia policiais ali perto para retirar os bloqueios da rua.

– Viu isso? – Danielle berrou. – Policial Jamison! Ele acabou de atacar o Michael.

Não adiantava nada dizer que Michael não era apenas um espectador inocente. Não adiantava nada lutar. Austin estava prestes a ser algemado novamente e sabia muito bem disso.

– Não – Millie disse, correndo para a frente, pondo a mão no peito dele e se posicionando entre ele e o policial. – Michael provocou.

– Eu vi o Austin dando um soco no Michael, Millie. – O policial Jamison parecia genuinamente desconfortável com a situação, mas se sentia obrigado a fazer alguma coisa. Danielle gritava, histérica, e Michael rolava na grama feito um jogador de futebol tentando conseguir um pênalti.

Ainda bem que todas as crianças já tinham ido embora e não viram as algemas sendo colocadas nos pulsos de Austin.

– Você tem o direito de permanecer em silêncio – Jamison disse.

– Não! – Millie gritou. – Isso é ridículo. Foi só uma briga!

– Foi um ataque – Michael falou.

Austin olhou para Millie, que estava devastada, e percebeu que o problema não era só ele. Eram eles dois juntos. Ninguém aceitaria aquilo. Seria sempre assim. Aquele julgamento, aquela besteira. E ele sempre acabaria fazendo algo ruim, como socar alguém, em vez de apenas ignorar a provocação. Pelo visto, ele não era homem suficiente para não morder a isca.

Porque, por mais que tentasse ser e fazer melhor, sempre voltaria para aquele lugar.

Austin ficou calmo, pois não queria dar um show ali na rua. Não queria levar um tiro.

Millie chorava e dizia coisas, muitas coisas, mas ele decidiu não ouvir.

Ele não sabia o que estava sentindo naquele momento. Se era vergonha ou uma profunda sensação de alívio. De confirmação. Porque aquilo era um lembrete. De quem e do que ele era.

Ele até abaixou a cabeça para não a bater no carro ao entrar na viatura.

Millie ainda gritava, e quando eles começaram a se afastar, ela saiu correndo atrás do carro.

Austin estava vagamente ciente de que Cassidy também estava lá.

Encostou a cabeça no banco. Eram apenas três quarteirões até a delegacia.

– Eu tive que fazer isso – disse o policial Jamison. – Mas tenho a impressão de que, quando chegarmos na delegacia, vamos te deixar ir embora.

– Que bom – Austin disse. – É sempre um prazer servir de exemplo.

– Não quero ser processado. Ou demitido. Ela é a prefeita. Mas acho que o promotor não vai te acusar de nada.

– Bem, eu não duvido.

Ele estava bastante familiarizado com aquela dança. Nunca fora julgado. Ninguém jamais prestara queixa contra ele. Austin era liberado todas as vezes, como se fosse um animal inconveniente em vez de um ser humano.

– Da próxima vez, não faça isso na frente de um policial – Jamison avisou.

Austin gargalhou. Porque, por mais puto que estivesse, o cara tinha razão.

– Aquilo não foi calculado.

– Bem, ele é... Tenho certeza de que ele mereceu, vamos dizer assim.

Era gratificante saber que até o policial achava Michael um babaca.

– Que bom que concordamos.

Ao descer da viatura, entrar na delegacia e se acomodar na cela, batendo a porta atrás de si, Austin teve uma sensação de conclusão.

Aquilo fora um sinal de alerta.

Ele tentara cruzar um limite. Não funcionou.

E não podia submeter Millie àquela degradação.

Eles estavam brincando de casinha. O que não era nada realista. E não podia continuar.

Ele teria que conversar com ela.

Provavelmente, depois de hoje, ela ficaria bem. Sim, ela devia estar chateada – ele sabia. Mas, no fim das contas, sua prisão pegava mal. Afinal, ela era a responsável por colocar um homem tão volátil e instável em contato com um grupo de crianças.

Talvez ela não pensasse assim. Mas pensaria um dia.

Aquele era o verdadeiro teste, ele percebeu.

Ele tinha que fazer o que Austin Wilder não estivera disposto a fazer.

Tinha que ter certeza de que não arrastaria a mulher de quem gostava para a sua confusão.

CAPÍTULO 23

O amor que ela tem por mim é profundo e amplo, mas falhei com esse amor. Tenho um pressentimento de que fomos longe demais desta vez. Que nossos crimes estão prestes a nos pegar. Em outra época, talvez eu pudesse ter lhe dado um amor para a vida toda, não só alguns anos felizes.

– Diário de Austin Wilder, 10 de junho de 1867

Não deixaram Millie vê-lo imediatamente, e ela estava tremendo de raiva quando enfim lhe disseram que podia entrar.

Heather ligava sem parar desde que a notícia do incidente se espalhara.

Queria reunir uma multidão enfurecida com tochas para exigir a soltura dele.

Millie estava pronta para dar aos policiais a maior bronca da vida deles. Ninguém queria ser o alvo da fúria da bibliotecária. Ela estava prestes a surtar completamente.

Quando o policial Jamison a encontrou no corredor, ergueu as mãos em um gesto defensivo.

– Ele vai sair em alguns minutos. A prefeita gritou que eu tinha que prendê-lo. Eu não tinha muito o que fazer.

– Bem…

Por mais que ela detestasse admitir, ele tinha razão.

O policial a conduziu até a cela de Austin, que estava parado bem no centro, as grades cobrindo seu belo rosto. Millie teve vontade de chorar ao vê-lo, mas tentou se conter. Mesmo assim, sentiu os lábios tremerem e a garganta apertar.

– Você não precisava vir – ele disse.

Então ela perdeu o controle e derramou algumas lágrimas, porque o que mais podia fazer?

– Como é que eu não viria? Vim te buscar.

Ele parecia estar sofrendo, mas não falou nada enquanto Jamison destrancava a cela e o liberava.

– Só isso?

– Liguei para o condado e eles acharam tudo uma bobagem, então vou deixar você ir. Agora, se alguém tiver algum problema com isso, é com o promotor. Não comigo.

Ela não podia culpar Jamison por querer se proteger. Porque Michael e Danielle eram mesquinhos.

Mas era melhor não causarem problemas, senão...

A sensação de impotência era terrível.

Millie era uma Talbot, mas isso nunca lhe trouxera qualquer influência.

Não como a que eles exerciam.

Ah, mas ela tinha influência. Podia influenciar as pessoas como a mãe.

Com uma gentileza firme e inabalável. Porque a mãe era gentil, mas não passava pano para ninguém. Não era ingênua. Ela revidava quando necessário. Porém, não da maneira que Danielle e Michael faziam, abusando do poder.

Assim que Austin saiu da cela, Millie correu para abraçá-lo. Ele não a abraçou de volta.

Parecia cansado.

– Austin...

– Vamos.

Ele não pegou a mão dela e não se despediu do policial Jamison, mas ela não o julgava. Não implicaria com sua falta de educação, nem nada disso.

– Eu trouxe a sua caminhonete – ela falou, apontando para o veículo lá fora.

Ele se deu conta de que tinha esquecido as chaves em algum lugar.

– Achei as chaves no chão – ela explicou.

Ele se assustou por ela tê-lo lido tão facilmente.

Millie lhe entregou as chaves e foi até o lado do carona.

– Vou te levar pra casa – ele disse.

– Está bem. Você pode dormir lá.

– Não posso.

– Austin, quer falar comigo, por favor?

– Não tenho nada pra te falar. Essa não foi a primeira vez. É assim que as coisas são. Fui solto, que bom. Mas o que vai acontecer pra me botarem de volta naquela cela?

– Você não vai ser preso. Isso foi bem estranho, e ele estava sendo...

– Concordo. Mas sou Austin Wilder, e não importa o que a gente descubra, nada vai mudar isso. Você é Millie Talbot. E todo mundo sempre vai nos achar uma espécie de aberração. Seremos alvo de provocação. E você não merece isso.

– Você acabou de falar para o Michael não me dizer o que mereço ou não. E agora vem com essa? Você não tem o direito de me dizer o que eu mereço.

Ele deu partida e pegou o caminho da casa dela. Ela sentiu o pânico apertando seu peito. Austin queria terminar tudo. Ela sabia.

– Austin, eu te amo.

Ele não falou nada. O único som que se ouvia era do motor e dos pneus na estrada. Eles passaram pelo bar, pelo letreiro néon, e ela quis poder entrar. Quis que fosse um dia diferente. Um momento diferente. Talvez algumas semanas atrás, e eles iriam dançar.

Ela não queria viver aquilo. Mas sempre caminharam em direção àquele momento. Em direção ao fim. Millie queria voltar no tempo. Voltar para uma época em que não sabia o que aconteceria. Voltar para quando podia imaginar que seriam capazes de se amar para sempre.

– Austin, por favor.

– Millie, aqueles que não aprendem com a história estão fadados a repeti-la. Você sabe disso. *Bad boy* com boa garota pode até parecer uma ótima ideia, uma ótima música, um ótimo livro. Mas não uma ótima vida. Somos diferentes demais.

– Não, não, não. Não somos tão diferentes assim. Somos iguais. Nós dois nos deitamos na cama à noite pra ler um livro nos perguntando por que as pessoas fazem o que fazem, e adoramos morar aqui, apesar de ser um lugar difícil de se viver. Nunca ficamos sem assunto. Não somos tão diferentes. Somos mais parecidos do que essas outras pessoas. O Michael, a Danielle. Eu te amo.

– Me desculpe – ele disse. – Mas nunca poderei te dar as coisas que você precisa. Eu queria. De verdade. Queria descobrir como ser esse cara. Mas quando olhei pra sua cara depois de dar um soco nele e me dei conta da merda que fiz, entendi que não consigo encaixar todas essas peças. E era isso na minha cabeça. Peças prontas. Não era real. Não sei nada sobre famílias felizes. Dei o meu melhor pra juntar as peças, mas meu pai era um inútil e minha mãe não nos amava. Só existem duas consequências quando se ama um homem como eu. Ou você vai embora, que nem a minha mãe, porque não aguenta mais, ou você fica. E ficar significa quase morrer. Porque o que Katherine Wilder ganhou com a lealdade?

– Mas a questão é que você não é *ele* – ela disse com o coração disparado e lágrimas escorrendo pelas bochechas. – Nunca foi. Sempre foi errado a cidade fazer você se sentir assim. Sempre. E você sabia disso. No fundo, você sabia. Então por que está desistindo agora?

– Não foi só a cidade. Foi minha própria mãe. Ela nos abandonou. Porque ela sabia. Ela sabia que era um beco sem saída. Que nós éramos um beco sem saída.

– Mas você não é isso. Olha só! Você está vivo, e isso deveria significar algo. Pensei que seu aniversário de 35 anos fosse importante. Pensei que...

– Eu queria que fosse importante. Mas a prisão me lembrou de quem eu realmente sou. Não posso passar a vida esperando que o inevitável aconteça, Millie.

Ele parou na frente da casa dela. E ela só ficou ali, imóvel. Millie não conseguia sair do carro porque, quando saísse, aquele término se tornaria real.

– Mas a gente não significa algo pra você?

Austin engoliu em seco com tanta força que ela ouviu. Ele estava olhando para frente.

– Sim. O pior é que significa muito.

Foi o que bastou. Foi o que a impulsionou a soltar o cinto e descer do carro.

Porque o que é que ela poderia dizer? Ele não estava negando o que significavam um para o outro. Só não queria se comprometer.

Ela quase podia entender. Porque havia um peso naquele luto. Não era insignificante. Não era como a dor que ela sentira depois de perder os pais, ou a dor que sentira quando seu relacionamento com Michael terminou. Era uma espécie de caverna profunda de tristeza, que existia ao lado dessas outras coisas. Ela estava de luto pelo fim do crescimento que experimentara com ele e pelo amor que ainda sentia.

– Acho que eu tinha razão – ela disse.

– Sobre o quê?

– Quando falei mal de você para as meninas da escola. Porque tinha medo de que partisse o coração delas. Pois partiu o meu. Então acho que eu sabia mais do que imaginava.

Ela desceu do carro e seguiu para a porta aos tropeços. Então a abriu e tudo pareceu se mover em câmera lenta. Ele ficou só olhando.

Millie entrou, fechou a porta e se apoiou nela para bloqueá-la. Então pressionou as mãos contra o rosto e conteve um grito que queria escapar.

Ela perdera tantas pessoas, tantas coisas. Vira tantas esperanças e sonhos se despedaçando.

Mas aquilo era pior. Porque não era para ser assim. Porque eles eram bons um para o outro. Porque ela o amava.

Porque perder os pais era a ordem natural das coisas, mesmo que ela os tivesse perdido antes de estar preparada.

Não havia nada de natural naquilo. Não estava certo.

Eles deveriam ficar juntos. E ficaram. Só que ele não queria deixar aquilo acontecer.

Foi como se ela tivesse levado uma facada no peito. Como se estivesse morrendo.

Porque ela o amava de verdade. Não era uma questão de encontrar outro homem para que um dia pudesse se casar.

Ela queria Austin.

Isso não mudaria.

Ninguém jamais seria ele. Jamais.

Era o seu fora da lei.

Era o seu herói. E ela não o tinha mais.

CAPÍTULO 24

Austin Wilder, 33, foi morto a tiros na Main Street pelo xerife Lee Talbot, após se recusar a ser preso pelas autoridades pelos crimes de roubo e assassinato. Seus irmãos foram presos por crimes da mesma natureza. Acredita-se que sejam responsáveis por uma série de assaltos a diligências e bancos por todo o Oregon. Se esses homens forem lembrados, será por seus crimes.

– *Gazeta de Rustler Mountain*, 12 de junho de 1867

Quando Austin chegou em casa, seus irmãos estavam à espera. Eles tinham mandado várias mensagens, mas ele as ignorara.

– O que diabos vocês estão fazendo aqui?

– Estávamos atrás de notícias suas. Não sabíamos se precisávamos ir até a delegacia, mas pensamos que se o bando Wilder aparecesse lá seria pior – Cassidy explicou.

– Errados não estavam.

– O que aconteceu? – Flynn perguntou.

– Fui algemado por dar um soco naquele babaca. Não me arrependo.

– E aí?

– E aí *nada*. Não deu em nada. Não vou ser acusado.

– Ah – Flynn disse, parecendo decepcionado.

– Perdão se isso prejudica a sua fantasia de que sou mesmo perigoso.

– E você está bem? – Cassidy perguntou.

– Parece que tem alguma coisa errada comigo?

– Você não parece *feliz* – Flynn disse.

– Não estou.

– O que foi que você fez, Austin? – Carson perguntou.

– Me deixe em paz, Carson.

– Você terminou com ela, né?

Ele se virou para encarar o irmão.

– Como é que você sabe, porra?

– Você está com cara de quem está de coração partido. Não de alguém que acabou de sair da prisão.

– Prisão e cadeia não são a mesma coisa.

– Que seja. Por que você fez isso?

– Olha só pra mim! – ele gritou. – Eu tentei. Participei do projeto dela. Me fantasiei e fiquei ali na rua e fiz o que tinha que fazer. Apoiei o lance dela e fui preso. Dei um soco no ex-noivo da Millie porque ele estava falando demais. Eu sou assim.

– E ela em algum momento deu a entender que queria que você fosse diferente? – Flynn perguntou.

– Não importa o que ela quer. Sabemos onde isso vai dar. É aquela velha história. Nosso pai nunca conseguiu dar um jeito na própria vida. E nunca conseguiria. Nossa mãe nos deixou porque sabia que a gente nunca daria um jeito na nossa vida. E você tentou, Carson. Deus sabe que sim. Mas você virou um desastre ainda maior que antes.

Carson fungou e cruzou os braços.

– Eu ficaria ofendido se não fosse verdade. Só que isso não tem nada a ver com você. E, francamente, não tem nada a ver com a mãe, nem com o pai. Eu passei por algo terrível. E isso não tem nada a ver com você.

– Tem, sim. Porque sei quem são os Wilder, e sei que não importa o quanto a gente tente, a vida simplesmente não dá certo pra nós, então por que eu forçaria a Millie a passar por isso?

Houve uma longa pausa, e finalmente Carson falou:

– Não acho que esteja preocupado com ela. Acho que só está preocupado consigo mesmo. Porque já foi abandonado antes, e sabe que é péssimo. Porque me viu perder minha esposa e sabe que foi um inferno pra mim. Acho que você quer se proteger. Deus sabe que não te culpo. Mas não finja que está protegendo a Millie. Você só está se protegendo.

Austin ficou furioso. Com vontade de explodir. De negar tudo. Mas aquilo era real demais. A acusação do irmão se infiltrou nas partes mais profundas dele, e Austin percebeu que não podia fazer o que tinha vontade.

– Não importa o motivo. Eu não consigo.

– Então você é um idiota – Carson disse.

Havia tantas palavras não ditas em seus olhos. Tantas coisas não ditas entre eles. E Austin ficou satisfeito em não dizer nada.

– Saiam daqui.

Ele se afastou, mas não foi para o quarto. Foi para o escritório e bateu à porta. Então se sentou na escrivaninha. Com o manuscrito aberto à sua frente. Com os olhos secos, sentindo que alguém pegara cacos de vidro e os triturara dentro do peito, esmagando seu coração. Ficou sentado ali até o sol nascer. Não dormiu. Mal se mexeu.

Depois se levantou e foi até a caminhonete. Ainda estava com as chaves do antigo prédio dos Talbot, onde haviam encontrado o equipamento de mineração. Sua intenção era voltar e examinar todos os artefatos.

Ele se sentia impelido a fazer isso. Sentia-se vazio. Tinha tantas perguntas sem resposta. Talvez não pudessem ser respondidas.

No caminho para a cidade, xingou cada coelho que cruzou seu caminho. Mas, principalmente, xingou a si mesmo.

Estacionou na frente do velho prédio dos Talbot e saiu.

Austin não deveria usar aquelas chaves. Deveria devolvê-las para Millie. E com certeza não deveria entrar.

Mas entrou mesmo assim. E, em meio à escuridão, cercado pela história, não encontrou a clareza que buscava.

Em vez disso, foi tomado por uma saudade terrível de algo que ele sabia que não poderia ter. Sentia-se assim quando era criança, olhando de fora para dentro.

Só que agora era um velho rabugento dizendo a si mesmo que não pertencia àquele lugar. Era um velho rabugento dizendo a si mesmo para dar o fora. Era ele quem se odiava. E ele não sabia o que diabos deveria fazer com aquilo.

Caminhou lentamente pelo lugar. Havia fantasmas pairando no ar. Ou talvez estivessem apenas dentro dele.

Talvez seu irmão estivesse certo. Talvez ele fosse um covarde. Com medo de si mesmo.

Talvez a verdadeira tragédia não fosse todos pensarem que ele era um vilão, mas todos pensarem isso quando, na verdade, era um covarde.

Não havia ninguém a quem perguntar. Porque seu pai nunca o conhecera de fato e, de qualquer maneira, já estava morto.

Sua mãe tinha ido embora.

Ele se lembrou dos irmãos sentados naquela casa, olhando para ele, querendo o seu melhor.

Droga. Eram a sua família. *Eram* o seu melhor.

Eles o conheciam, importavam-se com ele. E Millie também.

Ele se sentiu sufocado pela profundidade daquela sensação.

Deu mais um passo e tropeçou, pois seu pé bateu em algo duro.

Austin praguejou violentamente, pegou o celular e ligou a lanterna. Iluminou a lixeira na qual acabara de tropeçar. Lá dentro, havia livros.

Claro que eram livros. Porque sempre havia livros. Porque, de alguma forma, tudo sempre acabava em livros. Ele se abaixou e começou a folheá-los. *Adoráveis mulheres. Orgulho e preconceito.* Uma grande Bíblia para a família. Ele a pegou e a abriu para procurar a árvore genealógica.

Então a viu, descrita com uma caligrafia fraca e intrincada. Austin Wilder. Katherine Wilder. A data do casamento. Aquela era... aquela Bíblia pertencia à sua família. Aqueles livros eram *deles*.

Aquela era a história deles.

Os pelos da sua nuca se arrepiaram, e Austin se sentou e se perguntou o que o fizera pegar aquelas chaves. O que o fizera dirigir até ali naquela manhã. Era uma intuição. Algo que o compelia. Algo que ele não conseguia explicar.

Calafrios percorreram seus braços. Ele pegou outro livro. *As aventuras de Huckleberry Finn.* Então viu um pequeno diário vermelho, idêntico ao que fora de Austin.

Ele o abriu e seu coração bateu forte contra o peito.

Este diário pertence a: Katherine Wilder.

Na primeira página, ele viu a data do casamento.

É o dia mais feliz da minha vida. E ele me deu este caderno para que eu possa escrever sobre ele. Sobre as nossas vidas.

Era isso. Era isso que ele precisava.

Como diabos uma mulher que nem Katherine amou um homem feito Austin Wilder? Como ela o aguentou?

Ele se sentou naquele chão empoeirado e iluminou as páginas com a lanterna do celular. E leu o mais rápido que pôde.

Leu sobre a alegria de descobrir que estava grávida. Sobre as vezes que ela temeu que Austin fosse pego.

Ela não gostava de Butch Hancock. E era contra a vida criminosa do marido. Mas, apesar de tudo, ela o amava. Mesmo que ele fosse imperfeito.

Às vezes me pergunto se concordamos em alguma coisa.

Ela havia escrito aquilo depois de uma grande briga. Mas nunca vacilara no amor que sentia por ele.

Katherine não escrevia todos os dias. Principalmente depois que teve os filhos.

Alguns dias antes da morte de Austin, fez uma última anotação, e depois nada. Por dois anos inteiros.

Ele contemplou aquele intervalo. Não havia nada sobre aquele período, mas ele sentiu a dor.

O vazio.

E, bem devagar, começou a ler a primeira anotação que ela fizera depois de experimentar o mundo sem o marido.

Os meninos estão tão altos agora, Austin.

Ele cerrou os dentes, surpreso ao ver que o texto fora escrito para Austin.

Acho que vão ficar ainda mais altos do que você. Gostaria que pudesse vê-los. Sou tão grata pela vida que você me deu. Todos os dias encontro maneiras de ser grata pela felicidade que compartilhamos. Várias pessoas da cidade perguntaram se eu me casaria novamente. Se dessa vez eu me casaria com um homem respeitável. Não quero um homem respeitável. Sempre quis só você. E tive você. Gloriosamente. Sinto sua falta. Às vezes, essa saudade é como uma pequena rachadura na vidraça, deixando entrar algumas gotas de chuva. E, às vezes, é como uma inundação. Quando você morreu, me perguntei se teria sido melhor se nunca tivéssemos nos conhecido. Mas aí eu não seria eu. E nossos meninos não existiriam. E decidi que prefiro viver com esse luto a viver em um mundo em que eu não te ame.

Demorei todo esse tempo para escrever esses pensamentos. Queria me agarrar a eles, em vez de simplesmente enviá-los como orações aos céus.

Acredito que você está no céu, Austin, mesmo que me dissesse que nunca estaria. Fiquei com tanta raiva que joguei um pote de água em você, porque te falei que nada faria sentido se não estivéssemos juntos no além. Então você me disse que daria o seu melhor para chegar lá. E acredito que deu mesmo o seu melhor.

Nunca foi difícil te amar. Só foi difícil te perder. Mas eu faria tudo de novo. Mil vezes. Para todas aquelas pessoas que me perguntaram se eu queria um homem melhor... não haveria homem melhor. Porque ninguém poderia ter me amado do jeito que você me amou. Ninguém.

Ele ficou olhando para aquelas palavras. Elas espelhavam quase inteiramente o que Millie lhe dissera. Que eles eram perfeitos um para o outro. Para Katherine, não havia homem melhor porque Austin era a pessoa certa para ela.

Seria Millie a pessoa certa para ele?

E ele? Talvez essa fosse a pergunta mais aterrorizante de todas.

Porque se ela fosse e ele a tivesse perdido...

– Você já a perdeu, idiota.

Aquelas palavras saíram da sua boca de repente, do nada. Se estivesse possuído pelo próprio antepassado, não seria nenhuma surpresa.

Katherine amava Austin. E, apesar dos poucos anos que passaram juntos, eles foram plenos.

Austin não queria poucos anos com Millie. Queria muitos anos.

Ele não estava com medo de não ter um casamento feliz. Era um homem que fazia o que se propunha. Seu pavor era de perder a pessoa que amava.

Mas se Katherine Wilder acreditava que valera a pena amar e perder esse amor, então talvez ele também pudesse acreditar.

Talvez Katherine fosse a peça que faltava. A lição que faltava.

Então, ali mesmo, ele tomou uma decisão: se Millie ainda o amasse depois do que ele fizera, ele lhe daria tudo. Pararia de tentar protegê-la. Pararia de tentar se proteger.

Deixaria tudo em si que era fora da lei naquele livro. E nunca mais se chamaria assim.

Porque ela estava certa. Ele não podia usar sua reputação como uma desculpa conveniente quando não quisesse lidar com algo.

Ele abaixaria a arma.

Faria o que seu homônimo nunca fizera.

Mudaria pela mulher que amava.

Faria o que fosse preciso.

CAPÍTULO 25

As mulheres da cidade parecem pensar que eu deveria ter vergonha. Na verdade, sinto pena. Sinto pena delas. Elas não sabem o que significa amar com esperança como eu amei. Mesmo que minha esperança tenha se despedaçado, meu amor permanece. E nunca vou abandoná-lo.

– Diário de Katherine Wilder, 7 de julho de 1869

Millie estava exausta e nada feliz com o fato de ter que substituir Austin no passeio aquela manhã.

Mas ali estava com seu vestido de professora, porque jamais decepcionaria os outros só por se sentir morta por dentro. Na verdade, morta por dentro seria até um avanço.

Ela não contara nada a Heather. Uma hora teria que contar. Mas a dor era tão intensa que Millie não conseguia falar. Mesmo assim, teria que dar um jeito de dizer alguma coisa, porque precisava conduzir aquele passeio.

Percebeu que eles não tinham resolvido o que fariam em relação ao pedido de Danielle e Michael para que parassem de compartilhar a história apurada da cidade. Millie não se importava. Ela mesma daria um soco em Michael. Caso acabasse em uma cela, talvez Austin entendesse que eles não eram tão diferentes assim.

Talvez ele parasse de...

Fugir.

Ela suspirou pesadamente, sentindo-se à flor da pele. Quando ouviu passos, ficou com receio de que já fosse o primeiro grupo. Quando se virou, ficou paralisada. Era Austin. Iluminado pelo sol da manhã, com um chapéu preto de caubói puxado para baixo, cobrindo o rosto. Ele estava com o traje preto do dia anterior.

Ele era... a própria encarnação das fantasias de *bad boy* de qualquer mulher. Mas era mais do que isso. Ela o amava. Ela o amava tanto que estava sofrendo, mesmo estando com raiva. Mesmo se sentindo tão magoada.

– O que está fazendo aqui?

– Pensei que esse era o melhor lugar para fazer isso. E sei que você vai receber um grupo logo, mas... foi aqui que Austin morreu. Bem aqui – ele disse, apontando para o chão. – E se ele sangrou aqui, esse é um bom lugar para mim também.

Em seguida, fez algo totalmente inesperado. Ele se ajoelhou.

– Millie, eu te amo – ele declarou, com as mãos firmemente em torno das mãos dela. – Não sei muito bem quando me apaixonei, mas o fato é que me apaixonei. Eu não reconhecia o sentimento porque não o entendia. Não queria entender. Por medo. Tenho pavor de perder as pessoas. Porque não confio em mim mesmo. Porque não confio... em nada.

Ele continuou:

– Durante toda a minha vida, desconsiderei o amor que recebi. Tenho meus irmãos. E eles sempre estiveram ao meu lado. Eu tinha a sua mãe. E você. Ambas estavam ali me mostrando que as pessoas podiam ser boas. Que eu podia ser bom. Mas eu queria tanto me proteger que acabei afastando todo mundo. Minimizando o sentimento. Passei tempo demais tentando descobrir por que as pessoas faziam o que faziam, mas não dediquei tempo suficiente tentando descobrir por que eu agia do jeito que agia. Porque eu não queria saber. Porque agi por medo muito mais vezes do que poderia admitir. Fico muito mais à vontade escrevendo palavras em um manuscrito. Muito mais à vontade escrevendo sobre outras pessoas que não eu. Pensando em pessoas que não eu. Porque dói. Eu te machuquei e odeio isso. Eu me machuquei e odeio isso.

– Oh, Austin... – ela disse, colocando a mão na bochecha dele. – Eu te amo. Amo tudo em você. Tudo o que você fez por mim, tudo o que você significa pra mim. Você é o homem mais maravilhoso que já conheci. E eu poderia me considerar sortuda por estar com você. Por criarmos nosso legado juntos.

– Encontrei o diário de Katherine.

– Como assim?

– Não dormi nada. Passei a noite lendo. Ela... nunca se arrependeu do amor que sentia por ele. Ela achava que tinha valido a pena. Todo o sofrimento. Nunca pensei que o amor podia ser assim. Eles tinham um amor perfeito e único. Eles se entendiam. As coisas que ela escreveu sobre ele... são o mais belo complemento do que ele escreveu sobre ela. Eles eram almas gêmeas. E você é a minha. Quero que a gente tenha o final que eles não puderam ter. Eles foram felizes por um tempo. Mas estou disposto a me transformar, a criar um final duradouro.

– Você está de joelhos – ela falou.

– Pois é. Estou. Sei que você estava noiva poucos meses atrás...

– Quem se importa? Sério. Quem liga pra ele? Aquilo não contou. Não foi real. Isto é real.

– Casa comigo.

– Sim – ela disse.

Austin a ergueu, abraçando sua cintura, e a puxou para um beijo.

Ele ouviu pequenos suspiros e, ao se separarem, olharam para trás. Lá estava o primeiro grupo de turistas.

– Ah! – ela exclamou.

– Perdão – ele disse.

Houve uma salva de palmas. Dois professores se entreolharam.

– Isso não era parte do show?

– Não – ele respondeu. – Foi um pedido de casamento de verdade.

– As pessoas vão surtar – Millie comentou.

– Sabe, à essa altura, só me importo com a sua opinião. E todo mundo pode ir à... – Ele deu uma olhada nas crianças. – Não ligo para o que os outros pensam.

– Bem, eu ligo. Porque quero que elas saibam que vou me casar com o melhor homem da cidade.

EPÍLOGO

O último pensamento dele foi sobre Katherine. E mesmo com o mundo ao seu redor escurecendo, o amor dela foi sua luz.

– Trecho do romance *Fora da lei*, de Austin Wilder

– Tem fila mesmo – Heather disse, correndo pela biblioteca em direção às bebidas. Havia uma pilha de livros em uma mesa ocupada por Eileen, a livreira, que viera da Rebel Heart, em Jacksonville, só para o evento.

Austin daria uma palestra sobre a história de Rustler Mountain, e mais tarde haveria uma visita guiada. E, é claro, uma sessão de autógrafos.

Fora da lei fora contratado por uma editora um ano antes e imediatamente se tornara o favorito da casa. Se continuasse nesse ritmo, em breve o romance figuraria na lista de mais vendidos do *New York Times*.

Austin estava profundamente incomodado com tudo aquilo. Millie estava tão orgulhosa que poderia explodir.

– Vi as placas novas hoje – Heather disse.

– E aí? – Millie perguntou.

– São perfeitas. A minha favorita é a que vai para o banco, reconhecendo que Gin Lin fez o maior depósito da história do estado do Oregon e, claro, pagou taxas injustas.

– Estou feliz que ele tenha recebido o reconhecimento que merecia.

Heather sorriu.

– Eu também.

Millie olhou em volta, com a mão na barriga. Estava nervosa por Austin, apesar de saber que ele era mais do que capaz de lidar com a situação.

– Depois que ele publicou aquele artigo no jornal de Rustler Mountain, a opinião de todo mundo sobre as placas mudou. A forma que ele escreve a história a torna real. E quando as pessoas se tornam reais, é muito mais difícil ignorá-las – Heather comentou.

– Verdade – Millie concordou.

Ela estava um pouco enjoada, mas graças ao teste que fizera uma hora antes, sabia que havia um motivo para isso.

Só não sabia se deveria contar para Austin naquela noite. Descobrir a gravidez bem na semana do lançamento parecia um pouco demais. E contar a ele na noite do lançamento do livro seria como roubar a cena.

Austin entrou pela porta dos fundos, todo de preto, como sempre.

– Tem uma multidão aqui – Millie disse.

– Meu Deus – Austin falou. – Por quê?

– Porque sim – Millie respondeu. – Agora todo mundo se importa com o Austin Wilder original. Por sua causa.

– Eu me importo muito mais com a economia local. E com a livraria.

– Pode só ficar orgulhoso de si mesmo – ela disse, dando-lhe um beijo na bochecha.

Ele a segurou ali por um segundo.

– Você costuma conversar com a sua mãe?

Ela ficou um pouco sem graça.

– Às vezes. Não é de propósito. É meio bobo.

– Agradeça a ela. Só estou aqui autografando meu livro nesta biblioteca porque ela me deixou pegar aquele primeiro livro emprestado. Isso significa muito pra mim.

Millie teve dificuldade em conter as lágrimas durante o resto da noite. Austin deu sua palestra e autografou pelo menos trinta e cinco cópias do livro. O que para algumas pessoas podia não parecer muito, mas, naquela cidadezinha, era um número impressionante.

Todos conversaram até altas horas da noite, e quando ela levou Austin de volta para o rancho, estava exausta.

– Você deve estar orgulhoso – ela disse. – Eu estou.

– Acho que sim. Quer dizer, estou feliz com o livro, não se engane. Mas a única coisa da qual realmente me orgulho é da gente. Porque, da minha perspectiva, considerando a história de Rustler Mountain, somos um milagre.

– Bem… – ela falou, suspirando. – Então talvez você queira saber que tem mais um milagre chegando em oito meses.

Ele ficou imóvel.

– Você está brincando.

Eles estavam na estrada de terra que levava ao rancho, e não havia nenhum outro carro à vista.

– Não estou – ela disse.

Austin desceu da caminhonete e Millie ficou observando enquanto ele dava a volta pela frente para abrir a porta para ela. Depois, Austin a puxou para fora e a girou sob a luz dos faróis. Nesse momento, ela viu um coelho correndo para longe.

– Te amo, Millie Wilder.

Ela não pôde deixar de se lembrar de quando subiu aquela montanha para pedir a ajuda dele. Tinha encontrado muito mais do que esperava.

Tinha se encontrado.

E tinha encontrado o amor da sua vida.

– Obrigada por ser o meu herói – ela disse.

– Obrigado por acreditar que eu podia ser um herói.

Eles ficaram ali se balançando sob a luz por mais alguns instantes e depois voltaram para a caminhonete. Austin os levou para casa. Para o final feliz que estava sendo preparado havia mais de um século.

Este livro foi composto com tipografia Adobe Garamond Pro e
impresso em papel Off-White 70 g/m² na Formato Artes Gráficas.